Peter Dickinson

Die Kinder des Mondfalken

SUTH UND NOLI · ROMAN

Aus dem Englischen von
Henning Ahrens

W0376064

Piper München Zürich

Ungekürzte Taschenbuchausgabe
Piper Verlag GmbH, München
Juni 2003
© 1998 Peter Dickinson
Titel der englischen Originalausgabe:
»The Kin«, Macmillan Children's Books, London 1998
© der deutschsprachigen Ausgabe:
1999 Carlsen Verlag GmbH, Hamburg
Umschlagkonzept: Büro Hamburg
Umschlaggestaltung: Nele Schütz Design, München
Umschlagabbildung: Premium / Coleman
Autorenfoto: Macmillan Children's Books
Satz: H & G Herstellung, Hamburg
Druck und Bindung: Clausen & Cosse, Leck
Printed in Germany ISBN 3-492-26504-9

www.piper.de

Peter Dickinson
Die Kinder des Mondfalken
Suth und Noli

Zu diesem Buch

Afrika vor 200000 Jahren: Nachdem der Stamm der Mondfalken von kriegerischen Fremdlingen angegriffen und aus seinem Jagdrevier vertrieben wurde, ziehen die Überlebenden orientierungslos und dem Tode nahe durch die Wüste. Eines Nachts empfängt die junge Noli eine Botschaft vom Mondfalken, dem Schöpfer der Welt. Er vermittelt ihr, daß ihr Stamm verloren ist. Gemeinsam mit ihrem Gefährten Suth und vier weiteren Kindern macht sie sich auf die Suche nach einem neuen Jagdgrund. Am Fuß eines Vulkans werden sie vom Volk der Affen angegriffen, einem menschlichen Stamm, der unter den Folgen der Inzucht leidet und dessen Anführerin die Kinder zu eigenen Plänen benutzen will. Da kommt es zu einem verheerenden Vulkanausbruch, und sie können fliehen. Auf ihrer mühsamen, langen Suche nach einem neuen Jagdrevier entdecken sie schließlich, daß allein die Kraft ihres Verstandes sie einem lebenswerten Dasein näherbringt.

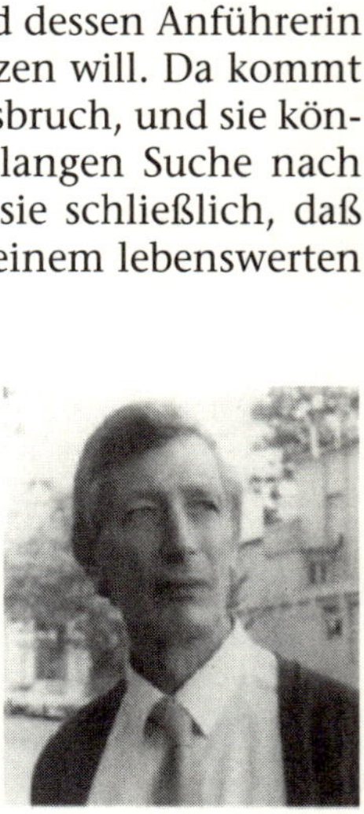

Peter Dickinson, 1927 in Sambia geboren, wuchs in England auf und studierte in Cambridge. Er schrieb zahlreiche Kriminal-, Science-Fiction- und Jugendromane. Für sein Werk erhielt er etliche Auszeichnungen, so die Carnegie Medal und den Whitebread Award. Dickinson lebt mit seiner Frau Robin McKinley, einer bekannten Fantasy-Autorin, in Hampshire.

BEVOR ES LOSGEHT

Afrika, vor zweihunderttausend Jahren.

Der heutige Mensch hat sich gerade erst entwickelt. Noch gibt es seine Vorläufer auf der Erde; in diesem Buch aber geht es um die ersten Exemplare des *homo sapiens sapiens*, jener Gattung, der wir heute alle angehören. Es sind vermutlich die ersten Menschen, die eine Sprache haben. Sie können sich durch Wörter verständigen.

Anfangs gibt es nur sehr wenige dieser Menschen, aber sie sind klug, kräftig und können sich behaupten. Ihre Zahl wächst und deshalb müssen sie aufbrechen und sich auf die Suche nach neuen Jagdgründen machen. Das geht in Wellen vor sich, zwischen denen lange Pausen liegen.

Das vorliegende Buch erzählt die Geschichte einer Gruppe dieser Menschen, des Stammes von Mondfalke, kurz nachdem eine solche Welle eingesetzt hat. Sie haben das Land verlassen müssen, in dem sie seit unvordenklichen Zeiten gelebt haben, und sind gezwungen, nach einer neuen Heimat zu suchen.

Ich habe fast alles erfunden. In Wirklichkeit haben die damaligen Menschen nur sehr wenige Spuren hinterlassen –

Versteinerungen ihrer eigenen Knochen und der Knochen der Tiere, die sie gegessen haben, Steinwerkzeuge, die Asche ihrer Feuer und so fort. Wie sahen sie aus? Wie haben sie gelebt? Selbst Experten bleibt kaum etwas anderes übrig, als ihre Phantasie zu bemühen und anhand der wenigen Tatsachen, die ihnen bekannt sind, Vermutungen anzustellen. Also habe ich dasselbe getan.

Zwischen die Kapitel habe ich »Ursagen« gesetzt. Vermutlich haben wir uns immer gefragt, wie wir entstanden sind, warum geschieht, was geschieht, und ob es nicht ein weises, mächtiges und uns fremdes Wesen gibt, das die Welt einmal erschaffen hat. Es gibt verschiedene Möglichkeiten, um diese Fragen zu beantworten. Eine besteht darin, Geschichten zu erfinden. Und die Ursagen sind jene Geschichten, die der Stamm von Mondfalke erfunden hat, um sich selbst Antworten zu geben.

Peter Dickinson

SUTHS GESCHICHTE

Für Nicholas

EINS

Finger pressten sich auf Suths Wange, auf den Ansatz des Kieferknochens. Er erwachte. Ein Mund lag an seinem Ohr und hauchte:

»Komm.«

Noli.

Sie entfernte sich wieder.

Vorsichtig, als drehe er sich nur im Schlaf um, rollte er sich fort vom Rest des Stammes, der dicht aneinander gedrängt schlief, um sich vor der Kälte der Wüstennacht zu schützen. Suth war ein Kind. Er hatte Mutter und Vater verloren und musste deshalb am Rand des Menschenhaufens schlafen. Noli ging es genauso.

Er lag still, wartete, rollte sich weiter und kroch dann lautlos auf Händen und Knien außer Hörweite. Ein Halbmond ging auf und warf lange Schatten.

»Hier.«

Nolis schwaches Flüstern kam aus dem Dunkel neben einem Felsbrocken. Suth kroch auf sie zu. Sie nahm ihn bei der Hand, legte ihm die andere auf den Mund, damit er still blieb, und führte ihn davon.

Im Schatten eines anderen Felsbrockens hielt sie an und legte ihren Mund an sein Ohr.

»Geträumt. Mondfalke kam. Er zeigte Wasser.«

»Wo?«

Sie wies hinter sich, fast genau in jene Richtung, aus der sie gestern bei Tage gekommen waren.

»Du sagst es Bal am Morgen«, flüsterte Suth.

»Er sagt, ich lüge.«

Sie hatte Recht. Bal war ihr Anführer. Er träumte die Träume, die Mondfalke sandte, und sie zeigten ihm Dinge, die er wissen musste, damit die Sicherheit des Stammes bestehen blieb. Doch Noli war es gewesen, die von der Ankunft der blutrünstigen Fremden geträumt hatte, Fremde, die keinem der verschiedenen Stämme angehörten und Wörter sprachen, die niemand verstand. Noli war es gewesen, die davon geträumt hatte, wie Väter und Brüder niedergemetzelt und Mütter und Schwestern verschleppt wurden.

Mondfalke hatte Bal keines dieser Dinge gezeigt, und als Noli davon berichtete, hatte er sie geschlagen und behauptet, dass sie lüge. Mondfalke kam nur zu ihm, nur in seinen Träumen tauchte er auf.

Trotzdem hatte sich Nolis Traum bewahrheitet, und was vom Stamm übrig geblieben war, hatte die vertrauten Guten Jagdgründe fluchtartig verlassen, und Bal hatte sie auf der Suche nach einer neuen Heimat in die Dürren Hügel geführt.

Dann hatte Noli wieder geträumt. In diesem Traum war ihr Mondfalke erschienen und hatte ihr die endlose Wüste gezeigt, wo es weder Wasser noch Nahrung gab und in die sie gelangen würden, sobald sie die Dürren Hügel hinter sich gelassen hätten. Und wieder hatte Bal sie geschlagen und behauptet, dass sie lüge, nachdem sie von ihrem Traum erzählt hatte.

Trotzdem war alles eingetroffen.

»Am Morgen sagen wir es den anderen«, sagte Suth.

»Nein, wir gehen allein. Wir gehen jetzt. Den Weg zurück. Wir finden die Kleinen, die zurückgeblieben sind. Wir bringen sie zum Wasser. Mondfalke zeigte mir alles.«

Sie nahm ihn bei der Hand und zog ihn mit sich. Er wehrte sich nicht, obwohl er zum ersten Mal in seinem Leben den Stamm verließ. Ohne die Führung eines Erwachsenen ging er blindlings in die Nacht hinein, nur in Begleitung eines Mädchens, das noch jünger war als er selbst. Seit dem Kampf mit den Fremden, als er gesehen hatte, wie sein Vater getötet und seine Mutter verschleppt worden war, hatte er sich in einer Art von dumpfem Traum befunden. Alles war sinnlos geworden. Mondfalke sagte Noli, was zu tun war, und Noli sagte es Suth. Das reichte ihm.

Sie fanden den Weg ohne Schwierigkeiten. Sie waren an große, leere Landstriche gewöhnt und ihr Orientierungssinn war sehr gut. Da und dort erkannten sie die Form eines Felsbrockens oder eines ausgetrockneten Bachbetts wieder, die sie auf ihrem Weg fort von zu Hause passiert hatten. Der Tau, der abends fiel, frischte die schwachen Gerüche wieder auf, die der Stamm auf dem Hinweg hinterlassen hatte. Es gab keine fremden Gerüche, die sie hätten verwirren können. Hier gab es kein Leben. Den ganzen langen Tag über hatten sie keine Spuren entdeckt, nichts gesehen, was sich bewegte, keine Eidechse, nicht einmal einen Skorpion. Ein Trost war nur, dass in einer Gegend, in der es nichts zu essen gab, nachts auch keine wilden Jäger ihr Unwesen trieben.

Sie schritten ruhig und gleichmäßig aus, genau wie der Stamm auf seinem Weg von einem Guten Jagdgrund zum nächsten. Es wurde kälter. Langsam ging der Mond auf. Als er seinen Aufstieg am Himmel zur Hälfte beendet hatte, hielten sie an, ohne sich darüber verständigt zu haben. Sie hoben die Köpfe und nahmen Witterung auf. Wasser.

»Mondfalke zeigte dir das?«, fragte Suth.

»Nein, nicht das. Er zeigte mir Wasser in den Hügeln.«

»Wir kamen bei Tag vorbei. Warum witterten wir das nicht? Warum witterte Bal das nicht? Er findet Wasser, wo kein anderer es findet.«

»Ich weiß nicht. Sammelt sich hier Tau, Suth? Wie in der Tausenke beim Tarutu-Felsen?«

Sie wandten sich um und gelangten nach kurzer Zeit an den Rand einer breiten Senke. Auf dem Weg hinab fühlten sie, wie sie eine Kälteschicht nach der anderen durchschritten. Bald schon waren die Felsbrocken, auf denen sie gingen, glitschig vom Tau. Aber dies war anders als die vertraute Mulde, in der sich die Feuchtigkeit ganz unten in einem Teich mit steinigem Bett gesammelt hatte und erst dann austrocknete, wenn die Sonne hoch am Himmel stand. Hier gab es nur die von Steinen übersäte Erde, weil das Wasser versickerte. Sie knieten nieder und leckten die Feuchtigkeit von einem riesigen, schräg abfallenden Felsbrocken. Für einen richtigen Schluck reichte es nicht, aber es tat den rissigen Lippen und trockenen Mündern gut. Eine kurze Zeit lang ruhten sie sich aus, leckten und ruhten sich wieder aus. Dann kehrten sie zu ihrem Pfad zurück und gingen weiter.

Als der Mond hoch am Himmel stand, konnten sie jenseits der ebenen Wüste die Kette zerklüfteter Hügel sehen, durch die Bal sie vor zwei Tagen geführt hatte. Suth erinnerte sich daran, wie sie auf dem letzten Hügelzug innegehalten und im Licht der Abendsonne auf das gestarrt hatten, was vor ihnen lag: eine endlose Ebene in schmutzigen Gelb- und Grautönen, Felsbrocken, Steine, Asche und Sand, nirgendwo Blatt oder Stamm, und alles noch flirrend vor Hitze nach dem brennend heißen Tag.

Einige der Stammesmitglieder hatten begonnen unzufrieden vor sich hin zu schimpfen. Bal hatte sich umgewandt und sie mit wildem Blick angestarrt, sich in die Brust geworfen und seine Mähne geschüttelt, um ihnen zu zeigen, wer der Anführer war.

»Es gibt neue Gute Jagdgründe dort«, hatte er geknurrt. »Wasser und Wild. Mondfalke zeigte es mir. Mondfalke zeigte mir auch dies. Wir müssen schnell durch die Wüste gehen oder wir sterben. Wir müssen unsere Kleinen tragen. Aber es sind zu viele. Ein paar haben keinen Vater und keine Mutter, die sie tragen. Wir lassen sie hier. Wir bauen eine Höhle für sie. In der Höhle haben sie Schatten. Sie sind vor Tieren geschützt. Wir finden unsere neuen Guten Jagdgründe. Dann kommen ein paar von uns zurück. Sie holen die Kleinen. Vielleicht leben sie noch.«

Das Los traf vier Kinder, die ihre Eltern bei den Kämpfen verloren hatten – Ko und Mana, die zu klein waren, um den ganzen Tag lang zu gehen, Tinu, die älter, aber von einem Fieber geschwächt war, und Otan, Nolis kleinen Bruder, der zwar stehen, aber noch nicht laufen konnte. Bis dahin hatten die anderen Noli dabei geholfen, ihn zu tragen.

Niemand hatte widersprochen, obwohl allen klar war, dass die Kinder nur einen Tag, bestenfalls noch die nächste Nacht, keinesfalls aber den nächsten Tag überleben würden. Sie sahen ein, dass Bal die Wahrheit sprach. Die Guten Jagdgründe, die er ihnen versprochen hatte, mochte es geben oder auch nicht, sicher aber war, dass sie sie nie zu Gesicht bekämen, wenn sie diese überzähligen Kinder durch die unter ihnen liegende, Furcht einflößende Wüste trügen.

Am nächsten Morgen hatten sie einen Platz gefunden, wo zwei Felsen aneinander lehnten und so eine Art von Höhle schufen. Sie hatten die Kinder hineingesetzt und ihnen mit kleineren Felsbrocken eine Art von Wall gebaut, um Raubtiere abzuhalten. Dann hatten sie ihnen eingeschärft, dort zu warten, und die angsterfüllten und verwirrten Kleinen zurückgelassen. Noli hatte es zugelassen, dass man ihr Otan wegnahm, und sich weinend abgewandt. Gesagt aber hatte sie nichts.

»Die Kleinen sind tot«, sagte Suth.

»Nein«, sagte Noli.

Sie zogen weiter. Der Mond begann seinen Abstieg am Himmel. Noch bevor er ganz untergegangen war, würde es dämmern. Allmählich rückten die mächtigen Konturen der Hügel näher heran, wurden größer und größer, und Noli und Suth begannen mit dem Aufstieg. In seinem Verlauf verblasste das Mondlicht und die Schatten wurden weicher. Der Tag brach fast schlagartig über sie herein, mit einem hellen, grauen Licht, das noch frisch war, von der Kälte der Nacht und vom Tau. Zu ihrer Rechten färbte sich der Himmel in fahlem Gold. Jedes Detail des trockenen und steinigen Abhangs stach deutlich hervor.

Noli blickte nach vorn und streckte einen Finger aus. Da waren die beiden Felsen, die aneinander lehnten. Das war der Ort.

Sie schritt schneller aus, aber Suth packte sie am Handgelenk. Irgendetwas hatte sich bewegt, eine blaugraue Gestalt, ein Schatten, der vor den beiden Felsen herumschlich. Er kam wieder, bestupste den Steinwall mit der Schnauze, schnüffelte nach dem Fleisch dahinter. Er kratzte mit einer Pfote an den Steinen. Irgendein fuchsartiges Geschöpf, aber anders als die gelb-braunen Füchse, die in den Guten Jagdgründen, aus denen der Stamm vertrieben worden war, nach Beute gesucht hatten.

Suth hob einen Stein vom Boden auf, wog ihn in der Hand,

legte ihn lautlos zurück und suchte sich einen schwereren. Auch Noli nahm einen. Seite an Seite, aber mit ein wenig Abstand zueinander, krochen die beiden weiter, hielten inne und krochen weiter, genau wie sie es bei den Erwachsenen beobachtet hatten, die ein nichts ahnendes Wild erbeuten wollten. Die Füchse, die Suth kannte, hatten gelernt, sich vor den Menschen zu hüten, und waren scheu, schnell und schwer zu fangen, doch die Gerüche hinter dem Steinwall verdrehten diesem Fuchs so sehr den Kopf, dass er die Jäger nicht wahrnahm, die sich anpirschten.

Erst als Suth zwei Schritte von ihm entfernt war, bemerkte der Fuchs etwas, schnellte herum und erblickte ihn. Die Farbe war nicht der einzige Unterschied – dieses Tier hatte auch keine Angst vor den Menschen.

Knurrend und mit gebleckten Zähnen sprang er auf Suths Bauch zu. Der aber hatte seinen Arm schon zum Schlag erhoben. Als der Fuchs auf ihn zuschoss, ließ er ihn niederfahren, der Stein traf mit ganzer Wucht auf den Schädel des Tieres und schleuderte es zur Seite. Dann war Noli über ihm und auch sie ließ ihren Stein hinabsausen. Der Fuchs stürzte auf seine Flanke und wollte sich wieder aufrappeln, doch bevor er auf die Pfoten kam, versetzte ihm Suth mit aller Kraft einen Schlag auf die Schnittstelle zwischen Nacken und Schädel. Das Tier brach zusammen, zuckte noch einmal, dann lag es still.

Sicherheitshalber versetzten sie ihm noch ein paar Schläge, ließen ihn dann liegen und gingen zum Steinwall. Nichts war zu hören.

Sie sind tot, dachte Suth.

»Bist du da, Tinu?«, fragte er mit sanfter Stimme. »Mana? Ko? Ich bin es, Suth. Mit Noli.«

Die Antwort war ein schwaches Gemurmel. Das war Tinu,

die einen schiefen Mund hatte und deshalb nicht deutlich sprechen konnte. Das Jaulen eines kleineren Kindes ertönte. Suth schöpfte plötzlich Hoffnung und er begann den Steinwall einzureißen. Sobald auch sie heranreichte, half Noli mit. Hinter ihren Rücken kletterte die Sonne den Himmel hinauf. Als der Wall niedrig genug war, spähten sie hinüber.

In der kleinen Höhle hockte Tinu. Sie hielt Otan im Arm. Ko saß zusammengekauert hinter ihr und blinzelte ins Licht. Mana lag reglos auf ihrer Seite, aber sie stöhnte und bewegte sich, als Suth hineinlangte, Otan heraushob und ihn Noli reichte. Er riss noch ein paar Steine weg, bis Tinu, Ko und Mana, die beide noch schlaftrunken waren, beim Herausklettern helfen konnte. Zuletzt kam Tinu selbst. Noli hielt den kleinen Otan dicht an ihre Brust, fühlte nach seinem Herzschlag und horchte nach seinem Atem. »Mein Bruder lebt«, flüsterte sie und zitterte vor Erleichterung. Die anderen warteten. Drei dunkle, ängstliche Augenpaare starrten Suth an. Er konnte sehen, dass sie nachdachten: Wo ist der Rest des Stammes? Wo sind die großen Männer und Frauen? Wo ist Bal, der Anführer?

Ko und Mana waren kaum mehr als Babys, obwohl Ko groß und kräftig für sein Alter war. Suth hatte Mana nie viel Aufmerksamkeit geschenkt. Sie war ein stilles, aufgewecktes kleines Mädchen, mit der dunklen Hautfarbe und dem dicken, schwarzen Haar der übrigen Angehörigen der acht Stämme.

Tinu war anders. Irgendetwas war bei ihrer Geburt schief gelaufen, so dass sich ihr Kiefer eher zur Seite als nach unten hin öffnete und sie nie gelernt hatte, ordentlich zu sprechen. Außerdem war sie klein für ihr Alter und äußerst mager dazu, mit insektenartigen Armen und Beinen. Sie hasste es, bemerkt und angeschaut zu werden. Sobald Suths Blick auf sie fiel, wandte sie den Kopf ab.

»Durstig«, murmelte sie.

»Noli weiß, wo Wasser ist«, sagte Suth.

»Es ist nicht weit«, sagte Noli. »Suth hat Beute. Kommt mit.« Suth wuchtete sich den toten Fuchs auf die Schultern. Noli setzte Otan auf ihre Hüfte und ging voran. Danach kamen Tinu und die beiden Kleinen, die ihr mit Mühe den steinigen Abhang hinauf folgten. Als Letzter kam Suth, der ihnen half, wenn es nötig war. Er hatte jetzt ein anderes Gefühl. Der Fuchs war schwer, aber sein Gewicht gab ihm Kraft. Er hatte etwas getan. Er hatte Nahrung erbeutet. Die anderen hier brauchten ihn. Ohne ihn würden sie umkommen.

URSAGE

Der erste Gute Jagdgrund

Schwarze Antilope war der Anführer der Ersten Wesen.

Er sagte: »Wir schaffen jetzt einen Ort, wo wir leben können.«

Er blies seinen Atem auf die Erde, und dort, wo sein Atem die Erde berührte, wuchs das junge Gras. Es war zart und er aß es gern.

Dann kroch Schlange über das grüngrasige Land und bahnte ihm Pfade, denen er folgte. Krokodil grub Löcher und füllte sie mit sauberem Wasser, ließ sich darin nieder und lag auf der Lauer. Webervogel pflanzte Bäume, damit seine Weibchen einen Ort hatten, um ihre Nester aufzuhängen, und Papagei fügte süße Nüsse und Früchte hinzu, weil er so gierig war, und Ameisenmutter zerkaute die Äste, die von den Bäumen fielen, und brachte sie in den Boden, damit sie gute, weiche Erde für ihre Nester hatte, und Warzenschwein pflanzte überall saftige Wurzeln in die Erde, um sich den Magen voll zu schlagen, und Mondfalke errichtete steile Felsen, auf denen sie wachen konnte, solange die anderen schliefen, und Kleine Fledermaus brach Höhlen in die steilen Felsen, in denen sie sich vor Mondfalke verstecken konnte.

Sie arbeiteten alle zusammen, um den ersten Guten Jagdgrund zu erschaffen, jeder nach seinen Bedürfnissen.

Nur Affe rührte keinen Finger.

Er sah den anderen bei der Arbeit zu, und dann kletterte er auf Webervogels Bäume, aß Papageis Früchte und Nüsse, grub in Ameisenmutters Erde, aß Warzenschweins Wurzeln, schlief in den Höhlen von Kleiner Fledermaus, trank aus Krokodils Wasserloch, stellte Fallen auf Schlanges Pfaden und turnte auf den steilen Felsen von Mondfalke herum. Das grüngrasige Land von Schwarzer Antilope aber betrat er selten, denn Schwarze Antilope war stärker als alle anderen und Affe hatte Angst vor ihm.

ZWEI

Das Wasser war nur ein Rinnsal, das aus einer schmalen Spalte in der Felswand drang. Sie konnten es nicht auflecken, denn ihre Köpfe passten nicht hindurch, also blieb ihnen nichts anderes übrig, als eine Hand hineinzustecken, die Fingerspitzen anzufeuchten und sie in den Mund zu stecken. Das Wasser hatte einen ausgeprägten Geschmack und roch ein wenig nach faulen Eiern, genau wie das Wasser in Gelbgrotte, wo der Stamm immer getrunken hatte. Bevor Noli den eigenen Durst stillte, ließ sie Otan an ihren nassen Fingern saugen. Zuerst tat sich nichts, dann aber bewegten sich die kleinen, trockenen Lippen unmerklich und eine Hand ballte und öffnete sich wieder. Es war das erste Lebenszeichen, das auch die anderen wahrnehmen konnten.

Nach einer Weile fand Tinu heraus, dass das Wasser an der Unterseite ihrer Handfläche entlanglief, wenn sie ihre Finger in einem bestimmten Winkel in den Spalt steckte. Es staute sich am Handgelenksknochen und bildete Tropfen, die sie aufsaugen konnte, bevor sie zu Boden fielen. Die anderen ahmten sie nach.

Sobald er genug getrunken hatte, sah sich Suth nach einem passenden Stein um. Er hatte vor, eine Klinge herzustellen und Fleischstückchen aus dem Fuchskadaver zu schneiden, auf denen die Kleinen herumkauen konnten. Er hatte seinem Vater oft bei der Arbeit mit Steinen zugesehen und sich auch selbst daran versucht, aber es war Männersache. Den Jungen wurde es nicht beigebracht. Sein Vater hatte die richtigen Steine gekannt und gewusst, wo man die Schläge ansetzen musste, aber Suth konnte nicht sagen, woran er all das erkannt hatte. Auge und Hand seines Vaters hatten wie von selbst *dieser* und *hier* gesagt. Also hatte Suth nur zuschauen und es dann auf eigene Faust versuchen können. Und er hatte gelernt, dass es nicht so einfach war, wie es aussah.

Die guten Steine waren außerdem nur an bestimmten Stellen zu finden. Es konnte sein, dass es auf diesem Hang gar keine gab. Suth suchte sich einige aus und ging vor einem flachen Felsen in die Hocke. Er stellte einen Stein darauf und bearbeitete ihn mit einem anderen, wobei er darauf achtete, die Schläge von schräg oben zu führen. Er brauchte einen großen Splitter.

Nichts tat sich. Er versuchte es immer wieder, aber immer wieder rutschte ihm der Kernstein aus der Hand. Diejenigen, die nicht mit dem Trinken an der Reihe waren, sahen Suth dabei zu, wie er verschiedene Steine und Schlagwinkel ausprobierte. Manchmal lösten sich ein paar Splitter, aber sie waren zu klein, um richtig in der Hand zu liegen, und eine scharfe Kante hatte keiner. Ganz plötzlich ging der Hammerstein bei einem Schlag in Stücke. Splitter sausten in alle Richtungen. Der Aufprall betäubte seinen Arm bis zum Ellbogen. Als er ihn rieb, um wieder Gefühl hineinzubekommen, zeigte ihm die schüchterne und unsichere Tinu ängstlich einen Splitter, der vor ihren Füßen gelandet war – rund

und an manchen Stellen so dünn, dass Suth das Licht durchschimmern sah. Er fuhr mit dem Daumen an den Kanten entlang und entdeckte, dass er so scharf wie nur irgendetwas war, das sein Vater hergestellt hatte. Allerdings war ihm bewusst, dass sein Vater den Splitter weggeworfen hätte, weil er zu zerbrechlich war. Eine gute Klinge war dicker, aber Suth meinte, dass sie es tun würde, wenn er vorsichtig damit umging. Er lachte über diesen Glücksfall und die Kleinen lachten mit, ohne zu wissen, warum.

Nach der Arbeit war er durstig und ging wieder zum Spalt. Während er langsam trank, trat Tinu auf ihn zu. Sie hielt einen Stock in der Hand, den sie von einem der dürren Büsche abgebrochen hatte, die unten im ausgetrockneten Bachbett wuchsen. Es waren die ersten Pflanzen, die Suth seit drei Tagen gesehen hatte.

Tinu wartete, bis er seinen Durst gelöscht hatte, dann kletterte sie hinauf, wobei sie den Rücken an die Felswand drückte, als erwartete sie, dass er sie anbrüllen und wegschicken würde, und steckte das Ende des Stockes in die Spalte. Suth sah ihr verdutzt zu, als sie verschiedene Winkel ausprobierte. Dann tauchte wundersamerweise ein Wassertropfen an einem Zweig an der Unterseite des Stocks auf, dann noch einer und dann noch einer. Sie hielt die freie Hand darunter und fing sie auf, bis ihre Hand voll war. Dann leckte sie das Wasser auf, wobei sie ihn immer noch ansah, als erwartete sie, angeschrien oder geschlagen zu werden.

»Gut, gut«, sagte er lächelnd. »Jetzt zeig es Noli.«

Während die anderen lernten, wie sie den Stock halten mussten, packte er den Fuchs und legte ihn auf den Rücken. Dann nahm er die Steinklinge zwischen Daumen und Zeigefinger und zog die scharfe Kante langsam auf der Bauchnaht entlang. Das tat er immer wieder, wobei er aus Angst, seine Klinge zu zerbrechen, nur wenig Druck ausübte. Allmählich gelang es ihm, die zähe Haut aufzutrennen.

Die drei Mädchen sahen schweigend zu, doch Ko hockte mit vorgeschobenem Unterkiefer und gerunzelter Stirn neben ihm. Er wollte unbedingt mitmachen, unbedingt helfen. Suth hatte schon den Mund geöffnet, um ihn anzufauchen, er solle ihn in Ruhe lassen, da dachte er: Ko sah seinen Vater sterben. Er sah, wie seine Mutter verschleppt wurde. Einen Tag und eine Nacht lang war er in einer dunklen Höhle eingesperrt. Er begreift nichts davon. Er begreift nicht, dass es keinen Stamm mehr gibt, zu dem er gehört. Ich begreife das alles. Mit Nolis Hilfe bin ich jetzt der Anführer. Wir sind Vater und Mutter für sie.

Also wies er Ko an, den Schwanz des Fuchses so zu halten, dass er ihn nicht bei der Arbeit störe. Eigentlich musste er nicht gehalten werden, aber Ko hatte etwas zu tun, und beide hatten ein besseres Gefühl.

Allmählich bildete sich ein Riss. Aus dem Riss wurde ein Schnitt, und dann drang Suth in das Fett vor, das unter der Haut lag. Mühevoll vergrößerte er die Enden des Schnittes, bis er mit den Händen hineinfassen und den Fuchs auswaiden konnte. Dann legte er die Leber frei. Die ganze Zeit über ging er vorsichtig mit seinem wertvollen Werkzeug um.

Suth war jetzt der Anführer, also aß er als Erster und schnitt sich einen großen Happen Fleisch heraus, bevor er beim Kauen Stücke für die anderen abhackte. Gebraten war Fuchsfleisch besser, aber selbst dann hatte es noch einen starken, ranzigen Geschmack. Immerhin bekamen sie etwas zwischen die Zähne, und seit die Fremden ihnen im Kampf Frauen und Feuer geraubt hatten, hatten sie ohnehin nur rohe Nahrung zu sich genommen.

Sie aßen schweigend. Noli presste ihren Mund auf Otans

und zwängte einen Teil ihrer zerkauten Bissen durch seine Lippen. Er sog es ein, riss den Mund auf und wollte mehr. »Das reicht«, sagte Suth, als sie Leber und Herz gegessen hatten, obwohl sein eigener Magen noch vor Hunger schmerzte.

»Ja«, sagte Noli. »Es ist bitteres Fleisch. Zu bitter.«

Der Stamm war an leere Mägen gewöhnt. Manchmal hielt ein Guter Jagdgrund nicht das, was er versprach. Entweder fanden sie kein Wild oder ein Buschfeuer hatte die Pflanzen vernichtet, auf deren Ernte sie gehofft hatten. In solchen Fällen mussten sie ohne Vorräte zum nächsten Guten Jagdgrund weiterziehen. Selbst die Kleinen wussten, dass es sich immer anfühlte, als hätte man glühende Steine verschluckt, wenn man einen ausgehungerten Magen mit Fleisch voll stopfte.

Suth schnitt alle Körperteile des Fuchses ab, die nicht gegessen werden konnten, und wies Mana an, sie in guter Entfernung am Hang abzulegen. Den Rest des Kadavers lehnte er an den Fuß der Felswand und bedeckte ihn zur Sicherheit mit Steinen. Er trank noch einmal, ließ sich dann nieder und blickte auf die brennend heiße Ebene, die unter ihnen lag. Irgendwo dort draußen zog der Rest des Stammes immer weiter fort von ihnen. Die wasserlose Wüste würde über kurz oder lang ihren Tod bedeuten. Er würde sie nie wieder sehen.

Noch etwas ging ihm durch den Kopf: Nein. Wir sechs Kinder, auf dem Hang dieses Hügels – wir sind die einzigen Überlebenden des Stammes.

Er sah die anderen an. Die kleine und magere Tinu, die sich so sehr für ihr schiefes Gesicht und ihre fehlerhafte Sprache schämte, dass sie es nie gewagt hatte, mit irgendjemandem Freundschaft zu schließen. Trotzdem war sie klug – ihr Trick mit dem Ast, den sie in die Spalte gesteckt hatte, bewies das. Der kleine Ko, der früher jeden zum Lachen gebracht hatte – sobald er hatte laufen können, hatte er versucht, den Gang der Männer nachzuahmen. Mana. Suth wurde bewusst, dass er so gut wie nichts von Mana wußte, dass er sie, obwohl er sie seit ihrer Geburt kannte, früher nie wahrgenommen hatte, ein so stilles Kind war sie. Otan, der schlafend in Nolis Schoß lag. Er war noch zu klein, man konnte nichts von ihm wissen und es war sinnlos, irgendwelche Vermutungen anzustellen. Und Noli selbst ...

Wann war Mondfalke zum ersten Mal in ihren Träumen aufgetaucht?, fragte sich Suth. Es war ihm neu, dass die Ersten Wesen einem Kind erschienen. Das war in keinem der Stämme vorgekommen. Er kannte Noli gut. Ihre beiden Väter waren Brüder gewesen. Er hatte schon mit ihr gespielt, als sie noch ganz klein waren, war neben ihr gegangen, wenn der Stamm von einem Guten Jagdgrund zum nächsten zog. Sie hatte nie erwähnt, dass Mondfalke sie in ihren Träumen besuchte. Dann aber, vor einem halben Mond, hatte sie den ganzen Stamm plötzlich aus dem Schlaf gerissen, als sie in tiefster Nacht aufgesprungen war und mit wilden Schreien von den Fremden, dem grausamen Kampf, dem Blut berichtet hatte ...

Bal hatte sie verflucht und gesagt, sie sei nur ein dummes Kind, das schlecht geträumt habe. Als sie weitergeschrien hatte, hatte er sie geschlagen. Er hatte von nichts gewusst.

Drei Tage später aber, am Abend, als sie sich versammelt hatten, um zu essen, waren die Fremden über sie hergefallen.

Suth fiel ein Erlebnis aus der Zeit ein, als er noch klein gewesen war. Damals war der Stamm an einen Ort namens Ragala-Niederung gelangt und war dort einem anderen

Stamm begegnet, dem des Webervogels. Es wurde ein großes Fest gefeiert und Geschenke wurden ausgetauscht. Aber noch während die Flammen des Feuers hoch emporschlugen, waren Bal und ein alter Mann aus dem Stamm des Webervogels in der Dunkelheit verschwunden.

»Wohin geht Bal mit dem alten Mann?«, hatte Suth seinen Vater gefragt.

Sein Vater machte ein Zeichen. Er legte die Hand auf den Mund.

»Sie gehen und reden über Träume«, hatte er gemurmelt. »Man darf nicht darüber sprechen. Es ist ein Geheimnis.« Als er älter geworden war, war Suth aufgefallen, dass es in allen Stämmen einen Menschen wie Bal gab, dem das jeweilige Erste Wesen in den Träumen erschien. Es musste nicht unbedingt der Anführer sein wie Bal. Manchmal war es ein Mann, manchmal eine Frau. Aber nie ein Kind. Wie konnte das nur sein? Und trotzdem hatte Noli …

Sie sah ihn an, als hätte sie seine Gedanken erraten. Doch sie sagte nur: »Was sollen wir jetzt tun, Suth?«

»Wir rasten«, antwortete er. »Alle sind müde. Wir haben Wasser. Wir haben Fleisch für drei Tage.«

»Das Fleisch ist zu bitter«, sagte sie. »Bald sind die Kleinen krank. Sie müssen Pflanzen haben.«

»Ja. Alles da unten ist Stachelbusch, glaube ich. Wir sehen nach.«

Sie ließen die Kleinen im Schatten der Felswand zurück und stiegen hinab ins trockene Bachbett. Doch genau wie sie erwartet hatten, gab es dort nur eine Art von Strauch, mit krummen Zweigen und runden, dicken, ledrigen Blättern. Er kam häufig vor an trockenen Orten, aber der Stamm aß nichts davon. Suth kaute probehalber an einem Blatt und spuckte aus. Der bittere Geschmack hielt sich noch längere

Zeit in seinem Mund, obwohl er ihn einige Male mit Wasser aus der Spalte wusch.

Da sie der Nachtmarsch ermüdet hatte, schliefen sie bis zum frühen Nachmittag. Dann wurden sie von Otans Weinen geweckt. Er war wieder hungrig und alle anderen auch, also holte Suth den Fuchskadaver unter den Steinen hervor. Ameisen hatten ihn entdeckt, aber er wischte sie ab und schnitt noch mehr Fleisch heraus. Keinen ließ er mehr als ein paar Bissen essen.

»Heute rasten wir«, sagte Suth. »Morgen gehen wir.«

»Wohin?«, fragte Noli.

»Ich weiß nicht. Vielleicht schickt Mondfalke dir einen Traum«, sagte Suth.

»Vielleicht«, sagte Noli.

Suth war zu beunruhigt, um zu schlafen. Hier konnten sie nicht lange bleiben. Wenn sie versuchten Bal durch die Wüste zu folgen, würden sie umkommen. Wenn sie versuchten zurück über die Dürren Hügel zu gehen, würden sie mit großer Wahrscheinlichkeit auch umkommen. Der Stamm hatte es nur so weit geschafft, weil die Kürbisflaschen mit Wasser gefüllt gewesen waren. Suths kleine Schar aber hatte keine.

Unruhig erhob er sich, um den Verlauf des Hanges zu erkunden. Vielleicht floss an einer anderen Stelle mehr Wasser aus der Felswand und ließ bessere Pflanzen gedeihen. Das würde ihnen wenigstens erlauben, einige Tage länger hier zu rasten, so lange, bis die Kleinen wieder zu Kräften kamen.

Es sah nicht sehr viel versprechend aus. Der Hang wurde steiler und ging in gefährliches Geröll über – eine lange Welle loser Felsbrocken, die tief unten vor etwas auslief, das eine weitere Felswand zu sein schien. Er warf einen Stein hinunter, der klackernd landete und eine kleine Lawine auslöste, die aus seiner Sichtweite polterte. Nein, hier können wir nicht gehen, beschloss er und kehrte zu den anderen zurück.

Noli war wach und versuchte Ko zu trösten, der sein Fleisch hinuntergeschlungen hatte, ohne richtig zu kauen, und der nun über Bauchschmerzen klagte.

»Ist Mondfalke gekommen?«, fragte Suth.

»Nein«, sagte sie.

Noch beunruhigter als vorher legte er sich hin und versuchte sich irgendwelche Einzelheiten der Wanderung über die Dürren Hügel ins Gedächtnis zurückzurufen. Doch damals hatte er noch unter Schock gestanden, war wie in Trance gelaufen und hatte das, was um ihn herum vorging, kaum wahrgenommen. Er konnte sich nur an einen mühseligen Marsch über heiße, steinige Erde erinnern, an seinen Durst und daran, dass sich zu beiden Seiten zerfurchte Hänge erhoben hatten und dass keine Spur von Wasser oder Nahrung zu entdecken gewesen war.

Als die Sonne unterging, quälte er sich noch immer mit diesen Gedanken. Er lag auf dem Rücken und blickte in den Himmel, der den ganzen Tag über tiefblau gewesen war, nun aber fahler und grauer wurde und in Richtung Westen einen goldenen Schimmer annahm.

An diesem Himmel sah er einen Schwarm von Vögeln, die unter ständigem Kreisen und mit ausgebreiteten Flügeln niedergingen, immer näher kamen und schließlich hinter der Kuppe der Felswand verschwanden.

Suth fasste wieder Mut. So etwas hatte er schon früher gesehen. Es gab einen Guten Jagdgrund namens Stinkwasser, den der Stamm immer in denselben zwei Jahreszeiten aufgesucht hatte. Zu anderen Zeiten war es ein unzugängliches Sumpfland mit schwarzem, fauligem Wasser. In den richtigen Jahreszeiten aber senkten sich die Vögel in Kreisbewegungen aus dem Himmel herab, viele Male zehn waren es und manche von ihnen so schwach und müde vom langen Flug, dass sie leicht zu fangen waren. Zu dieser Zeit versammelten sich stets mehrere Stämme am Stinkwasser und es gab für alle reichlich zu essen.

Auch Noli hatte die Vögel gesehen und denselben Gedanken gehabt.

»Da oben ist ein Guter Jagdgrund«, sagte sie.

»Morgen suchen wir einen Weg«, sagte er, »wenn wir durch die Dürren Hügel zurückgehen.«

Affe macht Feuer

Schlange, Krokodil, Warzenschwein und andere mehr kamen zum Affen und sagten: »Affe, du frisst unsere Nahrung. Du trinkst unser Wasser. Du schläfst in unseren Höhlen. Dein Geschwätz stört uns auf unseren Felsen. Aber du rührst keinen Finger.«

Affe sagte: »Gut. Ich bin schlauer als ihr. Jetzt mache ich etwas Besseres als ihr alle zusammen.«

Einen Tag, eine Nacht und noch einen Tag lang dachte er nach, und dann, als Schwarze Antilope schlief, schaute er auf zum Himmel und sah eine große Wolke, die den Mond verdeckte.

Da klatschte Affe in die Hände, und es schallte so laut, dass die Wolke barst, Feuer herausfiel und sich auf die Erde ergoss, die Bäume verbrannte und das Gras, die Wasserlöcher austrocknete und die Felsen sprengte, wo Mondfalke hockte, und die Wurzeln in der Erde versengte. Nur Kleine Fledermaus in ihren Höhlen blieb verschont.

Kleine Fledermaus schaute hinaus und sah, was geschah, also flog sie dorthin, wo Schwarze Antilope schlief, und piepte ihm ins Ohr: »Affe verbrennt unseren Guten Jagdgrund mit Feuer. Halte ihn auf.«

Schwarze Antilope erwachte und auch er sah, was geschah. Er bäumte sich auf, blies Atem aus seinen Nüstern und löschte so das Feuer.

Er rief Affe zu sich und Affe hatte Angst und verbarg sich. Mondfalke aber erspähte ihn von seinem Felsen und sagte es Schlange, die lautlos hinschlich, sich um ihn wand, ihn fing und zu Schwarze Antilope brachte.

Schwarze Antilope sagte: »Du hast schlimme Dinge getan. Jetzt juckt dein Fell. Ich will es so. Es ist wie Feuer. Du musst unseren Guten Jagdgrund ganz wiederherstellen. So wie er war sollst du ihn machen. Dann nehme ich das Jucken von dir.«

Da machte sich Affe an die Arbeit und sein Fell juckte wie Feuer, doch er schaffte es nicht. Er goss Wasser in die Löcher, aber es war salzig und sauer. Er tat Wurzeln in die Erde, aber sie machten Warzenschwein krank. Er ließ Bäume wachsen, aber sie waren zu dornig für die Weibchen von Webervogel, um darin zu nisten, und die Früchte fielen ab, bevor sie reif waren.

Schließlich ging Affe zu den anderen und sagte: »Ich schaffe es nicht. Ihr müsst mir helfen.«

Sie sagten: »Was gibst du uns dafür?«

Affe sagte: »Ich kann euch nichts geben.«

Sie sagten: »Du gibst dies. Hör gut zu. Du tust es trotzdem. Du tust es einen ganzen Mond lang, abwechselnd für jeden von uns.«

Auf diese Weise einigten sie sich und stellten den Jagdgrund jeder auf seine Art wieder her, mit sauberem Wasser und schönen Bäumen, mit Gräsern, süßen Nüssen, Früchten und Wurzeln. Und als Gegengabe arbeitete Affe abwechselnd für jeden von ihnen und tat alles, was man ihm sagte, einen ganzen Mond lang, von früh bis spät. Das gefiel ihm ganz und gar nicht.

Eines Tages, als er Insekten für Kleine Fledermaus fing, roch Affe Rauch. Er sah nach und fand einen letzten Funken des

Feuers, das er gemacht hatte. Er sammelte trockenes Laub, blies auf den Funken und fachte ihn mit den Blättern an, bis wieder ein Feuer brannte. Dann suchte er einen hohlen Baumstamm, tat das Feuer hinein, verschloss die Enden mit Lehm und machte so den ersten Feuerbewahrer, den er an einem geheimen Ort verbarg.

Als alle Arbeit getan war, ging Affe zu Schwarzer Antilope und sagte: »Schau doch. Jetzt ist unser Guter Jagdgrund so, wie er vorher war.«

Schwarze Antilope schaute hin und sah, dass es stimmte. Aber er übersah den Ort, wo Affe den Feuerbewahrer verborgen hatte. Dann blies er seinen Atem auf Affe und das Jucken hörte auf.

Nur eine kleine Stelle in der Achselhöhle juckte immer noch wie Feuer. Das lag am Feuerbewahrer.

Und daran liegt es, dass Affe sich immer kratzt.

DREI

Für den Fall, dass ein Fuchs oder ein anderes Raubtier nachts zur Tränke käme, schliefen sie ein gutes Stück vom Wasser entfernt. Suth und Noli hatten Steinbrocken vor einer Nische in der Felswand aufgetürmt und so ein kleines Lager gesichert, wo sie sich dicht aneinander schmiegen konnten. Nichts störte ihren Schlaf.

Am nächsten Morgen teilte ihnen Suth mehr Fleisch zu und wies sie an, so viel zu trinken wie möglich. Während sie dies taten, schnitt er dem Fuchs einen Lauf ab, um ihn mitzunehmen, und zerbrach seine Klinge, als er sich mit den Sehnen am Gelenk abmühte. Als er fertig war, suchte er Noli, konnte sie aber nicht finden. Tinu hatte sich wieder schlafen gelegt. Mana und der kleine Otan spielten mit Kieseln. Ko schlug zwei Steine aneinander und versuchte eine eigene Klinge zu machen.

»Wo ist Noli?«, fragte Suth.

Mana zeigte an der Felswand entlang und da sah er sie. Sie war schon außer Rufweite und suchte sich einen Weg auf dem von Felsbrocken übersäten Hang.

Er war wütend. Schon am Morgen war es heiß. Bevor sie

nach einer Stelle suchen konnten, die es ihnen ermöglichte, bis zur Kuppe zu klettern, mussten sie ein gutes Stück auf dem Weg zurückgehen, den sie gekommen waren. So konnte man einen Anführer nicht behandeln. Er würde Noli einiges zu sagen haben.

Als sie endlich zurückkam, erhob er sich und ging ihr entgegen. Um ihr seinen Ärger zu zeigen, zog er unbewusst die Schultern hoch und schüttelte seine Mähne. Sie antwortete, indem sie sich hinkniete und mit flachen Händen auf den Boden vor ihm schlug.

»Ich fand einen Weg zur Kuppe der Felswand«, sagte sie.

Er hörte und verstand, aber seine Schultern und sein Nacken blieben starr, die Lippen straff über die gebleckten Zähne gespannt, als wäre er Bal. Das alles tat er ohne Absicht. Sein Körper tat es für ihn, weil er wütend war. Dann entspannte er sich, lachte und half ihr auf.

»Mondfalke zeigte dir?«, sagte er.

»Nein. Aber ... es ist schwierig ... Es ... zog mich.«

Er begriff nicht. »Vielleicht war es Mondfalke«, schlug er vor.

»Vielleicht.«

»Gut. Zeig es mir.«

Er ließ Noli vorangehen, die Otan auf ihrer Hüfte trug. Im Gänsemarsch folgten ihr Ko, Mana und Tinu. Er machte den Schluss, um sicherzugehen, dass die Kleinen beim Gehen Acht gaben. Als sie den mit losem Geröll bedeckten Hang erreichten, wo Suth in der letzten Nacht umgedreht war, begann Noli sich vorsichtig einen Weg zu suchen. Suth ließ die anderen warten und dann mit großem Abstand folgen, schickte sie aber einzeln los. Bei jedem Schritt musste der Fuß erst nach Halt suchen.

Schließlich war es Suth selbst, der stürzte. Ein Felsbrocken gab unter ihm nach. Es war, als wäre der Hang eine Welle, die ihm den Boden unter den Füßen fortriss. Er spürte, wie er mitgezogen wurde, und warf sich mit ausgebreiteten Armen flach auf den Boden, lag keuchend da, während die Lawine, die er ausgelöst hatte, abwärts donnerte. Er stand auf und sah mit Erleichterung, dass alle anderen in Sicherheit waren, aber mit schreckgeweiteten Augen auf ihn warteten.

Noch vorsichtiger als zuvor gingen sie weiter, bis die Felswand aufzuhören schien. Noli zwängte sich um die Ecke und verschwand. Dann Mana, dann Tinu, dann Ko. Erst dann kam Suth und sah, was Noli entdeckt hatte.

Es war, als wäre der Berg auseinander gebrochen worden. Die beiden Hälften hatten sich ineinander verkeilt, aber dazwischen war eine Spalte offen geblieben. Der Vorsprung, auf dem die Kinder standen, führte in die Spalte hinein.

»Siehst du«, sagte Noli, »dasselbe wie beim Tarutu-Felsen.« Der Tarutu-Felsen war ein mächtiger, schwer zugänglicher Felsblock, den der Stamm als Nachtlager benutzt hatte. Ganz in seiner Nähe befand sich eine tiefe Stelle, wo der Tau sich sammelte. Der Felsen war ein Turm mit flacher Spitze. Sie konnte nur durch eine tief eingeschnittene Spalte erreicht werden, die sich an einer Seite hinaufzog. Dieser Spalt hier war ähnlich, nur sehr viel länger.

Zögernd blickte Suth hinauf. Wahrscheinlich mussten die Kleinen ein Stück des Wegs getragen werden. Was, wenn sie alle stecken blieben …

Insgeheim aber wusste er, dass der Weg zurück durch die Dürren Hügel genauso gefährlich war. Sie konnten alle unterwegs verdursten. Demhingegen bestand eine gute Chance, irgendwo oben auf der Felswand Wasser zu finden. Aus welchem anderen Grund hätten sich die Vögel letzte Nacht dort niederlassen sollen?

Außerdem hatte Noli gesagt, sie sei zu diesem Spalt »gezogen« worden …

Sie krochen hinein. Die Felsen waren etwas feucht. Der Spalt lag so, dass die Sonne noch nicht hineinschien, und bis zum Abend würde sein Grund im Schatten liegen. Das gab den Ausschlag für Suth.

»Wir versuchen es«, sagte er.

Der Aufstieg dauerte lange und war sehr anstrengend. Sie mussten Otan tragen. Tinu war noch geschwächt von ihrem Fieber. Und obwohl die Kleinen daran gewöhnt waren, zu Verstecken hinaufzuklettern, brauchten sie an schwierigen Stellen immer noch Hilfe – auch wenn Ko wie üblich zu beweisen versuchte, dass er alles allein schaffte. Immerhin hatten sie die meiste Zeit über Schatten, und eine leichte Brise, die von den feuchten Felsen abgekühlt wurde, wehte ihnen entgegen.

Als die Sonne schließlich so hoch stand, dass die Felsen in der Wüste keine Schatten mehr warfen, blickte Suth auf und sah nur noch Himmel über ihnen. Dieser Abschnitt des Aufstiegs war so leicht gewesen, dass die Kleinen ihn fast ohne Hilfe hatten bewältigen können. Mana ging dicht vor Suth, dann folgte Noli mit Otan, schließlich Ko und Tinu.

»Warte, Mana«, sagte Suth. »Ich gehe nachsehen.«

Er schlängelte sich an ihr vorbei und steckte den Kopf vorsichtig ins Freie. Zu seiner Enttäuschung entdeckte er, dass sie die Kuppe noch nicht erreicht hatten, sondern nur einen breiten Vorsprung, über dem die Felswand noch höher aufragte.

Er wollte gerade aus dem Spalt hinausklettern, als er zu seiner Rechten einen heiseren Schrei und eine plötzliche Bewegung wahrnahm. Er blickte dorthin und sah einen großen Vogel, irgendeine Art von Adler, der von einem wirren Haufen Zweige auf dem Vorsprung abstrich. Einen Moment lang dachte er, er wäre durch sein plötzliches Auftauchen erschreckt worden und geflohen, dann aber drang schrilles Gepiepe aus dem Zweighaufen, und im selben Augenblick schwang der Adler im Flug herum und sauste herbei, um seine Jungen zu verteidigen. Suth tauchte wieder in den Spalt.

»Verstecken! Verstecken!«, rief er. »Adler kommt!«

Zum Glück war der Spalt an dieser Stelle tief und schmal. Als der Adler auf ihn zuschoss, warf sich Suth zurück. Er packte den Fuchslauf am Unterschenkel, bereit, im Notfall damit zuzuschlagen. Der Vogel hatte schon Angriffshaltung eingenommen. Die großen, gebogenen Klauen ragten nach vorn. Im letzten Moment aber merkte er, dass er die Beute nicht würde schlagen können, ohne seine Flügel an den Felsen zu zerschmettern.

Irgendwie brachte er es fertig, mitten im Flug anzuhalten, abzudrehen und aufwärts zu rauschen, kehrte aber sofort wieder um und sackte wie ein Stein herab, um Suth von oben zu packen. Da er nicht zu vertreiben war, kauerte sich Suth auf dem Boden zusammen, und noch einmal erwies sich der schmale Spalt als unüberwindliches Hindernis für den Adler.

Immer wieder griff er aus verschiedenen Winkeln an, gab aber schließlich auf und kreiste nur noch mit heiseren, wütenden Schreien über dem Felsvorsprung.

Voller Verzweiflung sah Suth ihm zu. Es war ein großer, wilder Vogel mit scharfem Schnabel und Furcht einflößenden Krallen. Nicht einmal ein erwachsener Mann hätte es mit ihm aufnehmen wollen. Doch die Kinder des Mondfalken mussten den Felsvorsprung überqueren. Im darüber liegenden Spalt wären sie wieder sicher.

Irgendwie musste er auf den Vorsprung gelangen und den Adler in Schach halten, während Noli und Tinu die Kleinen hinüberbrachten. Was konnte er als Waffe benutzen? Der Fuchslauf war so gut wie nutzlos. Er brauchte Steine, aber wo an dieser steilen Felswand …? Ah, ja, ein Stückchen weiter unten hatten sie sich ihren Weg vorbei an einem großen Felsbrocken bahnen müssen, der hinabgestürzt und in der Spalte eingeklemmt war. Dann waren kleinere Steine auf seine Oberseite gefallen und dort liegen geblieben …

»Tinu«, rief er. »Weiter unten sah ich Steine, gut zum Werfen. Bring sie. Bring viele.«

Er erklärte Noli seinen Plan, während Tinu hinauf- und wieder hinabstieg und bei jedem Gang zwei oder drei Steine brachte. Sie reichte sie an Noli weiter, die sie Suth gab. Er nahm sie und schob sie auf den Felsvorsprung.

Jedes Mal, wenn er hinauflangte, sauste der Adler bedrohlich nahe heran, so nahe, dass seine Flügelspitzen beim Vorbeifliegen fast die Felswand berührten. Als er den letzten Stein in der Hand hielt, reichte er Noli den Fuchslauf hinab, suchte sich einen sicheren Halt für die Füße, langte dann hinauf und tat so, als wolle er einen Stein auf den Vorsprung zu den anderen schieben.

Wieder schwang der Vogel herum und stürzte herab. Als er über ihn hinwegschoss, schleuderte Suth mit ganzer Kraft den Stein und traf den Adler mitten auf den Körper, dicht unter einen der ausgebreiteten Flügel. Das Tier stieß einen schrillen Schrei aus und fiel zurück. Sofort kletterte Suth auf den Felsvorsprung und schnappte sich zwei Steine, als er auf die Beine kam. Der Vogel hatte sich gleich wieder erholt, raste längs der Felswand zu seiner Rechten auf ihn zu und hatte ihn schon fast erreicht.

Der erste Stein ging daneben. Er warf den zweiten und presste sich sofort flach an die Felswand. Der Vogel rauschte mit leeren Krallen an ihm vorbei.

Er sprang auf die Füße, sah eine Feder davonsegeln und wusste, dass er noch einen Treffer gelandet hatte. Wieder schnappte er sich zwei Steine und schob sich dichter an den Horst heran, um den Adler von der Spalte fortzulocken. Jetzt, da er Wurfgeschosse und einen festen Stand hatte, fühlte er, wie sein Selbstvertrauen wuchs. Steine waren die wichtigsten Waffen des Stammes. Wie alle Kinder hatte sich auch Suth im Werfen geübt, seit er groß genug gewesen war, um sie zu halten. Er war ein hervorragender Schütze. Als der Adler wieder angriff, hatte er Wurfhaltung eingenommen und war bereit.

Diesmal schien er vorsichtiger näher zu kommen. Das war ein Fehler, denn so war er ein leichteres Ziel. Suths erster Wurf war ein Treffer und der Adler drehte ab.

»Fertig, Noli!«, rief er.

Der Vogel ging in die Kurve, schwang herum und nahm Kurs auf Suth. Würde er wieder angreifen? Keuchend folgte er ihm mit den Blicken.

Nein, er drehte ab und hielt sicheren Abstand zum Felsvorsprung.

»Komm, Mana!«, rief Suth, als der Vogel es beim Kreisen beließ. »Schnell! In den Spalt! Gut. Noli, warte! Er kommt zurück … Jetzt! Schnell!«

Der Vogel kreiste noch dreimal vorbei. Jedes Mal, wenn er sich wieder entfernte, kroch ein Kind des Mondfalken aus dem Spalt und hastete über den Felsvorsprung in Sicherheit. Suth konnte hören, wie Noli Mana antrieb weiterzuklettern und Platz für die anderen zu machen. Als Tinu es hinübergeschafft hatte, sprang Suth auf den Spalt zu. Sobald er hineingeschlüpft war, wartete er, bis sein Atem sich beruhigt hatte und sein Herz aufhörte zu rasen. Dann kletterte er weiter.

Als er sich einen Weg vorbei an Noli bahnte, hörten sie unten neuerliches, wildes Kreischen. Sie reckten die Köpfe und sahen, dass jetzt zwei große Vögel über dem Felsvorsprung kreisten, die einander riefen.

»Das Männchen kehrt zurück zum Horst«, sagte Noli.

»Noli, du hast Recht«, sagte Suth. Beim Gedanken daran, was hätte passieren können, wenn der andere Vogel zum Horst zurückgekehrt wäre, als er noch auf dem Felsvorsprung stand und die Kleinen hinüberzulaufen versuchten, wurde ihm schlecht.

Sie kletterten erschöpft weiter und schon bald gelangten sie auf einem steilen, mit Steinen übersäten Hang ins Freie. Hier ruhten sie sich aus, und Suth ließ den Fuchslauf herumgehen, damit jeder so viel davon essen konnte, wie er wollte. Dann ging der mühevolle Aufstieg weiter. Sie hatten keine andere Wahl.

Der Hang schien endlos lang zu sein. Jedes Mal, wenn sie einen Schattenplatz fanden, legten sie eine Rast ein und schauten zurück. Jedes Mal konnten sie mehr von der Wüste sehen, die sich unter ihnen erstreckte. Noch nie in ihrem Leben waren sie so hoch oben gewesen.

»Wir klettern in den Himmel«, sagte Noli.

Die Sonne war schon hinter die Hügelkette gesunken, als sie an ein weiteres Hindernis gelangten, eine zerklüftete Reihe großer Felsen, die den Zähnen eines riesigen Krokodils glichen. Hier hätte sich Suth fast auf den Boden geworfen und aufgegeben, aber die anderen sahen ihn an und warteten auf Anweisungen, also erkundete er wortlos den Rand des Bergkamms und zwängte sich durch einen Spalt zwischen zwei Felsen. Dieser Spalt machte einen scharfen Knick, dann noch einen, und schließlich kamen sie wieder heraus.

Sie hielten inne und holten tief Luft. Die untergehende Sonne blendete sie, und zuerst war es schwer, genau zu erkennen, was sie da sahen. Dann aber begriffen sie, dass sich ein weitläufiges, verborgenes Becken vor ihnen ausbreitete, ein uralter vulkanischer Krater, der in den Bergen versteckt lag und vom Bergkamm umschlossen wurde, auf dem sie standen. Der Grund des Beckens wurde noch vom Hang verdeckt und blieb unsichtbar für sie, schien aber von einem schwachen Dunst durchflutet zu sein. Die Sonne war fast untergegangen und die Kinderschar warf lange Schatten über den Hang, als sie eine weitere Kante erreichten, von der aus sie hinabblicken konnten.

Unter ihnen lag ein ausgedehntes, grünes Becken, eingehüllt in einen grauen Schleier. Es war ein überraschender Anblick für sie, so sanft, so grün, so dunstig. Selbst hier oben auf dem öden Hang war die Luft würzig und duftete fruchtbar.

So etwas hatten sie bisher noch nicht zu Gesicht bekommen. Selbst ihre allerbesten Guten Jagdgründe waren heiß, trocken und von grellem Sonnenlicht erfüllt. Junges Gras, bei Sonnenaufgang noch grün und frisch, war mittags schon müde und staubig, und die wenigen Bäume waren zäh und stachelig und hatten harte, kleine, staubige Blätter, die der Hitze widerstehen konnten. Nie zuvor hatten sie einen Wald erblickt. Es dauerte ein wenig, bis Suth begriff, dass die eigentümliche grüne Masse, die den Grund des Beckens zur Hälfte ausfüllte, aus Bäumen bestand.

Noli, die neben ihm stand, seufzte.

»Es ist ein Guter Jagdgrund«, flüsterte sie. »Es ist der Erste Gute Jagdgrund.«

Alle fünf standen da und starrten hinab. Selbst Ko verschlug es vor Staunen die Sprache.

URSAGE

Wie die Menschen erschaffen wurden

Schwarze Antilope sagte: »Es ist an der Zeit, dass wir Menschen erschaffen. Wir alle wollen etwas geben. Daraus machen wir Menschen.«

Schlange gab zwei Häute, denen sie entwachsen war.

Krokodil gab Zähne, die es verloren hatte.

Die Ameisenmutter gab Erde aus ihrem Bau.

Mondfalke gab die Schale eines Eis, das sie ausgebrütet hatte.

Papagei gab die Schale eines Eis seines Weibchens.

Kleine Fledermaus gab etwas Kot.

Warzenschwein gab kräftige Borsten von seinem Nacken.

Affe biss sich in die Spitze des Daumens und drückte ein paar Tropfen seines eigenen Blutes heraus.

»Was gibt Webervogel?«, fragten die anderen.

»Webervogel und seine Weibchen machen die Menschen, denn sie wissen, wie es geht«, sagte Schwarze Antilope.

»Und was gibst du?«, fragten sie ihn.

»Ich gebe Atem«, sagte er.

»Wie sollen diese Menschen aussehen?«, fragten sie ihn.

»Sie sollen lang und dünn sein, damit sie sich auf der Erde entlangschlängeln können«, sagte Schlange.

»Sie sollen dicke Haut und große Zähne haben, damit sie im Wasser auf Lauer liegen können«, sagte Krokodil.

»Sie sollen zahlreich sein, klein und schnell«, sagte die Ameisenmutter.

»Sie sollen fett sein«, sagte Warzenschwein.

»Sie sollen Flügel haben und durch die Luft fliegen«, sagten Kleine Fledermaus, Mondfalke und Papagei.

»Sie sollen aussehen wie ich«, sagte Affe.

»Diese Menschen haben ihr eigenes Aussehen«, sagte Schwarze Antilope.

Dann rief Webervogel seine Weibchen zusammen und gemeinsam erschufen sie zwei Menschen. Sie zerbrachen die Zähne von Krokodil, das waren die Knochen für zwei Skelette. Sie vermischten das Blut von Affe mit der Erde aus dem Bau der Ameisenmutter, das war das Fleisch für zwei Körper. Diese verschnürten sie mit den zwei Häuten, die Schlange gegeben hatte. Oben darauf legten sie Mondfalkes und Papageis Eierschalen, das waren die Schädel. Diese füllten sie mit dem Kot von Kleiner Fledermaus, das war das Gehirn. Zum Schluss fügten sie Warzenschweins Borsten hinzu, das war das Haar.

Doch die Menschen hatten noch keine Gestalt, nur zwei runde Körper mit runden Köpfen darauf. Weder sprachen sie noch bewegten sie sich.

Da blies Schwarze Antilope ihnen Atem ein, und es wuchsen ihnen Arme und Beine, Ohren und Nasen, und es wuchsen ihnen Finger und Zehen an Händen und Füßen. Und sie erwachten und standen auf.

Der Mensch, dessen Schädel aus Papageis Eierschale bestand, war der Mann, und sein Name lautete An. Der Mensch, dessen Schädel aus Mondfalkes Eierschale bestand, war die Frau, und ihr Name lautete Ammu.

Die Ersten Wesen standen daneben, sahen zu und warteten

ab, was die Menschen tun würden, waren selbst aber nicht zu sehen, weil sie sich unsichtbar gemacht hatten.

Der Mann und die Frau sahen sich um und erblickten den Ersten Guten Jagdgrund. Sie schauten sich an, lachten und waren glücklich.

»Diese Menschen sind wie ich. Sie sind nicht wie ihr«, sagte Affe. »Das liegt an meinem Blut.«

VIER

Lange blickten die Kinder des Mondfalken hinab in das weite Tal, das unter ihnen lag. Schließlich kam Suth zu sich, sah nach der Sonne und erkannte, dass es sehr bald dunkel werden würde. Obwohl sie hungrig und durstig waren, war dies nicht die rechte Zeit, um das Becken zu erkunden.

»Nacht kommt«, sagte er. »Wir müssen einen Schlafplatz finden.«

Er schickte sich an, sie wieder den Hang hinaufzuführen, doch schon nach wenigen Schritten sagte Noli: »Warte«, scherte aus, setzte Otan ab und kniete sich hin. Sie griff nach etwas, das aussah wie zwei kleine, graue Steine, die Seite an Seite mitten im Geröll lagen. Sie löste sie vorsichtig ab. Eine dünne, zähe Wurzel hielt sie im Boden fest, die erst nach einigem Hin- und Herdrehen riss. Steinsame. Sie knabberte an der Unterseite, bis sie einen dicken Lappen Rinde abziehen konnte, saugte einmal daran, dann noch einmal, legte ihren Mund auf Otans, flößte ihm den Saft ein und reichte die Pflanze schließlich an Suth weiter. Er trank ein wenig vom dicken, öligen Saft, dann war Tinu an der Reihe und zuletzt die Kleinen. Ohne Gezank wechselten sie sich ab.

Seine Laune stieg. Das war ein gutes Omen. Steinsame war immer ein guter Fund, egal wo. Der Saft schmeckte nicht nur kräftig, er auch gab Kraft, ganz abgesehen davon, dass er den Durst löschte. Selbst einem erwachsenen Mann aber wurden die Sinne benebelt, wenn er den Saft einer ganzen Wurzel allein trank.

Sie kletterten zurück bis fast zum Kamm und suchten nach einem geeigneten Schlupfwinkel. Doch das Gelände war zu offen und so kauerten sie sich vor einem Felsen aneinander. Suth und Noli hielten im Schlaf Steine umklammert, aber nichts störte sie.

In der frühen Morgendämmerung standen sie auf und stiegen wieder hinab zu der Stelle, wo sie am letzten Abend gestanden und auf das wundersame, grüne Becken geblickt hatten. Es lag ein neuer Geruch in der Luft, ein eigentümlicher Gestank nach Rauch, ein Rauch, wie Suth ihn nie zuvor gerochen hatte.

»Schickte Mondfalke dir einen Traum?«, fragte er.

»Nein«, sagte Noli.

Er war enttäuscht. Je länger er auf das starrte, was dort unten lag, desto mehr Angst bekam er. Es war keine gewöhnliche Angst, nicht die Angst vor einem großen, wilden Jäger oder die Angst vor Bal, wenn er wütend war. Es war auch nicht wie die Angst bei Nacht, während eines Alptraums, dessen Schrecken noch nicht über den Träumer hereingebrochen sind, von denen er aber weiß, dass sie auf ihn warten.

An manchen Stellen in den alten Guten Jagdgründen hatte er etwas Ähnliches gefühlt. Beim Tarutu-Felsen zum Beispiel. War der Stamm dort angelangt, dann waren sie immer auf leisen Sohlen gegangen und keiner hatte gelacht oder gerufen, denn der Ort gehörte Kleiner Fledermaus. Bevor sie ihr Lager aufschlugen oder in der Mulde tranken, wo sich der Tau sammelte, hatten sie um ihre Gunst gebeten. Dieser Ort war ähnlich, nur war das Gefühl jetzt viel stärker. Er blieb wie angewurzelt stehen und auch Noli verharrte an einem Fleck.

Ko, der zu jung war, um solche Gefühle zu kennen, schickte sich als Erster an, den Hang hinabzulaufen. Als er sich in Bewegung setzte, flitzte eine Eidechse, die sich gesonnt hatte, von einem Felsblock. Etwas weiter entfernt stellte sich eine Manguste auf die Hinterbeine, sah in ihre Richtung und tauchte dann in ihren Bau. Das brach den Bann. Wenn es hier solche Tiere gab, dann musste es auch Wasser geben.

»Kommt«, sagte Suth und ging voran, wobei er nach rechts und links Ausschau hielt und nach Gefahren witterte.

Zwischen trockenem Hang und Waldrand lag ein Streifen Buschland – stachelige Büsche, manchmal locker verstreut und manchmal so sehr ineinander verwachsen, dass es kein Durchkommen gab. Niemand konnte wissen, was sich hinter ihnen verbarg, ganz zu schweigen vom Furcht einflößenden Dunkel unter den Bäumen, also führte Suth sie am Rand des Streifens entlang, bewegte sich wachsam und behielt alles im Blick. An Stellen, wo der Boden weich war, hielt er inne und suchte nach Spuren. Er sah etliche – kleine Tapser von Mangusten, lange, schmale Abdrücke von Hirschen, die breiten, verwischten Spuren, wo eine Schlange sich entlanggeschlängelt hatte. Große Spuren sah er nicht, war sich aber sicher, dass es dort, wo es so viel Beute gab, auch Jäger geben musste. Er suchte einen Weg um die weichen Stellen herum, damit sie keine eigenen Spuren hinterließen. Selbst auf dem härteren Boden fühlte sich die Erde feucht an unter den Füßen, als wäre ein schwerer Tau gefallen, obwohl ihr Nachtlager in den Hügeln trocken gewesen war.

»Warte«, rief Noli von hinten. »Ich rieche Saftwurzel.«

Suth hielt an. Ja, in der Luft lag der schwache, bittere

Geruch. Er wäre auch ihm aufgefallen, wenn er sich nicht so sehr darauf konzentriert hätte, Gefahr zu wittern. Als sie in das Buschland eindrangen, stießen sie auf einen Busch, der fast unter der Last einer rankenden Kletterpflanze mit kleinen, blassbraunen Blüten zusammenbrach. Sie verfolgten die Kletterpflanze bis zu jener Stelle, wo sie in der Erde verschwand. Steinsame und Saftwurzel so dicht beisammen, dachte Suth – das war tatsächlich ein Guter Jagdgrund.

Der Boden war zu hart, um mit bloßen Händen zu graben. Unter großen Mühen bissen sie Äste von einem anderen Busch ab und stellten Grabstöcke daraus her, mit deren Hilfe sie die Erde Krume für Krume lockerten und entfernten. Die Arbeit ging nur langsam voran. Die Männer der Stämme hatten schwere Klingen benutzt, um sich dicke Grabstöcke zu schneiden, deren Spitzen sie dann im Feuer härteten. Suths und Nolis Werkzeuge hingegen waren schwach und stumpf.

Im Schneckentempo gruben sie ein Loch. Schließlich drangen sie bis zur Spitze der Knolle vor, der die Kletterpflanze entsprang, und sahen, dass sie dick und blass war. Das war gut. Saftwurzel unterschied sich von Steinsame. Sie war mit Wasser gefüllt, das einen leicht bitteren Geschmack hatte, sehr erfrischend war und viel besser schmeckte als das Rinnsal, das unten aus der Felswand getröpfelt war. Wenn man den Saft ausgetrunken hatte, konnte man das faserige Fleisch essen. Es war nicht besonders nahrhaft, aber besser als nichts.

Sie vergaßen alles andere um sich herum. Der Schweiß lief ihnen aus allen Poren, als sie fleißig weiterarbeiteten, und schließlich tat ihnen jeder Muskel weh, die Hände waren aufgeschrammt und wund. Auf diese Weise holte man Saftwurzeln aus der Erde. Es konnte den ganzen Tag lang dauern, aber es lohnte die Mühe.

Das wussten auch die Kleinen. Sie kannten es schon, also

ließen sie sich nieder und schauten schweigend zu. Noli brach kleine Stücke von der Spitze der Knolle ab, damit sie daran lutschen konnten. Die Zeit verging. Suth war völlig unvorbereitet, als Tinu einen scharfen Zischlaut ausstieß, der Gefahr signalisierte.

Er schaute auf und sah, dass ihre Augen und die der Kleinen auf etwas hinter seinem Rücken gerichtet waren.

Er richtete sich auf und wandte sich um.

Männer.

Vier Männer, die nur wenige Schritte entfernt in einer Reihe standen. Sie hielten Grabstöcke in ihren Händen. Sie sahen aus wie die Männer des Stammes, mit sehr dunkler Haut und Narben im Gesicht, die sie als Erwachsene auswiesen. Einer von ihnen aber hatte verschiedenfarbige Augen, dunkelbraun und grau. Zitternd stand Suth auf und stellte sich ihnen entgegen. Sein Hals war trocken. Sein Herz schlug wild.

Zu kämpfen war sinnlos, zu fliehen aussichtslos. Er hatte sich schuldig gemacht. Selbst unter den eigenen Stämmen wäre es ein Vergehen gewesen. Schlange jagte oder grub nicht nicht in Webervogels Guten Jagdgründen, nicht ohne vorher Geschenke zu geben, nicht ohne wortreich um Erlaubnis zu bitten. Für dieses Vergehen waren Männer getötet und Frauen verschleppt worden.

Er ging in die Knie, breitete die Arme aus, drehte die Handflächen nach oben, senkte den Kopf und sah dann von unten zu ihnen auf. Sie sahen verärgert aus. Der Mann mit den eigentümlichen Augen trat vor und hob den Stock wie zum Schlag. Suth wusste nicht, ob er tatsächlich schlagen würde. Vielleicht war es nur eine Drohgebärde, eine Warnung, aber er zuckte zusammen und versuchte seinen Kopf mit den Armen zu schützen.

Da sprach Noli hinter ihm. »Mondfalke schickte uns.«

Der Mann zögerte. »Mondfalke?«

Er sprach den Namen fremdartig aus.

»Mondfalke schickte mir einen Traum«, sagte Noli.

Ein anderer Mann ging mit schnellen Schritten auf sie zu, riss sie am Arm hoch und schüttelte sie.

»Wo sind die anderen?«, fragte er. »Wo sind eure Männer? Wie viele?«

Auch er sprach mit fremdartiger Zunge.

»Nur fünf Männer übrig«, keuchte Noli. »Fremde kamen. Sie töteten unsere Väter. Wir flohen.«

»Diese fünf – sind sie hier?«, knurrte der Mann.

»Nein«, sagte Noli. »Ich glaube, sie sind tot. Bal führte uns an einen schlimmen Ort – kein Essen, kein Wasser. Mondfalke kam zu mir im Traum und sagte, ich muss zu den Kleinen zurückgehen. Diesen hier. Bal ließ sie zurück. Suth kam auch mit.«

Der Mann, der drauf und dran gewesen war, Suth zu schlagen, packte ihn jetzt bei den Haaren und zerrte ihn auf die Füße. Er fasste einen Arm und verdrehte ihn so weit auf den Rücken, dass er fast brach, aber Suth wehrte sich nicht und gab keinen Mucks von sich.

Die Männer beratschlagten. Dann blieben zwei von ihnen zurück, um die Saftwurzel ganz auszugraben, während die beiden anderen die Kinder mitnahmen. Derjenige, der Suth in Gewahrsam hatte, hielt weiter sein Handgelenk gepackt und stieß ihn vor sich her. Suth fühlte sich betäubt, dumm und hilflos, genau wie auf dem Weg durch die Dürren Hügel. In seinem Mund sammelte sich der bittere Geschmack der Niederlage.

URSAGE

Die Kinder von Ammu

Ammu wurde sehr dick.

Sie sagte zu An: »Ich brauche Fleisch. Mach dich auf und gehe auf die Jagd.«

Als An auf der Jagd war, gebar sie.

Bei diesem ersten Mal gebar sie sechs und sechs und sechs Kinder.

Zuerst gebar sie drei weiche Eier. Als sie aufsprangen, fand Ammu in jedem von ihnen einen Jungen und ein Mädchen.

Dann gebar sie drei harte Eier. Als sie aufsprangen, fand Ammu in jedem von ihnen einen Jungen und ein Mädchen.

Zuletzt gebar sie sechs Kinder, die nicht in Eiern aus ihrem Leib glitten, sondern so geboren wurden wie Tiere, die mit Fell auf die Welt kommen. Sie kamen in drei Paaren zum Vorschein, immer ein Junge und ein Mädchen zusammen.

Ammu sah ihre sechs und sechs und sechs Kinder an und weinte.

»Wie soll ich sie alle ernähren?«, sagte sie. »Ich habe nur zwei Brüste und die Brust von An ist flach und gibt keine Milch.«

Als Ammu gebar, war Schwarze Antilope weit fort und graste auf der Ebene. Aber Affe sah zu und spitzte die Ohren, denn er war immer neugierig, was die Menschen und alle ihre Taten anging. Als er hörte, was Ammu sagte, eilte er zu den anderen Ersten Wesen und sagte: »Ammu hat sechs und sechs und sechs Kinder geboren. Sie kann sie nicht alle ernähren. Sie hat nur zwei Brüste.«

Die Ersten Wesen beratschlagten untereinander. Sie sagten: »Jeder von uns nimmt zwei von Ammus Kindern auf und sorgt für sie, sonst müssen sie sterben.«

»Aber was, wenn Schwarze Antilope zurückkommt?«, sagte Kleine Fledermaus. »Dann sind keine Kinder mehr übrig für ihn.«

»Er ist der Stärkste«, sagte Schlange. »Er schenkt seine Kraft jenen, für die er sorgt. Dann herrschen sie über die anderen. Das ist nicht gut.«

Also kamen sie überein.

Sie ließen einen Schlaf über Ammu kommen, und dann losten sie aus, wer sich zuerst die Kinder aussuchen durfte, für die er sorgen wollte. Affe war geschickt mit den Fingern, und er achtete darauf, dass er als Letzter an die Reihe kam.

Schlange, Krokodil und Ameisenmutter suchten sich Kinder aus, die den weichen Eiern entschlüpft waren, und nahmen sie Ammu fort, während sie schlief.

Webervogel, Papagei und Mondfalke suchten sich Kinder aus, die den harten Eiern entschlüpft waren, und nahmen sie Ammu fort, während sie schlief.

Kleine Fledermaus und Warzenschwein suchten sich Kinder aus, die so geboren worden waren wie Tiere, die mit Fell auf die Welt kommen, und nahmen sie Ammu fort, während sie schlief.

Also blieben nur zwei Kinder übrig.

Da sagte Affe: »Wir können Ammu nicht alle Kinder wegnehmen. Dann weint sie noch mehr als vorher. Zwei stehen mir zu. Ammu soll sie großziehen. Jeder von euch muss mir ein Geschenk machen. Das entschädigt mich für den Verlust.«

Die anderen stimmten zu und so geschah es.

Als An von der Jagd zurückkehrte, zeigte ihm Ammu zwei schöne Kinder, die ihnen geboren worden waren, und sie waren voller Freude.

Ammu sagte: »Als ich schlief, träumte ich einen großen Traum. In meinem Traum gebar ich zehn Kinder und noch acht dazu. So viele konnte ich nicht mit meinen Brüsten ernähren. Deshalb weinte ich. Aber große Tiere hörten mein Weinen und kamen. Sie nahmen alle Kinder fort und ließen mir nur diese zwei.«

An sagte: »Es ist nur ein Traum«, und sie lachten beide.

Als Schwarze Antilope zurückkehrte und erfuhr, was die anderen getan hatten, lachte auch er.

»Affe hat euch hinters Licht geführt«, sagte er. »Ihr werdet es bald merken. Es ist viel Arbeit, für die Kinder der Menschen zu sorgen.«

FÜNF

Suth bemühte sich, weder zu bocken noch zu jammern, und nach einer Weile lockerte der Mann, der ihn gepackt hielt, seinen Griff. Suth konnte immer noch nicht sehen, was mit den anderen los war. Einmal hörte er Otan leise wimmern, aber die Kleinen hatten sehr früh gelernt zu schweigen, wenn sie sich in Gefahr befanden.

Der schmale Pfad schlängelte sich durch das Buschland. Der Mann, der Suth in Gewahrsam hatte, bewegte sich so vorsichtig wie ein Jäger auf fremdem Gelände, hielt oft inne und sicherte.

Niemand sprach ein Wort. Kein Laut kam von den kahlen Hügeln. Insekten schabten und zirpten im Gebüsch. Und die ganze Zeit über sangen und riefen Vögel in der großen, grünen Masse des Waldes, der zu ihrer Rechten lag. Es waren seltsame Rufe, die Suth nie zuvor gehört hatte.

Dann erhob irgendein Tier ganz in der Nähe, hoch in den Baumkronen, ein anhaltendes, auf- und abschwellendes Brüllen. Dasselbe Brüllen hatte Suth schon vorher aus der Ferne gehört, hatte es aber schnell wieder vergessen, weil er sich auf die Dinge in unmittelbarer Nähe konzentriert hatte. Jetzt aber, als der wilde, unheimliche Ruf nicht weit von ihm ertönte, sträubte sich das Haar in seinem Nacken. Instinktiv erstarrte er, aber der Mann, der ihn gepackt hielt, verdrehte seinen Arm und schob ihn vor sich her, als wisse er, dass der Schrei Gefahr bedeute.

Ein paar schmale Pfade zweigten ab und führten fort vom Wald, aber sie blieben auf ihrem Weg, bis der kahle Hügelhang in Sicht kam. Schon bevor sie aus dem Buschland heraustraten, witterte Suth, dass sie auf eine Art von Lagerplatz zuliefen – noch dazu einen alten, der häufig aufgesucht worden sein musste, denn die Gerüche waren sehr stark: Rauch von Holzfeuern, Gestank von verkohltem Fleisch und eine ganze Welle menschlicher Ausdünstungen. Das war seltsam. Der Stamm hatte sich manchmal einen Mond und noch einen Mond lang am selben Ort aufgehalten, aber sie hätten es niemals zugelassen, dass sich ihre Gerüche so sehr festsetzten.

Sie traten auf einem steilen, felsigen Hang ins Freie, der ein Stück weiter oben von einer Reihe niedriger Felswände gesäumt wurde. Vor den Felswänden bewegten sich Menschen. Einer von ihnen rief etwas. Alle ließen ihre Arbeit fallen und liefen zusammen. Sobald die Neuankömmlinge in Hörweite waren, erhoben sich Stimmen und Fragen wurden laut. Der Stamm hätte Jäger, die mit gefangen genommenen Fremden zurückkehrten, niemals so begrüßt. Alle hätten schweigend hinter ihrem Anführer gestanden, der das Begrüßungsritual vollzogen und die Fragen gestellt hätte.

Der Mann, der Suth hielt, gab keine Antwort, sondern trieb ihn grimmig weiter, vorbei an der Asche eines großen Feuers, fast bis zur Felswand. Hier sah Suth eine dunkle Öffnung im Fels gähnen, neben der eine alte Frau in der Sonne saß. Sie schien zu schlafen.

Der Mann zwang Suth auf die Knie. Die anderen Mondfalken wurden um ihn geschart. Schweigend warteten sie, die Mädchen hielten die Köpfe gesenkt. Ko aber warf wütende Blicke um sich, als wolle er es mit all diesen Menschen aufnehmen. Otan klammerte sich still an Noli.

Das Fragengewirr hielt an, bis die alte Frau zu erwachen schien und ihren Kopf hob. Sie hatte schütteres, weißes Haar, ihre Haut war gelb, runzelig und übersät mit dunklen Flecken. Beide Augen waren von einer dicken, grauen Schicht überzogen.

Einen so alten Menschen hatte Suth noch nie gesehen. Hätte sie zum Stamm gehört, dann wäre sie schon vor langer Zeit in die Wüste gebracht worden, um dort zu sterben, weil ihre Beine sie nicht mehr trugen.

»Sprich«, krächzte sie.

»Dith spricht«, sagte der Mann mit den seltsamen Augen, und Suth begriff, dass er ihr seinen Namen mitteilte, weil sie blind war.

»Ich ging mit Mohr, Gan und Gal, um Saftwurzel auszugraben«, fuhr der Mann fort. »Es war meine. Ich fand sie. Als ihre Blätter noch jung und grün waren, versah ich sie mit meinem Zeichen. Wir tranken am See. Dann gingen wir. Diese sechs Kinder waren dort. Sie gruben meine Saftwurzel aus. Ich wollte den Jungen schlagen. Als Strafe, nicht, um zu töten. Das Mädchen sprach von Mondfalke. Ich änderte meinen Sinn. Mohr fragte: ›Wo sind die anderen? Wo sind die Männer?‹ Das Mädchen sagte: ›Sie sind tot.‹ Wir beratschlagten. Wir sagten: ›Wir bringen diese Kinder zu Mosu.‹«

Die alte Frau dachte über die Sache nach, nickte und schnaufte. Suths Herz schlug heftig. Er hatte furchtbare Angst vor dieser alten Frau, mehr noch als vor den Männern.

»Das Mädchen soll von Mondfalke sprechen«, krächzte sie.

Noli legte Otan in Tinus Arme und trat vor. Sie kniete vor der alten Frau nieder und trommelte mit ihren Handflächen auf den Boden, genau wie sie es immer getan hatte, um Bal zu beruhigen, wenn er wütend war. Auf den Knien liegend erklärte sie, was seit dem Kampf mit den Fremden geschehen war. Die alte Frau senkte ihren Kopf und schien wieder zu schlafen, aber als Noli geendet hatte, hob sie einen verschrumpelten Arm und winkte sie zu sich.

Noli kroch zu ihr. Die alte Frau betastete sie am ganzen Körper und stieß sie dann fort.

»Der Junge«, krächzte sie.

Suth stand auf und ging zu ihr. Sie betastete ihn mit kalten, trockenen und zitternden Händen am ganzen Körper, befühlte Nase, Augen und Ohren, zählte Finger und Zehen. Dann kam Tinu an die Reihe, und ihr schiefer Mund wurde entdeckt.

»Was ist das?«, krächzte die Alte.

Tinu brachte vor Angst kein Wort heraus, aber Noli erklärte, dass sie so geboren worden sei.

»Sahen andere von euch auch so aus?«, fragte die Frau.

»In allen Stämmen war nur Tinu so«, sagte Noli.

Die Frau stieß Tinu von sich und fuhr mit den Kleinen fort. Flüsternd sahen die Leute zu.

Suth musterte sie. Es waren zehn und noch ein paar mehr. Einige waren alt und brauchten einen Stock als Stütze. Zwei der Männer hatten verschiedenfarbige Augen, genau wie Dith. Eine junge Frau hatte ein verkümmertes Bein. Ein Mädchen, das neben einer Schwangeren stand, bewegte die Hand, und Suth sah, dass Hautlappen zwischen den Fingern baumelten, wie an den Füßen der Vögel beim Stinkwasser.

Otan schrie, als die alte Frau ihn befühlte, beruhigte sich aber wieder auf Nolis Arm. Die Menschenmenge begann sich aufzulösen, als wäre die Untersuchung der Fremden beendet. Dith und Mohr verschwanden, um die Saftwurzel endlich ganz auszugraben. Das Gefühl von Gefahr ließ nach, aber Suth blieb angespannt. Das Verhalten dieser Menschen kam ihm sehr seltsam vor. Er wusste nicht, woran er mit ihnen war.

Die schwangere Frau trat auf sie zu, um Otan zu bewundern.

»Das ist eine Donnerstimme«, sagte sie, als wäre es ein großes Kompliment. »Das ist die Stimme eines mächtigen Jägers.«

»Er ist hungrig und durstig«, sagte Noli. »Wo ist Wasser?«

»Habt ihr noch nichts getrunken?«, fragte die Frau. Es klang erstaunt.

»Wir tranken gestern, am Morgen«, sagte Noli.

Die Frau nickte, entfernte sich und sprach kurz mit der Alten. Dann rief sie das Mädchen mit den seltsamen Händen herbei und schickte sie den Hang hinab, um hinter Dith und Mohr herzulaufen. Sie holte sie ein, kurz bevor sie im Buschland verschwanden. Es gab ein wenig Hin und Her, dann aber kamen sie wieder den Hang hinauf. Als sie das Lager erreichten, stand ihnen der Ärger ins Gesicht geschrieben, doch Dith sagte: »Kommt. Schnell«, und nahm sie wieder mit hinab. Suth trug Otan, um Noli verschnaufen zu lassen. Das Mädchen mit den seltsamen Händen begleitete sie.

»Wohin gehen wir?«, fragte Suth.

»Zum See«, sagte sie und war sichtlich überrascht von seiner Frage. »Wo sonst ist Wasser? Wie ist dein Name?«

»Ich bin Suth. Dies sind Noli und Tinu. Die Kleinen heißen Ko und Mana. Ich trage Otan, er ist Nolis Bruder. Wir haben keine Väter, keine Mütter. Wir gehörten zum Stamm von Mondfalke, aber es gibt ihn nicht mehr.«

»Ich bin Sula«, sagte sie. »Paro ist meine Mutter. Heute kommt sie nieder, vor Sonnenuntergang. Mein Vater ist Mohr, der dort. Der andere ist Dith. Mosu hat ihnen aufgetragen, euch zum See zu bringen. Sie ärgern sich darüber.«

»Warum kommen die großen Männer mit?«, fragte Suth. »Stehlen wir etwa den See?«

Wieder starrte sie ihn an und war verwundert, dass er nichts wusste.

»Alle gehen zusammen zum See«, sagte sie. »Die Männer beschützen uns.«

Sie gingen auf einem ausgetretenen Pfad, der sich zur Linken hin den Hang hinabzog. Als sie das Buschland betraten, fiel Mohr zurück ans Ende des Trupps, beide Männer hielten die Grabstöcke zur Verteidigung bereit und bewegten sich mit größerer Vorsicht. Der Pfad war breit und in seinem Staub zeichneten sich nicht nur die Spuren von Menschen ab. Das kam Suth bekannt vor. In der Nähe von Wasserlöchern, die sich in wildreichen Gegenden befanden, hatte er so etwas öfter gesehen, wenn es auch nicht so viele Spuren gegeben hatte, und schon gar nicht auf einem Pfad, der so stark nach Menschen roch.

Dieser Pfad führte schnurstracks in den Wald hinein. Sie ließen das grelle Sonnenlicht hinter sich und betraten einen dunkelgrünen Tunnel. Die Luft war gesättigt mit unbekannten Gerüchen nach saftigen, jungen Pflanzen, fremdartigen Samen und Pilzen und dem Hauch von Moder. Die Männer bewegten sich wachsam und behielten die Schatten zwischen den großen, schweigenden Bäumen zu beiden Seiten im Blick. Es war eine Welt, wie Suth sie noch nie gesehen hatte.

Er schreckte heftig zusammen, als ein Schwarm grüner und gelber Vögel zwitschernd über den Pfad flog, und erstarrte dann, als dasselbe unheimliche Brüllen, das er schon einmal gehört hatte, fast über ihren Köpfen ertönte. Seine Nackenhaare sträubten sich.

Alle fünf Mondfalken blieben wie angewurzelt stehen. Mana griff nach Suths Hand und presste sich an seine Seite. Sula, die dicht hinter ihnen ging, wäre fast mit ihnen zusammengestoßen.

»Was macht diesen Lärm?«, flüsterte er.

Einen Augenblick lang sah sie ihn an, als wolle sie nicht antworten. Dann murmelte sie: »Er wird Donnerstimme genannt. Sein wahrer Name darf nicht ausgesprochen werden.«

Suth verstand, was sie damit meinte. Zwei ihrer Stämme, der Schlange und des Krokodils, nannten ihre Ersten Wesen nie beim Namen. Stattdessen bezeichneten sie sie als »Das Stumme Wesen« und »Die Lauernde«. War das Wesen, das Sula Donnerstimme nannte, das Erste Wesen dieser Menschen?

Suth witterte das Wasser, bevor er es zu Gesicht bekam, obwohl es nicht den gewohnten sauberen, kräftigen Geruch verströmte, den er kannte. Stattdessen roch es wie das Wasser, das sie vor zwei Morgen entdeckt hatten und das aus der Felswand geronnen war. Sie erreichten es unvermittelt. Plötzlich befanden sie sich mitten zwischen Nistbäumen und im nächsten Augenblick lag es vor ihnen – ein schmaler See, der so lang war, dass er sich seinen Blicken in Richtung der fernen Bergkämme entwand. Es herrschte vollkommene Stille, und abgesehen von der kleinen Lichtung, wo sie standen, neigten alle Bäume die Zweige hinab bis zum Wasser.

Dith hob die rechte Hand, deren Finger er weit auseinander spreizte, zu einem rituellen Gruß und murmelte einige Augenblicke lang etwas vor sich hin. Suth wusste, was das zu bedeuten hatte. Wenn der Stamm einen Ort erreichte, der eine heilige Kraft besaß, etwa der Tarutu-Felsen oder der

Blitz-Baum, dann schloss der Anführer Frieden mit dieser Kraft, bevor sie den Ort passierten oder dort ihr Lager aufschlugen.

Dith trat zur Seite und wies die Mondfalken mit Gesten an, zu trinken, während er und Mohr Wache hielten. Noli brauchte länger als die anderen, da sie Otan jedes Mal einen Schluck aus ihrem Mund einflößte. Während sie auf sie warteten, blickte Suth auf den See. Sein Gefühl von Ehrfurcht wuchs und wuchs. Nie zuvor in seinem Leben hatte er eine so große Wasserfläche gesehen oder eine solche Stille erlebt. Kein Ort auf der Welt, nicht einmal der Felsen der Begegnung, in Odutu, im Schatten des Berges, wo man erst dann hinging, wenn man zum Mann geweiht wurde, war wie dieser Ort. Vielleicht würde er nun niemals mehr nach Odutu kommen. An diesem Ort aber war er gewesen.

Tinu berührte ihn am Ellbogen und riss ihn aus seinen Gedanken. Sie zeigte in Richtung des Uferstreifens. Dort, auf der feuchten Erde, nur ein kurzes Stück von der Stelle entfernt, wo sie getrunken hatten, befand sich der Abdruck einer großen Pfote. Jeder einzelne der breiten Zehen zeichnete sich deutlich ab. Suths Vater hatte ihm genau denselben Pfotenabdruck auf einer Sandbank am Fluss Manchmal gezeigt.

Jetzt war ihm klar, warum die Männer Wache hielten.

Leopard.

URSAGE

Odutu, im Schatten des Berges

Die Ersten Wesen bauten Nester und Lager für die Kinder von An und Ammu, jeder auf seine Art. Mondfalke baute aus Zweigen ein Nest in den Felsklüften und brachte die beiden, die sie in ihrer Obhut hatte, dorthin. Die Ameisenmutter grub in der Erde eine Höhle für die beiden, die sie in ihrer Obhut hatte. Die anderen machten es genauso, jeder auf seine Art.

Nur Affe rührte keinen Finger. An und Ammu taten alles für ihn und er schaute zu.

Die Ersten Wesen fütterten die Kinder, jeder auf seine Art. Kleine Fledermaus fütterte sie mit Insekten und Krokodil fütterte sie mit Tieren, die sie erbeutete, wenn sie auf Lauer lag. Die anderen machten es genauso, jeder auf seine Art.

Nur Affe rührte keinen Finger. An und Ammu taten alles für ihn und er schaute zu.

Als die Kinder so groß geworden waren wie ein Garri-Busch, brachten die Ersten Wesen sie nach Odutu, im Schatten des Berges. Es war die Jahreszeit, in der An und Ammu dort ihr Lager aufschlugen.

Die Ersten Wesen setzten die Kinder in kurzer Entfernung

von Odutu ab und sagten ihnen: »Seht den großen Felsen. Geht dorthin und findet etwas.«

Hand in Hand gingen die Kinder los, während die Ersten Wesen sie unsichtbar umringten und zuschauten. Sie gaben Ammu die Erinnerung zurück, die sie ihr genommen hatten, und sie sah auf und erblickte ihre Kinder, Paar um Paar um Paar, die aus dem Busch auf sie zukamen.

Da freute sie sich, dass sie ihr wiedergegeben waren.

An freute sich mit ihr und sagte: »Dies ist Odutu, im Schatten des Berges. Dies ist unser Fels der Begegnung. Von diesem Tag an ist er heilig. Von diesem Tag an ist ein Schwur, der hier geschworen wird, ein Schwur für immer, und ein Friede, der hier geschlossen wird, ist ein Friede für immer.«

Und so war es.

SECHS

Während die Mondfalken am See waren, hatte Paro den Rest des Fuchslaufes in die heiße Glut des Feuers gelegt, um ihn zu rösten. Als sie zurückkehrten, gab sie ihnen zunächst etwas anderes zu essen: weiche Klumpen irgendeiner gelben Masse und dunkle Streifen einer sonnengetrockneten Wurzel, auf denen sie herumkauten, bis der Nussgeschmack verschwunden war, und die sie dann ausspuckten. Die Wurzel kannten sie nicht, aber der Stamm hatte dieselbe gelbe Masse aus zerstoßenen Samen und Wasser hergestellt. Sie aßen sie mit Heißhunger.

Als das Fleisch fertig war, hackte Paro es mit einer guten, stabilen Klinge vom Knochen und reichte es herum. Nach dem rohen Fleisch, das sie tagelang gegessen hatten, schmeckte es köstlich, aber ihre Mägen hatten genug von Fleisch, und sie rührten kaum etwas an.

Als sie aufgegessen hatten, gab Suth den anderen ein Zeichen, alle erhoben sich und standen in einer Reihe vor Paro, ballten die Fäuste und schlugen mit den Knöcheln dreimal aneinander.

Es gab selten reichlich zu essen, und selbst wenn es einmal

der Fall war, nahm der Stamm nie ohne das übliche Dankesritual eine Mahlzeit von einem anderen Stamm an. Sula lachte laut, als hätten sie etwas Außergewöhnliches getan. Paro lächelte nur und breitete in einer vagen Geste die Hände aus.

»Wir haben reichlich«, sagte sie.

Das verwirrte Suth und ließ ihn unsicher werden. Die Mondfalken hatten nur das getan, was sich ihres Wissens nach gehörte, Sula aber hatte unhöflich reagiert und Paro so getan, als hätten sie etwas Dummes gemacht. Sula war freundlich gewesen und Paro mütterlich, wie aber konnte er diesen Menschen vertrauen, wenn sie sich so verhielten?

»Wir können nicht immer weiter von euren Vorräten nehmen«, sagte er. »Zeigt mir, wo wir Nahrung finden können. Wir wollen die anderen nicht gegen uns aufbringen.«

»Es ist weit«, sagte Paro. »Eure Kleinen sind müde und das Baby ist eine schwere Last.«

»Sie bleiben hier«, sagte Suth. »Ich gehe mit Tinu. Aber wir haben keine Kürbisflasche, um die Nahrung nach Hause zu tragen.«

»Kürbisflasche?«, fragte sie. »Was ist das? Wir nehmen Blätter zum Tragen.«

Sie zeigte ihm eines. Es war dick und ledrig und viel größer als alle Blätter, die er je zu Gesicht bekommen hatte. Vorsichtig schlug sie die Ränder hoch, rollte das Blatt längs der Mittelader auf und verschloss die Enden. Dann schob sie es unter ihren Arm, legte die Finger der anderen Hand zusammen und tat so, als pflückte sie eine Samenkapsel und ließe sie zwischen die beiden Hälften des Blattes fallen. Dann reichte sie Suth das Blatt.

»Ich kann nicht mitkommen«, sagte sie. »Mein Kind ist fast geboren. Sula zeigt euch den Weg, aber sie muss zur Geburt wieder da sein.«

Suth sah Noli an und sie nickte. Er fühlte sich erleichtert. Dies zumindest war auch beim Stamm so gewesen. Hatte eine Frau eine Tochter und war wieder schwanger, dann musste die Tochter bei der Geburt anwesend sein, um alles mitzuerleben, damit sie wusste, was zu tun war, wenn es für sie so weit war. Eine Mutter, die keine weiteren Kinder bekam, bat oft andere Frauen um Erlaubnis, dass ihre Tochter bei einer Geburt zuschauen dürfe. Für Frauen war es ein wichtiges Wissen.

Suth bedankte sich noch einmal, dann brachen die drei auf. Sula trug den Knochen des Fuchslaufs. Nach kurzer Zeit erreichten sie eine schmale und tiefe Felsspalte. Der Ort stank. Drei Geier flatterten auf, als sie an den Rand der Spalte traten. Sula warf den Knochen hinein.

Suth spähte hinunter. Auf dem Boden der Felsspalte lag ein riesiger Berg von Knochen, blitzblank gepickt von Aasvögeln. Er war erstaunt und wie benommen. Natürlich hatte der Stamm solche Abfälle in sicherer Entfernung vom Lager abgelegt, so dass die Lagerplätze, die sie immer wieder aufsuchten, bald von lose verstreuten Knochen umgeben waren. So viele aber waren es nie gewesen. Wie lange mussten diese Menschen hier gelebt haben, um einen solchen Berg anzuhäufen? Zehn und zehn und viele Male mehr zehn, unzählbar wie Regentropfen. Offenbar mussten sie zu keinem anderen Guten Jagdgrund weiterziehen, weil es hier immer reichlich zu jagen und zu sammeln gab. Er konnte sich das nicht vorstellen. Es war ihm zu fremd.

Sula führte sie hinter dem Streifen Buschland entlang, bis sie zu einer Mangustenkolonie kamen. Hier waren viele Fallen aufgestellt worden. Suth kannte sie, denn sein Vater hatte dieselben gebaut – ein großer Steinbrocken auf einem Dreieck aus Ästen, versehen mit einem Köder. Wenn der Köder entfernt wurde, gaben die Äste nach und der Fels krachte auf die Erde. Tinu ging sofort in die Hocke und sah sich eine der Fallen genau an.

»Seht«, sagte Sula. »Baga fängt eine Manguste. Sie baut gute Fallen.«

»Woher weißt du, dass es Baga ist?«, fragte Suth.

»Da ist ihr Zeichen«, sagte Sula und wies auf ein kleines Kieselsteinmuster neben der Falle: drei parallele Linien und eine darunter. »Ihre ganze Familie benutzt dies Zeichen. Das hier ist Juns Zeichen. Er fängt nichts. Baust du eine Falle? Welches Zeichen benutzt du?«

»Sage es mir«, sagte Suth.

»Gut. Du hast vier Linien wie diese und eine daneben. Du kannst deine Fallen hier aufstellen oder irgendwo anders, wo du Fallen siehst. Die Mangusten sind dumm. Sie lernen nicht sehr schnell, aber wenn viele gefangen sind, gehen die anderen den Ködern aus dem Weg. Dann suchen wir einen anderen Ort auf. Jetzt muss ich zurückgehen«, fügte sie hinzu. »Ich muss bei meiner Mutter sein, wenn das Kind kommt. Ich zeige dir, wo die anderen Nahrung suchen.«

Sie führte sie weiter den Hügel hinauf und wandte sich um. Von hier aus konnte Suth sehen, dass der Wald das von Bergkämmen umschlossene Becken gar nicht ganz ausfüllte. Er erstreckte sich in zwei breiten Gürteln zu beiden Seiten des Sees, der nun fast in ganzer Länge sichtbar war. Er wand sich eine ganze Tagesreise weit in die Ferne – ein tiefer, riesiger, mit Wasser gefüllter Riss auf der Bergspitze.

Zur Linken stieg das Gelände an und ging in Grasland über, das hier und da von Gestrüpp und einzelnen Bäumen mit abgeflachter Krone bestanden war.

»Sie sind dort«, sagte Sula.

Er folgte der Richtung, die ihr ausgestreckter Arm wies,

und sah in weiter Ferne eine Reihe schwarzer Punkte. Er wusste sofort, was es war. Keine anderen Geschöpfe bewegen oder halten sich so wie Menschen.

»Ich danke«, sagte Suth.

Er hatte keinen Köder für eine Falle, also ging er mit Tinu in Richtung der anderen, während Sula zum Lager zurückkehrte. Als sie sich einen Weg durch das Buschland bahnten, entdeckten sie Spuren kürzlicher Nahrungssuche. Diese Menschen gingen nicht so genau zu Werke, wie der Stamm es getan hätte. Es war gutes Land, so fruchtbar wie nur irgendeiner der alten Guten Jagdgründe, aber es gab Grasbüschel, wo die Rispen noch nicht gepflückt worden waren, unberührte Termitenhügel, tote Äste, deren Rinde nicht abgezogen worden war, um an die Larven darunter zu kommen. Doch er und Tinu hielten nicht an, um das einzusammeln, was übersehen worden war. Wichtig war nur, das zu tun, was die anderen taten, und Nahrung zu suchen, wo sie Nahrung suchten.

Als sie die anderen erreichten, arbeiteten diese nicht, sondern rasteten im Schatten einer Baumgruppe. Irgendjemand war schon da gewesen und hatte die Nachricht überbracht, dass die Mondfalken auf dem Weg zu ihnen waren, also blieben sie sitzen. Ein paar Kinder rannten ihnen entgegen, begrüßten sie aber nicht, sondern warteten schweigend und neugierig und folgten ihnen dann zurück zu den Bäumen.

An einer Seite saßen einige Männer im Kreis und spielten irgendein Spiel, und eine größere Gruppe von Frauen war in eine ruhige Unterhaltung vertieft, während sie Samen enthülsten oder Babys stillten.

Die Männer blickten kurz auf und spielten dann weiter. Suth wartete und sah ihnen dabei zu, wie sie abwechselnd Kieselsteine auf ein Linienmuster warfen, das sie in den Staub gezeichnet hatten. Er nahm an, dass der Anführer, wer immer es sein mochte, nach einer Weile aufschauen, ihm zunicken oder ihn heranwinken würde. Dann würde er sich hinknien, mit flachen Händen auf die Erde schlagen, um seine Ergebenheit zu zeigen, und dann um Erlaubnis bitten, im Jagdgrund dieser Menschen nach Nahrung zu suchen.

Nichts tat sich. Die Männer spielten weiter. Tinu, die neben Suth stand, hielt den Kopf gesenkt und schlug die Augen nieder, als glaubte sie, dass niemand sie sehen könnte, wenn sie niemanden sah.

Suth sah sich um, und eine junge Frau, die mit dem Rücken an einen Baum gelehnt saß und ihr Baby stillte, lächelte ihn an.

»Wer ist der Anführer?«, fragte er sie.

Sie zuckte mit den Schultern und runzelte verwirrt die Stirn.

»Mosu?«, antwortete sie fragend.

»Wen frage ich: ›Darf ich in diesem Jagdgrund nach Nahrung suchen?‹«

»Mosu hat mit Pagi gesprochen«, sagte sie. »Pagi kam zu uns. Ihr könnt mit uns zusammen Nahrung suchen.«

»Ich danke.«

Er setzte sich zu ihr, und Tinu hockte sich dicht neben ihn, damit sein Körper sie vor den anderen verbarg. Er sah sich die Gruppe an. Es waren zehn und zehn und zehn und noch ein paar mehr. Es war ein großer Stamm. Mondfalke hatte zu den besten Zeiten nicht mehr als zehn und zehn und einen weiteren gezählt. Der Stamm des Krokodils hatte nur zehn und vier gezählt, als sie ihm das letzte Mal beim Stinkwasser begegnet waren. Allerdings gab es noch sechs weitere Stämme. Natürlich hielten sich bei der Höhle noch mehr Menschen auf, dazu kamen Männer, die auf der Jagd waren, aber wenn man bedachte, dass dieser Jagdgrund nur von diesem Stamm aufgesucht wurde, dann war es selbst zusammengenommen keine sehr große Zahl.

Wohin gingen sie, um sich Frauen zu nehmen?, fragte er sich. Die jungen Männer von Mondfalke gingen zu den Stämmen der Kleinen Fledermaus und des Krokodils und baten um Frauen, und junge Männer kamen von den Stämmen des Webervogels und des Papageis und baten bei den Mondfalken um Frauen.

»Ich bin Suth«, sagte er. »Dies hier ist Tinu. Wir sind vom Stamm des Mondfalken.«

»Ich bin Loga«, sagte sie. »Mein Sohn hat noch keinen Namen.«

»Zu welchem Stamm gehörst du?«, fragte er.

Sie starrte ihn an und legte dann die geballte Hand vor den Mund. Er begriff, dass er an ein Wort-das-nicht-gesprochen-wird gerührt haben musste, obwohl sein Stamm das Zeichen mit der Handfläche ausgeführt hätte.

»Meine Schuld«, murmelte er, breitete die nach außen gewandten Handflächen vor die Brust und senkte sie dann, um das Böse wieder zurück in die Erde zu drücken.

Sie nickte, wandte sich aber ab und konzentrierte sich auf ihr Baby.

Als die Männer ihr Spiel beendet hatten, hoben sie ihre Grabstöcke vom Boden auf und entfernten sich im Laufschritt, immer am Rand des Buschlands entlang. Die Frauen und Kinder kamen unter den Bäumen hervor, stellten sich in einer Reihe auf und begannen das Gelände systematisch nach Nahrung abzusuchen. Fast alle trugen zusammengerollte Blätter unter dem Arm, die ihnen als Vorratsbehälter dienten. Niemand hatte eine Kürbisflasche. Vielleicht gab es keine Kürbisse in diesem Tal.

Suth und Tinu reihten sich am Ende ein und halfen fleißig mit. Noch bevor die Sonne den halben Weg den Himmel hinab zurückgelegt hatte, hatten sie genug gesammelt, um ihren Bedarf für einen ganzen Tag zu decken, aber Noli und die Kleinen mussten auch etwas essen, also hörten sie nicht auf. Suth hockte gerade neben einem Büschel Stachelgras und streifte die reifen Samenkapseln ab, als er etwas Merkwürdiges spürte: unter seinen Füßen schien die feste Erde zu beben. Es hielt nur einen Augenblick lang an, und als es zu Ende war, ertönte im Wald das Brüllen von Donnerstimme. Weit entfernt antwortete ein anderes Brüllen. Die unheimlichen Rufe trieben über die Baumwipfel in Richtung der kahlen Bergkämme.

Die Reihe der Sammler hielt inne und lauschte dem Ruf. Als er erstarb, drehte sich die Frau um, die neben Suth arbeitete, und lächelte.

»Er singt«, sagte sie. »Vielleicht bringt Paro ihr Kind zur Welt. Das Baby ist gut. Donnerstimme freut sich über das Baby.«

Die anderen Frauen schienen denselben Gedanken gehabt zu haben. Ohne auf die Männer zu warten, machten sie sich auf den Rückweg zur Höhle.

Auf dem letzten Hang kam Ko angelaufen, um sie zu begrüßen. Er streckte die Arme aus. Suth gab Tinu das Trageblatt und hob ihn hoch.

»Du kommst zurück«, sagte Ko glücklich.

»Ich komme zurück«, sagte Suth.

»Du Vater«, sagte Ko.

Offenbar machte Suth ein verdutztes Gesicht, denn Ko wiederholte es.

»Du Vater«, sagte er mit Nachdruck. »Noli Mutter. Mana sagt das. Ja?«

»Ja«, sagte Suth mit Bedacht. »Ich bin jetzt Vater und Noli ist Mutter. Ihr seid die Kinder, Tinu, Ko, Mana und Otan.«

Er war immer noch überrascht, wenn auch auf andere Art. Die ganze Zeit über hatte er sein Bestes für die Kleinen getan, hatte versucht sie über die Runden zu bringen und Nahrung, Wasser und Schutz für sie zu finden. Doch das war nicht alles, was sie brauchten. Sie brauchten auch einen Vater und eine Mutter, und weil es niemand anderen gab, hatten sie sich Suth und Noli ausgesucht. Mana war es gewesen, die diese Notwendigkeit erkannt hatte.

Als er Ko zurück zum Lager trug, dachte er über sie nach. Wie üblich im Falle Manas hatte Suth es damals nicht bemerkt, jetzt aber erkannte er, dass sie alles in ihren Kräften Stehende getan hatte, seit er und Noli die vier gerettet hatten, um ihnen die Lage zu erleichtern. Sie hatte sich zurückgenommen und weder über Hunger, Durst noch Müdigkeit geklagt. Die ganze Zeit aber hatte sie ein waches Auge gehabt, war immer bereit gewesen zu helfen, und hatte sich bemüht, nicht im Weg zu stehen, wenn es nichts für sie zu tun gab.

Als er also zum Lager zurückgekehrt war und Noli mit dem schlafenden Otan im Schoß dasitzen sah, die geduldige Mana an ihrer Seite, setzte er Ko ab und nahm Mana auf den Arm.

»Siehst du, ich komme zurück«, sagte er.

Sie schlang ihre Arme um seinen Hals und drückte sich an ihn. Noli sah auf und lächelte.

»Hörst du, was Mana sagt?«, fragte sie.

»Ja. Es ist richtig«, sagte er.

Als die Sonne tief stand, wurde neues Holz auf das Feuer geworfen, und jene, die eine Manguste erbeutet hatten, enthäuteten die Tiere, um sie zu rösten. Dann gingen sie alle im Gänsemarsch hinunter zum See, um den Abendtrunk zu sich zu nehmen. Selbst Mosu kam mit. Sie humpelte, auf ihren Stock gestützt, und die Frau mit dem verkümmerten Bein, deren Name Foia war, half ihr. Diesmal hob Mosu ihre Hand und sprach die Worte, um das Wasser zu begrüßen, bevor irgendjemand trank.

Nach ihrer Rückkehr ließen sie sich im Kreis um das Feuer nieder, wobei die Männer auf der einen, die Frauen und Kinder auf der anderen Seite saßen. Beim Essen trug Mohr, der Paros Mann und Sulas Vater war, das neue Baby von einem zum anderen, um es vorzuführen. Männer und Frauen hielten den Jungen und musterten ihn prüfend von Kopf bis Fuß, während er strampelte und schrie. Dann gaben sie ihn Mohr zurück.

Mohr zeigte ihn nicht den Mondfalken, aber Sula trug ihn stolz zu ihnen herüber.

»Seht ihr«, sagte sie. »Alles ist, wie es sein soll.«

Sie öffnete eine der winzigen Fäuste und zeigte ihnen, dass vier gute Finger und ein Daumen daransaßen, nicht mit Hautlappen dazwischen wie bei ihr. Nach dem Fehler, den er im Schatten der Bäume gegenüber Loga begangen hatte, wagte er nicht zu fragen, was es Besonderes mit einem Kind auf sich hatte, das ganz normal zur Welt gekommen war. Abgesehen von Tinu waren alle Babys, die er gesehen hatte, normal und gesund gewesen, auch wenn einige von ihnen später erkrankt und gestorben waren. Wie es der Zufall wollte, bot Sula von sich aus des Rätsels Lösung an.

»Als mein Bruder geboren wurde, hatte er keine Arme und keine Beine«, sagte sie. »Er konnte nicht leben. Mein Vater trug ihn in den Wald und ließ ihn dort. Unser Blut ist krank. Mosu sagt: ›Wir sind zu wenige. Das macht die Krankheit. Wir können Gefährten nur unter uns finden.‹ Jetzt wird die Krankheit stärker. Sieh nur. Hier, sie steckt auch in mir.«

Um es ihm zu zeigen, spreizte sie ihre Finger, zwischen denen sich die Hautlappen spannten.

»Bald bin ich eine Frau«, sagte sie. »Dann bist du mein Gefährte, Suth. Dein Blut ist gut. Es gibt mir gesunde Kinder. Mosu sagt das.«

Suth lächelte unsicher, aber sie spaßte nicht und zog ihn auch nicht auf, obwohl es viele Späße solcher Art unter den Kindern des Stammes gegeben hatte, wenn sie im richtigen Alter dafür waren. Er sah zu Noli hinüber, um einen beruhigenden Blick aufzufangen, aber sie saß zusammengekauert da, atmete schwer und bekam nichts mit. Tinu kitzelte Otans Füße mit einem Grashalm und er lachte. Mana schlief und Ko spielte mit einem gleichaltrigen Jungen Fangen. Suth begriff nicht ganz, was Sula ihm gesagt hatte, aber er hatte kein gutes Gefühl dabei. Vielleicht war dies doch kein Guter Jagdgrund. Vielleicht glich dieser Jagdgrund dem Sechsbeerenbusch, dessen Früchte so gut schmeckten, dass man nicht genug davon bekommen konnte. Wenn man aber mehr als fünf gegessen hatte, musste man sich so heftig übergeben, dass man glaubte, man müsse sterben.

Sula ging mit dem Baby davon und gab es Paro. Ko kehrte keuchend und mit leuchtenden Augen von seinem Spiel zurück. Noli wurde von einem Seufzer geschüttelt, hob den Kopf und sah sich um.

»Hörst du, was Sula sagt?«, fragte Suth.

Sie schüttelte ihren Kopf und er erzählte es ihr mit leiser Stimme. Sie nickte.

»Ich schlief und ich schlief nicht«, sagte sie. »Mondfalke kam. Er sagte mir, welcher Stamm es ist. Es ist Affe. Donnerstimme ist Affe.«

Er starrte sie an und rief sich ins Gedächtnis zurück, was die Ursagen erzählten.

»Affe hat keinen Stamm«, sagte er.

»Diese hier sind Affe«, wiederholte sie hartnäckig. »Lügt Mondfalke?«

URSAGE

Die Wurzel allen Übels

An und Ammu zogen mit ihren Kindern durch alle Ersten Guten Jagdgründe. Sie zeigten ihnen die Pfade und die Wasserlöcher, die Tausenken und die Baue der Tiere. Sie nannten ihnen die Namen von Pflanzen, Wurzeln und Früchten, von Nuss und Blatt und sagten ihnen, welche gut zum Essen und welche schlecht zum Essen waren. Sie zeigten ihnen die sicheren Orte und die gefährlichen Orte.

Sie kamen zu einem Baum, in dem sich die Nester von Webervögeln befanden, und An schnitt einen langen Stock ab und führte vor, wie man die Nester hinunterschlug, um die Eier und die Jungen zu essen.

Da sagten die beiden, die von Webervogel aufgezogen worden waren: »Diese Nahrung dürfen wir nicht essen. Wir gehören zum Stamm des Webervogels.« Ihre Namen waren So und Sana.

Sie kamen zu einem Bau im Schatten der steilen Felsen, wo Mondfalken nisteten, und Ammu führte ihnen vor, wie man Fallen für Mangusten aufstellte.

Da sagten die beiden, die von Mondfalke aufgezogen worden waren: »Wir müssen Mondfalke treu bleiben. Dies ist ihre Beute und wir gehören zum Stamm des Mondfalken.« Ihre Namen waren Nal und Anla.

Sie kamen zu einer Höhle und An sagte: »Hier schlafen wir.«

Da sagten die beiden, die von Kleiner Fledermaus aufgezogen worden waren: »Wir müssen erst etwas tun. Fledermäuse nisten in dieser Höhle. Wir bitten sie um Erlaubnis. Wir gehören zum Stamm der Kleinen Fledermaus.« Ihre Namen waren Tur und Turka.

So war es mit allen anderen, der Reihe nach, und jeder erwies dem Ersten Wesen Ehre, das ihn aufgezogen hatte.

Nur die beiden, die von An und Ammu selbst aufgezogen worden waren, wussten nicht, zu welchem Stamm sie gehörten, weil Affe sich versteckt und nichts für sie getan hatte. Ihre Namen waren Da und Datta.

Sie gingen zu An und sagten: »Alle unsere Brüder und Schwestern gehören zu einem Stamm, nur wir nicht. Wie kommt das?«

An, der es nicht besser wusste, sagte: »Ihr wurdet von Ammu und von mir aufgezogen. Ihr gehört zum Stamm der Menschen.«

Das wurde zur Wurzel allen Übels.

SIEBEN

Sie schliefen in der Höhle. Es stank. Genau wie der Stamm suchten sich auch diese Menschen einen Ort, der ein gutes Stück vom Lager entfernt war, um sich zu erleichtern. Doch kleine Kinder können nicht die ganze Nacht lang aufhalten, und obwohl die Menschen Gras sammelten, das sie als Nachtlager benutzten und wieder hinausschafften, wenn es dreckig war, wurden die Gerüche in der Höhle allmählich immer stärker, bis der Gestank fast unerträglich für die Mondfalken wurde. Offenbar fiel er den Menschen nicht auf oder war ihnen egal, genau wie der seltsame Geruch nach faulen Eiern, der im Tal hin und her trieb.

Der Gestank in der Höhle wurde noch verschlimmert, weil die Menschen Felsen bis in Schulterhöhe eines Mannes vor dem Eingang auftürmten, wenn sich alle zum Schlafen begeben hatten. Das bedeutete, dass jedem, der das dringende Bedürfnis hatte, sich zu erleichtern, der Weg versperrt war.

Suth fragte sich, ob das wirklich nötig war, doch schon in der ersten Nacht erhielt er eine Antwort. Im Schlaf spürte er, wie Unruhe aufkam, und hörte draußen vor der Höhle ein leises Knurren, dann noch eines. Das waren Tiere, die nachts auf Jagd gingen und sich um die Essensreste stritten. Vor dem schmalen Streifen Himmel über der Sperre sah Suth die Umrisse von Männern, Grabstöcke in Händen und bereit zum Kampf gegen einen Eindringling. Doch es geschah nichts. Die Tiere verschwanden, alle entspannten sich und schliefen wieder ein.

Später in der Nacht erwachte er noch einmal. Der Felsen unter ihm hatte zweimal gebebt, aber in der Höhle rührte sich niemand außer ihm. Offenbar waren sie daran gewöhnt.

Als es zu dämmern begann, wurde die Sperre abgebaut und die Steine wurden für den späteren Gebrauch beiseite geschleppt. Nach dem Gestank der Höhle roch die Luft draußen wunderbar frisch und sauber. Sie aßen ein wenig und gingen dann zum See, um zu trinken. Danach machten sich die Sammler und Jäger auf den Weg, Noli aber war noch damit beschäftigt, Otan zu füttern, also warteten die Mondfalken auf sie.

Während sie warteten, wurde es schwüler. Wolken schienen aus dem Nichts aufzutauchen und ballten sich zusammen. Alle, die noch im Lager waren, rannten zur Höhle. Es donnerte, dann prasselte der Regen nieder, Blitze zuckten am Himmel, begleitet von rumpelndem Donner. Plötzlich war das Unwetter vorbei und Wasser strömte die ganze Breite des Hanges hinunter.

Es war die Jahreszeit der Gewitter. Der Stamm hatte immer beobachtet, wie sie über die Ebenen hinweggrollten und ihren Regen an jeweils einer Stelle abluden. Ein Gewitter wie dieses aber, das sich so schnell zusammenbraute und wieder auflöste, und all das an einem Ort, hatte Suth noch nie erlebt. Es kam ihm sehr seltsam vor.

Als die Mondfalken sich zum Aufbruch bereitmachten,

kam Foia angelaufen, die Frau, die der alten, blinden Mosu beim Laufen half.

»Du sprichst jetzt mit Mosu«, sagte sie.

Suth runzelte die Stirn. Die alte Frau wirkte sehr einschüchternd auf ihn und er wollte so wenig wie möglich mit ihr zu tun haben. Er warf einen Blick auf Noli.

»Ich komme auch«, sagte sie und legte Otan in Tinus Arme, damit sie sich um ihn kümmerte.

Mosu saß wie immer vor der Höhle, den Rücken an die Felswand gelehnt. Suth und Noli knieten vor ihr nieder und schlugen mit den Handflächen auf die Erde.

»Der Junge kommt«, sagte Foia. »Das Mädchen auch.«

Sie entfernte sich ein Stückchen und setzte sich hin.

Mosu gab mit keinem Zeichen zu erkennen, dass sie zugehört hatte, hob dann aber ihren Kopf und sagte mit ihrer krächzenden Stimme: »Ihr seid Kinder. Ihr habt keinen Vater und keine Mutter.«

»Die Fremden töteten unsere Väter«, sagte Suth. »Sie verschleppten unsere Mütter.«

»Keine Mutter, kein Vater – das Kind stirbt«, sagte Mosu. »Jetzt gebe ich jedem von euch eine Mutter und einen Vater. Sie sorgen für euch und lehren euch, wie wir leben.«

Einen Moment lang verstand Suth nicht, was sie damit sagen wollte. Dann begriff er, dass sie die Mondfalken auseinander reißen und jeden in eine andere Familie stecken wollte.

Ängstlich blickte er zu Noli. Sie biss sich auf die Unterlippe und ließ sie wieder los. Das ist nicht gut, sagte sie ihm damit. Er erinnerte sich daran, was Mana und Ko am letzten Abend gesagt hatten: Er sei nun ihr Vater und Noli ihre Mutter.

Das lasse ich nicht zu, dachte er. Aber ich darf diese alte Frau nicht beleidigen. Sie ist hier die Anführerin.

»Wir danken«, sagte er zögernd. »Aber ... wir gehören nicht zu diesem Stamm. Wir sind Mondfalken. Wir leben, wie die Mondfalken leben.«

»Mondfalke ist tot«, sagte Mosu. »Alle eure Stämme sind tot, verschwunden. Alle eure Guten Jagdgründe sind erobert. Es gibt keine Schlange mehr, kein Warzenschwein, keine Ameisenmutter. Es gibt nur einen Stamm, und das ist der unsere. Donnerstimme singt im Wald. Er sagt es mir.«

»Er ist ein Lügner!«, brauste Suth auf, der plötzlich nicht mehr an sich halten konnte. Er fühlte, wie seine Kopfhaut zuckte, als sein Haar sich in seiner Wut sträubte.

»Er ist ein Lügner, sage ich!«, wiederholte er. »Jeder weiß das. Mondfalke kam zu Noli. Er kam letzte Nacht, als wir aßen. Er sagte, zu welchem Stamm ihr gehört. Er ist nicht tot.«

Mosu lachte nur krächzend.

»Leben eure Kleinen in ein paar Monden noch?«, fragte sie. »Lebt euer Baby noch, das nicht laufen kann? Kann das Mädchen das Baby stillen? Hat sie Milch in ihren Brüsten?«

Sie wiegte ihren Körper vor und zurück und zwischen dem krächzenden Lachen pfiff ihr Atem.

Suth schaute hilfesuchend zu Noli, aber sie sah ihn nicht. Irgendetwas ging mit ihr vor. Ihre Augen waren geweitet und leer und sie zitterte am ganzen Körper.

»Affe ist krank«, sagte sie mit tiefer, keuchender Stimme. »Mondfalke sagt das. Affe ist krank.«

Sie taumelte, als wäre sie geschlagen worden, und Suth fing sie auf, bevor sie stürzte. Als er sie hielt, lief noch einmal ein Zittern durch ihren Körper und sie gab einen langen, erschöpften Seufzer von sich. Dann löste sie sich aus seinem Griff und stand wieder auf eigenen Beinen.

Zuerst schien es, als habe Mosu ihre Worte nicht gehört,

doch ihr krächzendes Lachen verebbte, und sie saß unbewegt und mit heftig pfeifendem Atem da. Suth erinnerte sich an das, was Sula ihm letzte Nacht erzählt hatte.

»Euer Blut ist schlecht«, sagte er. »Eure Männer haben verschiedenfarbige Augen. Eure Kinder haben Hautlappen zwischen den Fingern. Eure Babys haben keine Arme, keine Beine. Ihr wollt unser gutes Blut. Ich, Suth, sage das. Mondfalke lebt. Wir sind Mondfalke. Du reißt uns auseinander. Du lässt Mondfalke sterben. Ich sage, du kannst das nicht tun. Ich sage, wir verlassen diesen Ort und gehen weit, weit weg. Du kannst unser gutes Blut nicht haben.«

Mosu murmelte etwas und schien in sich zusammenzufallen.

Sie warteten. Schließlich hob sie ihren Kopf und seufzte.

»Donnerstimme lügt nicht«, sagte sie ruhig. »Er ist verschlagen. Seine Worte sagen dies und das. Lange, lange singt er zu mir. Bevor meine Söhne geboren sind, singt er zu mir. Bald sind ihre Söhne Männer. Ich kenne Donnerstimme. Er sagt dies und das.«

»Mondfalke ist Mondfalke«, sagte Suth. »Unser Stamm lebt. Wir bleiben ein Stamm, zusammen.«

Mosu lachte kurz krächzend auf.

»Bist du ein Mann?«, fragte sie. »Kannst du für die Kinder sorgen? Machst du einen Grabstock? Härtest du ihn im Feuer? Kämpfst du mit dem Leoparden, wenn er die Kleinen holen kommt? Sitzt du mit den Männern beim Fest? Redest du, was sie reden?«

»In drei Monden bin ich ein Mann«, sagte Suth trotzig.

Einerseits stimmte das, andererseits nicht. Hätte die Ankunft der Fremden nicht alles verändert, dann wäre der Stamm in drei Monden nach Odutu, im Schatten des Berges, gezogen, und Suth hätte eine Nacht allein auf dem Berg über

Odutu verbracht, und am nächsten Morgen hätte Bal die erste Männernarbe in seine Wange geschnitten und ihm befohlen, sich einen Grabstock zu machen. Danach hätte er die Frauen verlassen, bei den Männern gesessen und ihren Worten gelauscht. Doch es hätte noch viele Male zehn Monde und drei weitere Narben gebraucht, bevor er hätte mitreden dürfen.

»Die Männer scherzen immer über diesen Mann-Jungen. Sie zeigen mit Fingern. Sie verziehen den Mund«, sagte Mosu.

»Steine sind schärfer«, antwortete er.

Sie wandte ihren Kopf ab.

»Mach einen Grabstock«, sagte sie.

»Mondfalke ist Mondfalke«, beharrte er.

»Das sagst du«, antwortete sie. »Geh sammeln. Das Mädchen bleibt. Wir reden.«

Er sah Noli an.

»Ich rede mit Mosu«, sagte sie. »Bring mir Otan.«

Als Suth das Lager zusammen mit Tinu und den Kleinen verließ, sah er, wie Noli mit überkreuzten Beinen dasaß und Mosu zuhörte. Er war verwirrt und wütend. Er hatte der alten Frau widerstanden und sich behauptet. Mondfalke durfte nicht auseinander gerissen werden. Sie würden zusammenbleiben. Nur jetzt war das nicht so, weil Noli nicht mit ihnen sammeln ging, sondern blieb, um mit Mosu zu reden.

Sie musste bleiben. Das verstand Suth. Mosu war die Anführerin dieser Menschen. Hätte Noli versucht sich zu weigern, dann hätte Mosu sie mit Gewalt bei sich behalten. Doch Suth vermutete, dass Noli tatsächlich hatte bleiben wollen, wenn er auch nicht wusste, warum. Das war es, was ihn schmerzte.

Auf dem Weg zur Mangustenkolonie brach Suth für seine Falle Äste von den Büschen ab. In der Nähe der Kolonie war ihm ein Haufen guter, flacher Felsbrocken aufgefallen, die irgendjemand zum späteren Gebrauch dorthin getragen haben musste. Da sie mit keinem Zeichen versehen waren, nahm er einen davon. Natürlich wollte auch Ko eine Falle bauen, also zerbrach Suth einen übrig gebliebenen Ast in für ihn passende Stückchen, genau wie sein Vater es getan hätte. Er zeigte ihm, wie er den Stein so damit abstützen konnte, dass einer der Stöcke nachgab, der Stein zu Boden stürzte und eine Manguste tötete, wenn sie am Köder nagte. Es war keine leichte Sache, und Suth glaubte nicht, dass sie viel Glück haben würden.

In der Zwischenzeit bauten Tinu und Mana eine eigene Falle. Alle drei Fallen hatten einen Köder aus Samenbrei, der mit zerstoßenen Blättern des Garri-Busches vermischt worden war, den die Mangusten besonders gern mochten. Als sie fertig waren, versahen sie die Fallen mit dem Zeichen der Mondfalken und zogen weiter zu den Sammelgründen.

Die Sammler waren nicht am Platz vom Vortag, aber er fand schnell heraus, wo sie sich aufhielten, denn sie lärmten ordentlich herum. Sie hielten sich weiter unten, im dichteren Buschland auf. Sie waren auf der Suche nach einer bestimmten Raupenart, die morgens nach einem Regenschauer aus der Erde kroch, einen Busch erklomm und sich an einem Faden hinabbaumeln ließ, um den Vorgang ihrer Verpuppung zur Motte zu beginnen. Nur am ersten Morgen sei sie essbar, sagte Sula zu Suth. Gegen Abend werde der Kokon, in den sie sich einspanne, immer härter und das Fleisch darin zu bitter.

Bei der Suche ließen die Sammlerinnen ununterbrochen einen Ruf erklingen, der die ganze Reihe entlang von einer zur anderen weiterging. Die Männer machten nicht mit. Sie hielten nur Wache, liefen an beiden Enden der Reihe herum, stießen raue Schreie aus und schlugen mit ihren Grabstöcken auf die Büsche. Hin und wieder brachte ihnen eine der Sammlerinnen eine Raupe, deren Kopf sie abzwackte und die sie der Wache in den Mund schob.

Ko war begeistert von all den Rufen und Schlägen, rannte umher und schrie, so laut er konnte, bis eine der Frauen ihn packte und zu Suth zurückbrachte.

»Behalt ihn bei dir«, sagte sie mahnend. »Willst du, dass ein Leopard ihn holt?«

»Ich danke«, sagte Suth beschämt. Er sah ein, dass er noch einiges würde lernen müssen, um ein Mann zu werden und in diesem neuen Jagdgrund für seine Familie zu sorgen, egal, wie mutig er zu Mosu gesprochen haben mochte.

Die Raupen schmeckten köstlich und waren in rauen Mengen vorhanden, und sie aßen, so viele sie nur konnten, wobei sie die Köpfe abzwackten, denen der bittere Geschmack entsprang. Als der Geschmack sich zu verändern begann, gaben sie auf und traten hinaus ins Freie. Doch bevor sie sich in einer Reihe zum Sammeln aufgestellt hatten, kam ein Mann von weitem angelaufen. Schon in einiger Entfernung hielt er an und machte Zeichen, und ohne ein Wort zu sprechen, setzten sich alle Männer aus der Gruppe in Bewegung, um sich ihm anzuschließen. Suth sah zu, wie sie einer hinter dem anderen schweigend und im Laufschritt aus seiner Sichtweite verschwanden.

»Was ist los?«, fragte er Sula.

»Männer jagen Hirsche«, sagte sie. »Wir machen keinen Lärm.«

Er begriff sofort. Auch die Männer des Stammes jagten Hirsche, wenn sich die Gelegenheit bot, erlegten aber selten etwas. Nur durch einen Jagdgrund namens Mambaga zog in der richtigen Jahreszeit eine große Zahl von Hirschen, und verschiedene Stämme vereinigten sich, sie zu jagen, wenn sich die Tiere zusammendrängten, um ein besonders trockenes Flussbett zu überqueren. Üblicherweise legten sich die besten Jäger auf die Lauer, während die anderen versuchten das Wild zum Flussbett zu treiben. Doch Hirsche waren schnell und gerissen. Meist liefen die Tiere ganz woandershin, und selbst, wenn das nicht der Fall war, hatte der Jäger nur einen Augenblick lang Zeit, um aufzuspringen und zuzuschlagen.

Die Sammler begaben sich in den Schatten und saßen still dort, bis die Jäger niedergeschlagen zurückkehrten. Offenbar hatte die Jagd erst gar nicht richtig begonnen. Die Hirsche waren geflohen, bevor der Hinterhalt richtig vorbereitet worden war. Also ließen sich die Männer zu ihrem Spiel nieder und die Sammler begaben sich von neuem an ihre Arbeit. Wieder einmal erstaunte es Suth, wie viel es zu sammeln gab und was für ein gutes und leichtes Leben diese Menschen hatten. Vielleicht liegt es daran, dass Affe diesen Jagdgrund für sie geschaffen hat, dachte er. Affe war schlau. Das wusste jeder.

An jenem Abend hielten sie auf dem Rückweg zum Lager bei der Kolonie an, um den Fang einzusammeln. Einige Fallen waren eingestürzt, aber nur Tinu und Mana hatten eine Manguste erbeutet.

Natürlich ergriffen die Frauen die Gelegenheit beim Schopf, um die Männer zu verhöhnen. Diese mächtigen Jäger fingen keine Hirsche. Sie waren nicht einmal fähig, Mangusten zu fangen. Zwei Mädchen waren imstande, eine Manguste zu fangen, nicht aber die Männer.

Das gefiel den Männern nicht. Sie hatten noch immer schlechte Laune, weil ihnen die Hirsche entwischt waren. Dith sah sich die Falle an, die das Zeichen von Mondfalke trug, dann fiel sein Auge auf die Fallen von Suth und Ko, die nicht weit entfernt lagen und dasselbe Zeichen aufwiesen.

Wütend wandte er sich an Suth.

»Kein Mädchen baute diese Falle«, sagte er. »Der Junge baute sie. Seht her, er baute drei. Du! Junge! Du stellst drei Fallen auf. Das ist schlecht. Jeder darf nur eine Falle stellen.«

Er schoss wütende Blicke auf Suth, warf die Schultern zurück und sein Haar sträubte sich. Aber auch Suth war wütend. Mit einem erwachsenen Mann konnte er es nicht aufnehmen, doch er unterwarf sich nicht dem ganzen Ritual der Abbitte, kniete sich nicht hin und schlug auch nicht mit den Handflächen auf den Boden. Er senkte nur den Kopf und ließ seine Finger einen Moment lang in der Luft spielen.

»Ich baute diese«, sagte er. »Ko baute jene. Sieh hin, es ist die Falle eines Kindes, eines Kleinen. Mana. Sag die Wahrheit. Wer baute diese Falle?« Es war zwecklos, die Frage an Tinu selbst zu richten. Niemand hätte ihre Antwort verstanden. Außerdem hätte sie den Mund überhaupt nicht aufbekommen.

»Tinu baute diese Falle«, sagte Mana tapfer. »Sie wusste, wie es geht. Ich sah zu.«

Wieder johlten die Frauen, packten Tinu und hoben sie im Triumph hoch in die Luft. Sie hasste es und versuchte sich zusammenzurollen. Schließlich wurde sie wieder abgesetzt. Als sich die Aufregung gelegt hatte, nahm Suth sie beiseite und lobte sie leise. Aber selbst vor ihm verbarg sie ihr Gesicht.

Als sie an diesem Abend um das Feuer saßen, fragte Suth Noli nach ihrem Gespräch mit Mosu. Er hoffte, dass sie etwas Nützliches über diese Menschen und ihre Lebensweise erfahren hatte.

Sie fütterte Otan und antwortete nicht sofort. Schließlich

sah sie auf. Ihr Gesicht war mit der Mischung aus Samenbrei und Traubensaft beschmiert, die sie für ihren Bruder vorgekaut hatte. Sie schüttelte den Kopf.

»Frag mich nicht, Suth«, sagte sie. »Ich, Noli, bitte. Es ist geheim.«

Suth war gekränkt. Er wusste, dass die Menschen, die von den Ersten Wesen besucht wurden, manchmal unter vier Augen über diese Erlebnisse sprachen. Es ging nur sie etwas an. Suth erinnerte sich daran, was sein Vater bei der Ragala-Niederung gesagt hatte, als Bal und der alte Mann vom Stamm des Webervogels in der Dunkelheit verschwunden waren, um über Traum-Dinge zu sprechen. Trotzdem kränkte es ihn.

Er wandte seinen Kopf ab und starrte ins Feuer. Er brauchte Noli. Begriff sie das nicht? Er war ein Junge, musste aber so tun, als wäre er ein Mann, und den anderen Männern die Stirn bieten, wie er Dith vorhin bei den Fallen die Stirn geboten hatte. Wie sonst sollte er für seine Familie sorgen? Ihre Familie. Wenn er der Vater war, dann war sie die Mutter. Würde sie ihre ganze Zeit damit verbringen, bei der alten Frau zu hocken und Geheimnisse zu besprechen? Das war nicht richtig.

Da fühlte er, wie ihre Finger seinen Arm berührten und hinabglitten, um auf seiner Hand liegen zu bleiben und sie zu halten. Doch er wollte sie noch immer nicht ansehen.

»Ich sage dir dies, Suth«, sagte sie mit leiser Stimme, »diese Menschen wollen uns hier behalten. Sie sind krank. Ihr Blut ist schlecht. Bald bist du ein Mann und ich bin eine Frau. Dann werden wir ihre Gefährten. Sie haben unser gutes Blut. Sie sind nicht mehr krank. All dies sagt ihnen Mosu. Sie denken aber dies. Wir sind alle zusammen, alle sechs, vielleicht gehen wir heimlich fort. Können sie die ganze Zeit aufpassen? Das ist schwierig. Können sie uns in der Höhle einsperren? Dann werden wir krank, wir sterben. Also sagt Mosu: ›Lasst Noli bei mir bleiben. Suth geht nicht fort ohne Noli.‹«

Suth starrte sie erschrocken an. Instinktiv versuchte er auf die Beine zu kommen, als wollte er die Mondfalken zusammenrufen und sie auf der Stelle fortführen, fort von diesen Menschen, fort aus dieser Falle. Noli drückte seine Hand fester und zog ihn wieder zu sich herab.

»Sie passen auf«, flüsterte sie. »Sei schlau, Suth. Sei schweigsam.«

URSAGE

Da und Datta

Die Söhne von An und Ammu wollten unter sich ausmachen, wer der Stärkste sei. Sie rangen miteinander und liefen um die Wette, sie schleuderten Felsbrocken auf ein Ziel und taten andere solcher Dinge.

Einer war der Stärkste, und einer war der Schnellste, und einer hatte die schärfsten Augen, je nach der Natur des Ersten Wesens, das ihn aufgezogen hatte. Aber Da hatte keinen Vorteil über die anderen.

»Ich bin trotzdem der Beste«, sagte Da.

Die anderen machten sich über ihn lustig und sagten: »Wie kannst du der Beste sein? Erste Wesen haben uns aufgezogen. Sie haben uns stärker und schneller als dich werden lassen und haben uns bessere Augen geschenkt.«

Da sagte: »Ich wurde von Menschen aufgezogen und sie haben mich zum Besten gemacht. Menschen stehen über den anderen Wesen.«

Sie sagten: »Warum das?«

Darauf wusste Da keine Antwort, und sie machten sich wieder über ihn lustig, bis er weinend in die Wüste floh.

Dort fand er Datta und erzählte ihr, was gesagt und getan worden war, und auch sie weinte.

Sie schliefen und Affe kam in einem Traum zu Datta.

Am anderen Morgen sagte sie zu Da: »Gehe zu deinen Brüdern und sage ihnen dieses und jenes.«

Da ging zu seinen Brüdern und sagte: »Jetzt erzähle ich euch, warum ich der Beste von uns bin. Ich esse das Fleisch aller Wesen und auch ihre Eier. Wie es mir gefällt.

Für jeden von euch aber gibt es ein Wesen, dessen Fleisch ihr nicht esst und auch nicht die Eier. Webervogel hat So aufgezogen. Isst So die Eier von Webervögeln? Ameisenmutter hat Buth aufgezogen. Gräbt Buth die Nester von Ameisen aus, um an ihre Eier zu kommen? Warzenschwein hat Gor aufgezogen. Spürt Gor Warzenschwein in seinem Versteck auf und isst die zarten Ferkel? So geht es allen von euch. Ich aber tue alle diese Dinge.

Menschen haben mich aufgezogen. Wer isst das Fleisch von Menschen? Keiner von euch tut das. Es ist ein Ding-das-nicht-getan-wird. Also sind Menschen die Besten. Ich, Da, sage das.

Am niedrigsten stehen Steine, Erde und Wasser. Über ihnen stehen die Pflanzen. Über den Pflanzen stehen die Tiere. Über den Tieren stehen die Menschen. Sie stehen über allen.«

Darauf wussten sie keine Antwort, machten sich aber trotzdem über ihn lustig, bewarfen ihn mit Dreck und verscheuchten ihn, und er weinte.

Affe war ärgerlich, als er sah, was Da angetan wurde. Er kam in einem Traum zu Datta und zeigte ihr, wo der Feuerbewahrer versteckt war, den er gemacht hatte.

Da und Datta gingen zu jener Stelle und fanden den Feuerbewahrer. Sie entfachten ein Feuer, rösteten das Fleisch von Eidechsen und aßen es und es schmeckte sehr gut.

Sie rösteten mehr, brachten es ihren Brüdern und Schwestern und gaben es ihnen. Da fanden die anderen Geschmack an geröstetem Fleisch und sagten: »Gebt uns den Feuerbewahrer, damit auch wir ein Feuer entfachen und das rösten können, was wir fangen.«

Da und Datta sagten: »Zuerst müsst ihr zum Felsen der Begegnung, nach Odutu, im Schatten des Berges, kommen und schwören, dass wir die Besten sind, weil wir von Menschen aufgezogen wurden. Und ihr müsst schwören, dass ihr von nun an so lebt, wie wir leben, weil wir leben, wie die Menschen leben.«

So groß war der Geschmack, den sie am gerösteten Fleisch gefunden hatten, dass alle anderen zustimmten. Sie kamen nach Odutu, im Schatten des Berges, und schworen auf den Felsen der Begegnung, wie Da und Datta es ihnen geboten hatten. Da gaben Da und Datta ihnen das Feuer und sie machten Feuerbewahrer, einen für jeden Stamm.

Als An und Ammu aber erfuhren, was gesagt und getan worden war, weinten sie.

ACHT

Ein Mond verstrich, dann noch einer, und alle paar Tage brach ein Gewitter über das Tal herein. Die Gewitterzeit ging zu Ende und es verstrichen weitere Monde.

Otan konnte laufen. Er begann sich im Tal zu Hause zu fühlen, als hätte er immer hier gelebt, wäre an jedem Morgen und an jedem Abend mitgegangen, um am See zu trinken, und hätte jede Nacht in der stinkenden Höhle geschlafen.

Ebenso ging es Mana und Ko. Sie wurden sehr schnell mit der Lebensweise der Menschen vertraut, freundeten sich mit ihren Kindern an und spielten mit ihnen. Ko war der Liebling der Frauen, die ihn verwöhnten und ihm sagten, was für ein guter Junge er sei. Mana hingegen schenkte kaum jemand Beachtung.

Tinu wurde noch weniger beachtet. Offenbar meinten die Menschen, sie wäre nicht ernst zu nehmen, weil sie nur undeutlich sprechen konnte. Es schien sie nicht zu stören. Einen Teil ihrer Zeit verbrachte sie damit, sich um Otan zu kümmern und Noli zu helfen, meist aber folgte sie Suth auf den Fersen, beobachtete, was er tat, und half ihm, wann immer sie konnte. Fast jedes Mal, wenn sie an der Kolonie vorbeikamen, stellte sie eine Falle auf, und meist fing sie etwas. Sie baute sogar bessere Fallen als Baga und balancierte ihre Felsbrocken so gut aus, dass sie bei der leisesten Berührung einstürzten.

Natürlich gaben die Männer das nicht zu. Sie sagten, dass Tinu Mangusten jage, weil sie Mondfalke sei. Deshalb habe sie Glück.

(Diese Menschen erzählten ebenfalls Ursagen. Viele glichen denen des Stammes, manche aber waren anders. In ihren Ursagen nannten sie Affe beim Namen. Nicht Affe, sagten sie, habe all den Ärger verursacht. Es seien Krokodil und Warzenschwein gewesen, die ihn, dumm wie sie waren, um seine Klugheit beneidet hätten. Sie hätten sich gegen ihn verschworen.)

Noli schien sich viel stärker zu verändern als Tinu. Natürlich erinnerte sie sich an die Guten Jagdgründe und an die langen Wege, die dazwischen lagen, aber sie trauerte ihnen nicht nach. Als ein paar Tage verstrichen waren, erlaubte Mosu es ihr manchmal, mit den anderen sammeln zu gehen, doch sobald sie wieder bei der Höhle waren, verbrachte Noli viel Zeit damit, bei Mosu zu sitzen und zuzuhören oder zu reden. Dann wieder schienen sie sich in einem Zustand zu befinden, der einer gemeinsamen Halbtrance glich, und denselben Traum zu träumen.

»Was machst du so lange bei der alten Frau?«, fragte Suth.

»Ich lerne«, sagte sie. »Sie ist sehr alt. Sie weiß viel.«

Suth gefiel das nicht. Er vermisste Noli. Er brauchte sie. Sie war Mondfalke, nicht Affe. Sie gehörte an seine Seite, musste ihre Kleinen auf echte Mondfalkenart großziehen. Mosu hatte Macht. Die brauchte sie, um Anführerin dieser Menschen zu sein. Ameisenmutter hatte manchmal Frauen als Anführer, ebenso Schlange, aber nur in den Ursagen und seit Menschengedenken nicht mehr, und nie waren sie alt und blind wie Mosu. Benutzte sie ihre Macht, um Noli in die Falle zu locken, um sie nicht zum Mondfalken, sondern zum Affen werden zu lassen?

»Sie sieht nichts«, sagte er verstimmt. »Ihre Augen sind tot.«

»Das ist, weil sie alt ist«, sagte Noli. »Es ist nicht die Krankheit des Blutes. Als sie jung war, sah sie gut. Sie sagt, vor langer Zeit lebten viele Menschen hier, viele Male zehn. Manche lebten hier, bei dieser Höhle. Andere lebten dort drüben. Dort wurde Mosu geboren.«

Sie zeigte auf die ausgedehnten, viel versprechenden Hänge jenseits des Waldes, am anderen Rand des Talkessels. Niemand sammelte oder jagte dort. Sie waren, den Rückweg mit eingerechnet, mehr als einen Tagesmarsch weit entfernt. Warum sollten sie sich auf den Weg dorthin begeben, wenn es genug Nahrung in erreichbarer Nähe gab? Und wären sie außerhalb der Höhle sicher, wenn nachts die großen Raubtiere auf Beutejagd gingen?

Schon der Anblick des menschenleeren Geländes erfüllte Suth mit Unrast. Genau wie die anderen hatte er sich an das Tal gewöhnt, aber nicht in jeder Hinsicht. Fast täglich spürte er, wie die Erde bebte, unterbrach seine Arbeit aber nicht mehr. Wenn es nachts passierte, wachte er nicht mehr auf. Und die nach faulen Eiern stinkenden Schwaden, die im leichten Wind hin und her trieben, bemerkte er kaum noch.

Andererseits konnte er sich nicht an den Gestank in der Höhle gewöhnen. Jeden Abend betrat er sie mit Widerwillen, wünschte sich, es gäbe andere Nachtlager, und in seinen Träumen ging und ging und ging er, immer weiter, und wenn er erwachte, schmerzten seine Beine von der eingebildeten Reise. Sein ganzes kurzes Leben lang war er von einem Guten Jagdgrund zum nächsten gewandert und den

Regenwolken gefolgt, die über das ausgedörrte Land zogen. Er konnte sich nicht daran gewöhnen, an einem Ort festgehalten zu sein, jeden Tag dieselben Wege zu gehen, immer in dieselbe Richtung und nie mehr als einen halben Tagesmarsch weit, um den nächsten Geländestreifen abzugrasen, dieselben Gerüche zu wittern und denselben Horizont zu sehen wie am Vortag.

Und immer wieder geschah etwas, das ihn daran erinnerte, wie Recht Noli gehabt hatte: Er und die Mondfalken waren Gefangene in diesem Talkessel. Niemand schenkte ihnen viel Beachtung, wenn sie voneinander getrennt waren, sobald sie aber wieder zusammen waren, behielt man sie im Auge. Sie durften nicht am Ende der Reihe sammeln, wo sie unbemerkt hätten verschwinden können, sondern mussten in der Mitte gehen. Und wenn sie durch Zufall einmal außer Sichtweite gerieten, kam sofort jemand, um sie zu suchen.

Suth probierte es aus, sobald sich die Gelegenheit dazu bot. Eines Morgens, sie hatten kaum mit dem Sammeln begonnen, braute sich ein Gewitter zusammen und alle suchten Schutz unter einer Baumgruppe. Bewusst führte Suth die Mondfalken zu einem Felsen, unter dessen überhängender Seite sie sich aneinander drängten.

Sofort kam Dith durch den Regen herbeigeeilt, packte Suth am Arm und zerrte ihn hervor.

»Was macht ihr hier?«, knurrte er. »Ihr seid, wo wir sind. Kommt, alle.«

Er schleifte Suth bis zu den Bäumen und schleuderte ihn vor aller Augen auf die Erde, als bestrafe er ein ungezogenes Kind.

Auch das war typisch. Es war noch ein Grund, weshalb Suth fühlte, dass er nicht hierher gehörte. Er entsprach nicht den Vorstellungen dieser Menschen. Er sollte ein Familienvater sein. Das hatte Mosu gesagt. Er hatte sich einen guten Grabstock gemacht, angespitzt und im Feuer gehärtet, wie man es von einem Mann erwartete. Er trug ihn immer bei sich, egal wohin er ging, jagte aber nur Schlangen damit, und das auf die Art, die sein Vater ihn gelehrt hatte. Auf die Jagd ging man nur zusammen mit anderen Männern, und sie wollten ihn nicht mitnehmen, genauso wenig wie sie ihn an ihrem Spiel teilhaben ließen, wenn sie unter den Bäumen saßen und die Schar der Sammler beschützten. Suth war kein Mann. Er hatte noch keine Männernarben auf den Wangen. Also behandelten ihn die Männer bewusst wie ein Kind. Das hasste er.

Es gab drei Jungen, die ungefähr in Suths Alter waren, aber Suth wollte nicht mit ihnen spielen. Seine Aufgabe war es, ein Mann zu sein. Außerdem wollten sie Suth nicht dabeihaben. Sie zogen es vor, die Männer nachzuahmen und ihn nicht zu beachten.

Der älteste der Jungen hieß Jad. Sein Vater war Jun und er war Mosus ältester Sohn. Eines Abends, gegen Ende der Regenzeit, erhob sich aufgeregtes Stimmengewirr und die Frauen begannen Vorbereitungen für ein Fest zu treffen. Dabei hackten sie auf Jad herum, trugen ihm dieses und jenes auf und schimpften selbst dann mit ihm, wenn er nichts Falsches getan hatte. Es war eine Art von Spaß, zugleich aber meinten sie es ernst. Es hatte etwas damit auf sich.

Suth saß da und schaute zu. Es machte ihn krank. Er begriff, was das alles sollte. Er wusste, worum es ging.

Als sie am Abend zum Trinken hinab zum See gingen, nahm Jad ein frisches Blatt und faltete es zu einer flachen Schale zusammen. Die Schale füllte er mit Wasser und trug sie dann auf seinen Händen zurück zur Höhle.

Unterwegs liefen die Männer voraus und legten Hinterhalte oder sprangen ihn mit wilden Schreien an, um ihm Angst einzujagen oder ihn so zu erschrecken, dass er das Wasser verschüttete. Aber er trug es mit sicherer Hand weiter.

Als sie das Lager erreichten, kniete Jad beim Feuer nieder, und Fura, seine Mutter, schüttete Asche ins Wasser und vermischte beides zu einem dicken Brei, den Jad dann zu Mosu brachte, die vor dem Höhleneingang saß. Er kniete sich neben sie. Sie fühlte nach seinem Gesicht, tauchte die andere Hand in den Brei und bestrich ihm Stirn und Wangen damit, wobei sie etwas vor sich hin murmelte. Fura machte weiter und bestrich den restlichen Körper mit Brei, bis Jad von Kopf bis Fuß grau war.

Währenddessen klatschten und tratschten die Frauen, die das Essen zubereiteten, nicht wie üblich, sondern stimmten einen langsamen, klagenden Gesang an, zu leise für Suth, um die Worte zu verstehen. Das brauchte er auch nicht, denn der Stamm hatte dieses Ritual auf fast genau dieselbe Weise durchgeführt. Der Gesang war das Lied, das die Frauen anstimmten, wenn eines ihrer Kinder starb, denn in dieser Nacht würde Jad die Seite seiner Mutter verlassen, um ein Mann zu werden.

In dieser Nacht war Jad ein Niemand, weder Mann noch Kind, also saß er mit überkreuzten Beinen vor dem Feuer und aß keinen Bissen. Er war ein Nichts, ein grauer Geist, und Geister essen nichts. Sie schlafen auch nicht bei den Lebenden, also führte Jun ihn, bevor alle anderen in der Höhle verschwanden, auf die Felswand und half ihm, über einen eingekerbten Stamm auf einen abgeschnittenen Felsvorsprung zu balancieren, wo er die Nacht verbringen würde. Dann nahm Jun den Stamm fort, damit Jad nicht von den nächtlichen Jägern angegriffen werden konnte.

Am nächsten Morgen wurde ihm wieder hinuntergeholfen,

aber es war ihm nicht erlaubt, selbst zum See zu gehen. Stattdessen trugen ihn die Männer wie einen Leichnam und legten ihn am Wasser nieder, wo Jun die Asche von seiner Haut wusch. Dann hockte Mosu sich neben ihn und rief mit ihrer krächzenden Stimme die Macht an, die diesem Jagdgrund innewohnte, und teilte ihr mit, dass Jad von nun an ein Mann sei.

Jad erhob sich. Jun drückte ihm einen Ast in die Hand, sagte ihm, er solle sich einen Grabstock machen, und Dith, der der geschickteste Feuersteinschmied im ganzen Tal war, gab ihm eine neue Klinge, damit er den Stock anspitzen konnte.

Alle gingen den Hügel hinauf, um das Fest der Männer vorzubereiten, lachten und machten dieselben Späße mit Jad, die der Stamm bei Suths eigener Mannwerdung in Odutu, im Schatten des Berges, gemacht hätte.

Suth verfolgte das Ritual schweigend, aber sein Herz lief fast über von Bitterkeit und Trauer. Genau wie er Mosu gesagt hatte, wäre der zweite Morgen im Tal, vor drei Monden, sein Tag gewesen. In genau jenem Mond wäre der Stamm nach Odutu gezogen, und seine Mutter hätte seinen Körper mit Asche bestrichen, und sein Vater hätte ihn zu einem bestimmten Felsvorsprung hoch oben auf dem Berg geführt, damit er die Nacht dort allein verbringe …

Nun würde es nie mehr geschehen. Er hatte keinen Vater und keine Mutter. Dieser Talkessel war nicht der Ort, wo ein Mondfalke zum Mann werden konnte.

Beim Fest bekam er kaum einen Bissen hinunter. Und als Jad sich schließlich neben Mosu kniete und Foia ihre Hand führte, damit sie die erste Männernarbe in seine Wange schneiden konnte, ertrug er es nicht mehr. Er schloss seine Augen und senkte den Kopf. Er fühlte Nolis Hand auf seinem Arm, aber er schüttelte sie ab und weinte.

Einige Tage später hielten die Jäger und Sammler wie üblich auf dem Rückweg zur Höhle an, um die Fallen zu überprüfen, die sie aufgestellt hatten. Es war bald an der Zeit, sich eine neue Kolonie zu suchen, und nur zwei Fallen wiesen Beute auf. Bagas und Tinus. Diths Falle war leer. Baga war seine Schwester, und sie ließ keine Gelegenheit aus, um ihn aufzuziehen.

»Du bist kein Jäger, Dith«, rief sie. »Du fängst nichts. Eine Frau muss erst kommen und eine gute Falle bauen. Schau her, dieses Kind-Mädchen baut eine bessere Falle als du. Sieh nur, wie gut sie war.«

Dith kochte vor Wut. Schnaubend schritt er heran, trat die Reste von Tinus Falle um, schnappte sich die Manguste und schleuderte sie weit über den Hang.

Tinu zuckte zusammen, als hätte er sie geschlagen. Suth zog sie an sich und wandte sich Dith zu. Er spürte, wie sein Haar sich zu sträuben begann.

»Baga spricht wahr«, fauchte er. »Tinu baut gute Fallen. Du solltest sie loben, nicht bestrafen.«

Dith sah ihn voller Verachtung an. Hätte ein Mann so zu ihm gesprochen, dann hätte sein Haar sich sofort gesträubt, aber er zuckte nicht einmal mit der Wimper.

»Sie soll eine gute Falle für Hirsche bauen«, sagte er. »Dann lobe ich sie.«

Er drehte sich um und stapfte davon.

Einige Tage später, als sie gerade vom morgendlichen Trunk am See zurückgekehrt waren, zog Tinu Suth beiseite.

»Gehen, Hirsche sehen«, flüsterte sie. »Da lang. Keine Menschen. Suth, ich bitte.«

Es machte Tinu große Mühe, so viel auf einmal zu sagen. Sie sah ihn bittend an und zeigte längs des Hanges in die den Sammelgründen entgegengesetzte Richtung.

Er bat Tinu mit einer Geste zu warten. Noli hatte ihm gesagt, dass sie an diesem Tag mit auf Nahrungssuche gehen werde, also teilte er ihr mit, dass er jagen wolle.

»Habe Glück, Suth«, sagte sie, genau wie seine Mutter zu seinem Vater, wenn er aufbrach, um auf die Pirsch zu gehen.

»Habe auch du Glück, Noli«, antwortete er, genau wie es sein Vater getan hätte.

Sie machten sich auf den Weg über die unwirtlichen Hügelhänge. Schneller wäre es gewesen, einen der Pfade durch das Buschland zu benutzen, aber selbst die erwachsenen Männer wagten sich nicht allein hinein. Nicht alle großen Raubtiere schliefen am Tag und ein einzelner Mann hatte keine Chance gegen einen Leoparden.

Zuerst schien Nolis Segen sehr gut zu wirken. Schon nach einer Meile entdeckte Suth einen Steinsamen. Er versah ihn mit seinem Zeichen, um ihn auf dem Rückweg einzusammeln und mit dem Rest der Mondfalken zu teilen. Ein gutes Omen, dachte er, als sie sich wieder auf ihren beschwerlichen Weg machten.

Als die Sonne ihren Aufstieg am Himmel schon halb beendet hatte, erreichten sie eine flache Senke, die sich den Hang hinaufzog. Grobes Gras hatte in einem breiten Streifen Wurzeln darin geschlagen. Am unteren Ende der Senke entdeckten sie frische Spuren von Hirschen, die durch Lücken im Gestrüpp gekommen und gegangen waren.

Sie kletterten wieder hinauf und ließen sich im Schatten eines vorspringenden Felsens nieder, um auf der Lauer zu liegen. Zeit verging, dann noch mehr Zeit, doch es tat sich nichts. Suths Unrast, die zunächst nachgelassen hatte, weil er nicht wie üblich hatte sammeln gehen müssen, stieg wieder in ihm auf und wurde noch stärker, so stark, dass er das Gefühl hatte, nicht mehr still sitzen zu können. Er stand auf.

»Hirsche kommen nicht«, sagte er. »Wir gehen.«

Tinu blickte zu ihm auf. Ihre Enttäuschung war so groß, dass sie kein Wort herausbrachte. Ihr Mund arbeitete. Als sich die Wörter endlich herauszwängten, konnte er sie kaum verstehen.

»Ich ... bleibe ... Suth ... ich ... bitte.«

Er zögerte und sah sich um. Was könnte ihr so weit oben auf dem offenen Hang zustoßen? Was außer Schlangen und Eidechsen triebe sich in der Mittagshitze hier herum?

»Ich gehe«, sagte er. »Wenn die Sonne dort steht, komme ich wieder.«

Er zeigte knapp über den westlichen Horizont. Sie nickte zum Zeichen, dass sie verstand. Er hob seinen Grabstock vom Boden auf. Er musste nicht groß überlegen, um herauszufinden, was seine Unrast mildern konnte.

Er kletterte immer weiter den Hügel hinauf, wobei er seinen Grabstock zu Hilfe nahm. Die Sonne, die auf Kopf und Schultern brannte, bemerkte er nicht. Schließlich wurde die Steigung sanfter und er sah den Ring zerklüfteter Felsen vor sich liegen, der das Becken umschloss. Der Weg dorthin war weiter, als er in Erinnerung hatte. Er blickte zur Sonne. Sie hatte mehr als die Hälfte ihres Weges den Himmel hinab zurückgelegt. Ginge er weiter, dann könnten sie die Höhle mit Glück noch vor Einbruch der Dunkelheit erreichen. Trotz stieg in ihm auf – er wollte zu Ende führen, was er sich vorgenommen hatte.

Als er sich umwandte, um seinen Aufstieg fortzusetzen, fiel ihm ein Glitzern über dem westlichen Bergkamm ins Auge – eine weiße Bergspitze. Er erkannte sie sofort. Diesen schneebedeckten Gipfel konnte man von allen Jagdgründen aus sehen, die der Stamm durchzogen hatte, auch wenn er viele Tagesmärsche entfernt war. Es war der Berg über Odutu, dem

Ort der Begegnung. War ein Stammesmitglied gestorben, dann war Mondfalke noch in derselben Nacht gekommen und hatte den Geist des Verstorbenen zum Ort der Geister auf dem Gipfel gebracht.

Und irgendwo darunter befand sich der Felsvorsprung, auf dem Suth die lange Nacht vor der Mannwerdung verbracht hätte.

Er blickte den Gipfel an und weinte um die Welt, die er verloren hatte.

Ich kann hier nicht bleiben, dachte er, als er weiterkletterte. Dies ist nicht mein Jagdgrund.

Die Mondfalken hatten damals Glück gehabt, so schnell einen Weg durch die zerklüfteten Felsen gefunden zu haben, die den Bergkamm krönten. Diesmal musste er lange daran entlanggehen, suchen und verschiedene Öffnungen ausprobieren, die sich als versperrt erwiesen, bis er endlich jene wieder erkannte, aus der sie damals herausgetreten waren.

Diese Stelle musste er sich merken. Also sah er sich den Hang darunter genau an und suchte nach Orientierungspunkten, die es ihm erleichtern würden, ihn wieder zu finden. Bald würde er umkehren müssen, aber er ging trotzig weiter, bis er einen Punkt erreichte, der ihm einen guten Blick auf die unter ihm liegende Wüste bot.

Er schaute nach Osten. Die schreckliche Einöde dehnte sich bis in weite Ferne aus. Sie war Furcht einflößend und tödlich, aber er sehnte sich nach ihr, weil sie kein Gefängnis war wie das Becken hinter ihm. Hier dehnte sich der weite Himmel aus, an den er gewöhnt war. Hier konnte er Tag um Tag gehen und gehen und doch an kein Ende kommen. Sehr bald, schon in wenigen Monden, wären auch die Kleinen groß und kräftig genug dafür, und nur Otan würde noch Hilfe brauchen. Dann würde er sie weit fortführen, bis zu den neuen Guten Jagdgründen, von denen Bal geträumt hatte, und dort würde er sie lehren, das Leben zu leben, für das sie geboren worden waren.

Irgendwo dort draußen musste es einen Weg durch die Wüste geben. Er begann sie genauer anzuschauen und nach irgendeinem Zeichen zu suchen, das ihm Hoffnung machen könnte. Im klaren Licht des Abends konnte er sehr, sehr weit sehen. Die Tausenke, die er zusammen mit Noli gefunden hatten – wo lag sie? … Nein, wahrscheinlich war sie außer Sichtweite … Wo hatten sie die Felswand erklommen? Ein Stück weiter zur Linken? Also …

Er erstarrte. Irgendetwas hatte sich in der leblosen Wüste bewegt. Nicht dort, wo er gerade hinschaute, aber nahe genug, um es aus den Augenwinkeln wahrzunehmen. Irgendetwas hatte sich aus dem langen Schatten eines Felsens hinaus in die Sonne bewegt. Wo?

Da! Zwei Gestalten … drei … die sich einer hinter dem anderen auf den Berg zubewegten. Winzig vor dem Gelbgrau der Einöde und so weit fort, dass er weder Hände noch sonst etwas erkennen konnte.

Doch er wusste sofort, um was es sich handelte. Menschen. Sie gingen.

Wer waren sie? Niemand verließ je das Tal, um hinab in die Wüste zu steigen. Irgendjemand aus Bals Schar? Die letzten drei Überlebenden? Aber sie bewegten sich nicht, als wären sie ausgehungert oder hätten sich verirrt. Irgendetwas an ihnen sagte Suth, dass sie ihren Weg kannten …

Ja. Sie bewegten sich auf den Pass über die Dürren Hügel zu.

Jetzt war er sich sicher. Wer immer sie sein mochten, es gab einen Weg durch die Wüste, und sie hatten ihn gefunden.

Als Suth wieder auf der anderen Seite des Bergkamms stand, berührte die Sonne den Horizont, und als er Tinu erreichte, war es fast dunkel. Seine lange Abwesenheit schien sie nicht beunruhigt zu haben.

Bei seiner Ankunft stand sie auf und zeigte den Hang hinunter.

»Suth, ich sah Hirsche. Sie kommen. Geh«, flüsterte sie.

Er spähte den Hang hinab. Der Mond schien, hatte aber kaum ein Viertel seiner eigentlichen Größe erreicht und stand schon tief am westlichen Himmel. Buschland und Wald verschmolzen zu einer schwarzen Masse. Es war viel zu dunkel, um zu erkennen, ob das Wild, das Tinu gesehen hatte, noch da war. Ginge der Mond unter, dann wäre es fast stockfinster. Es bestand keine Hoffnung mehr, die Höhle vor Einbruch der Nacht zu erreichen. Außerdem würden die nächtlichen Räuber bald wieder auf Pirsch gehen.

»Zu dunkel«, sagte er. »Wir suchen einen Schlafplatz.«

Er führte sie wieder den Hügel hinauf.

Hungrig und durstig schliefen sie ein, aber Suth freute sich fast über die widrigen Umstände. Sie gehörten zu dem Leben, das er kannte. Tinu beklagte sich nicht. Sie schien glücklich und aufgeregt zu sein. Als Suth bei Sonnenaufgang erwachte, war sie schon auf den Beinen und hockte in einiger Entfernung vor einem Einschnitt im Fels, der ihr eine gute Sicht den Hügel hinab erlaubte. Als Suth zu ihr kommen wollte, wies sie ihn mit Gesten an, gebückt zu gehen. Er hockte sich neben sie und sie streckte einen Finger aus. Tief unter ihnen, auf halbem Weg den Grasstreifen hinauf, äste Wild.

Tinu seufzte glücklich.

»Menschen schlafen. Hirsche kommen«, murmelte sie. »Hirsche gehen. Menschen kommen.«

Suth grunzte. Das machte Sinn. Das Wild hatte gelernt, sich nachts vor den Raubtieren und bei Tag vor den Jägern zu verbergen. Es gab nur zwei Tageszeiten, Morgen- und Abenddämmerung, zu denen es sicher äsen konnte.

Doch jetzt war das unwichtig. Natürlich war es gut, dass Tinu glücklich war, aber er spürte das heftige Bedürfnis, zur Höhle zurückzukehren und Noli zu berichten, dass er von einem Weg durch die Wüste wusste.

Sie kamen gerade noch rechtzeitig, um das Ende der Menschenschlange im Buschland verschwinden zu sehen. Alle begaben sich zum Morgentrunk an den See. Suth und Tinu rannten und schlossen auf, als die Schlange sich in den Wald hineinwand. Jun gehörte zur Nachhut. Er schwang herum, packte Suth bei den Haaren und versetzte ihm einen schmerzhaften Schlag auf die eine Seite des Kopfes.

»Wo geht ihr hin?«, fuhr er ihn an. »Das ist nicht gut. Meinst du, du bist ein Mann und kannst kommen und gehen?«

Mit einem Tritt beförderte er Suth vorwärts. Viele der Frauen schimpften ihn aus, als er sich einen Weg an der Schlange vorbei bahnte, um zu den Mondfalken zu gelangen.

Noli war offensichtlich erleichtert, ihn zu sehen.

»Suth, ich habe Angst um dich«, sagte sie ihm. »Die Frauen sagen, du nimmst Tinu, du gehst fort, du verlässt uns. Ich sage, du tust das nicht. Aber ich habe Angst um dich.«

Suth hörte kaum zu. Er fasste sie am Arm.

»Noli«, flüsterte er. »Durch die Wüste führt ein Weg. Ich sah Menschen. Sie kamen durch die Wüste.«

Sie begann nicht, aufgeregt zu fragen, sondern starrte ihn einfach nur an und runzelte die Stirn, während er erklärte, was er gesehen hatte.

»Was für Menschen sind das?«, fragte sie zweifelnd.

Seitdem er wach war, hatte Suth sich darüber den Kopf zerbrochen.

»Ich denke so«, sagte er. »Es sind Mondfalken. Sie fanden Gute Jagdgründe hinter der Wüste. Jetzt schickt Bal ein paar zurück. Sie sagen Warzenschwein, sie sagen Kleiner Fledermaus und allen Stämmen: ›Kommt zu diesen neuen Guten Jagdgründen. Hier gibt es keine Fremden, die töten!‹«

Noli runzelte die Stirn, seufzte und ging dann mit gesenktem Kopf weiter. Sie schwieg beunruhigt. Als sie zum See kamen, zog er sie beiseite.

»Warum sagst du nichts?«, fragte er. »Ist es nicht gut, was ich gesehen habe?«

Sie nahm seine Hände und sah ihm in die Augen, antwortete aber immer noch nicht.

»Sagt Mondfalke dir nichts?«, fragte er.

»Mondfalke kommt nicht an diesen Ort«, flüsterte sie. »Frag nicht weiter. Oh, Suth, ich bin traurig, traurig.«

Sie drückte seine Hände noch einmal fest und ließ sie dann los. Er konnte fühlen, dass sie etwas bedrückte, obwohl er es nicht ganz verstand. Er grunzte und zog sich zurück. Seine ganze Aufregung war wie weggeblasen, er war missmutig und fühlte sich elend.

Als er einen Blick zurückwarf, stand Noli immer noch dort, wo er sie verlassen hatte, und starrte auf den See, während das unheimliche Brüllen von Donnerstimme über dem Wasser trieb.

URSAGE

Affe wird ertappt

Schwarze Antilope graste weit draußen auf der Ebene.

Gegen Abend hob er den Kopf und witterte.

Ein Geruch nach Feuer lag in der Luft.

Ein Geruch nach verbranntem Fleisch lag in der Luft.

Also dachte er, der Erste Gute Jagdgrund brennt. Die Geschöpfe verbrennen und An und Ammu und ihre Kinder.

Er kam herbeigeeilt, aber es herrschte Stille.

Beim Lärm seiner Hufe verließen die Geschöpfe ihre Höhlen, Schlafplätze und Nester, um ihn zu begrüßen.

»Wer ist verletzt?«, rief er ihnen zu. »Wer brennt?«

»Niemand von uns«, antworteten sie.

In der Dunkelheit sah er den Schein eines großen Feuers. Er hörte Gesang und lautes Prahlen.

Leise lief er zu dem Ort und sah, wie An und Ammu und ihre Kinder ein Fest rund um ein Feuer feierten, das sie entfacht hatten. Seine Nüstern waren erfüllt vom Geruch des Röstfleisches, das sie aßen.

Schwarze Antilope rief die Ersten Wesen zu sich.

»Wer von euch hat das getan?«, fragte er. »Wer von euch hat den Kindern von An und Ammu das Feuer gegeben?«

»Ich nicht«, sagte Kleine Fledermaus.

»Ich nicht«, sagte Warzenschwein.

Der Reihe nach gaben sie dieselbe Antwort.

Nur Affe schwieg.

»Warst du es, Affe?«, fragte Schwarze Antilope.

Affe schwieg noch immer. Doch die juckende Stelle unter seinem Arm, die nie verheilt war, kitzelte ihn.

Er kratzte sich.

»Warum kratzt du dich, Affe?«, fragte Schwarze Antilope.

»Eine Zecke hat mich gebissen«, sagte Affe.

»Lass mich auf die Stelle pusten und sie heilen«, sagte Schwarze Antilope.

Bei diesen Worten versuchte Affe davonzulaufen, aber Schlange fing ihn und wand sich um ihn, so dass er sich nicht mehr rühren konnte, und Schwarze Antilope schaute unter seinen Arm und sah die Stelle, die nicht verheilt war.

Daran erkannten alle, dass Affe den Kindern von An und Ammu das Feuer gegeben hatte.

NEUN

Suth begann Pläne für ihre Flucht zu schmieden. Es hatte keinen Sinn, bis zum Ende der Trockenzeit zu warten. In den Dürren Hügeln regnete es so gut wie nie und in der Wüste fiel sowieso kein Tropfen. (Dass immer wieder kleine, auf das Tal beschränkte Regengüsse den See auffüllten, lag an einer Besonderheit des Geländes – Suth war zu der Ansicht gelangt, dass Affe dafür sorgte.)

Wasser konnten sie nicht mitnehmen, also würden sie welches finden müssen. Die Menschen, die Suth aus der Wüste hatte kommen sehen, mussten Wasser gefunden haben. Er vermutete, dass sie nicht nur deshalb nachts unterwegs gewesen waren, um der furchtbaren Wüstensonne zu entgehen. Vielleicht wussten sie, wo sich Tausenken befanden. Tausenken waren selten. Es gab eine gute beim Tarutu-Felsen und die schlechte, die Suth und Noli gefunden hatten. Das waren die einzigen, die er jemals gesehen oder von denen er gehört hatte. Vielleicht aber gab es weitere in der Wüste, bessere …

Doch selbst wenn sie mit dem Wasser Glück hätten, bliebe noch die Frage offen, wie sie Vorräte transportieren sollten.

In den alten Guten Jagdgründen stellte der Stamm Riemen aus der Rinde von Tingin-Bäumen und leichte Netze aus bestimmten Gräsern her, aber nichts davon hatte er in diesem Tal gesehen. Auch Kürbisse gab es hier nicht. Vielleicht gab es nicht einmal Tingin-Bäume.

Er fragte Tinu, ob sie eine Idee habe. Sie nickte und gab mit Zeichen zu erkennen, darüber nachdenken zu wollen. Doch soweit Suth sah, tat sie nichts.

Außerdem war sie mit etwas anderem beschäftigt. In jeder freien Minute, im Lager und während der Mittagsrast unter den Bäumen, pflückte sie Grashalme und flocht Knoten hinein. Die Halme tat sie in ein aufgerolltes Blatt und trug sie immer bei sich. Später brach sie Zweige von den Büschen ab und nahm sie mit ins Lager.

Eines Abends zog sie Suth beiseite und führte ihn zu einem Fleckchen etwas außerhalb des Lagerplatzes, das sie freigeräumt hatte. Er sah zu, als sie die vielen verästelten Zweige auf den Hang legte, bis sie auf der unteren Hälfte ihres freigeräumten Fleckchens einen breiten Streifen bildeten. Schmale Pfade durchschnitten den Streifen und führten den Hang hinunter.

Dann faltete sie ihr Blatt auseinander und entnahm ihm die mit Knoten versehenen Gräser. Als sie ein paar davon in einer Reihe auf den Fels gelegt hatte, erkannte Suth sofort, um was es sich handelte. Unten zwei Grashalme, die sie etwas weiter oben zu einem dickeren Stückchen zusammengedreht hatte, links und rechts dann jeweils ein weiterer Halm, oben ein runder Knoten. Beine, Körper, Arme, Kopf. Menschen. Winzige Grasmenschen.

Sie zeigte ihm andere, die nach demselben Prinzip gemacht worden waren, unten aber jeweils vier Halme aufwiesen, die sich zu einem horizontalen Körper vereinten, der wiederum in einen nach oben gebogenen Hals überging und dann nach vorne geknickt worden war, um in einem Kopf auszulaufen. Hirsche.

Jetzt erkannte er, dass das kleine Felsenfleckchen der Hügelhang sein sollte, wo sie die Hirsche beobachtet hatten, und der Streifen von Zweigen das Gestrüpp an seinem Fuß.

»Schlau«, sagte er.

Sie lächelte und begann die kleinen Grashirsche die Pfade hinaufzubewegen, damit sie auf dem Hang ästen. Zwei kleine Grasmenschen legte sie so hin, dass sie die Hirsche ungesehen beobachten konnten. Weitere Menschen kamen hinzu, die Zweige von den Büschen schnitten und alle Pfade bis auf einen versperrten. Hier hieben sie auf halbem Weg eine Lichtung frei. Tinu zeigte Suth, wie das Wild auf diesem Pfad kam und ging.

Als die Tiere auf dem Hang ästen, krochen zwei Männer zurück durch das Gestrüpp. Zwei Gruppen pirschten zu beiden Seiten des Wilds den Hang hinauf, während eine kleinere Schar zur Lichtung ging, den unteren Ausgang mit Zweigen versperrte und dann in Bereitschaft lag.

Sie klatschte in die Hände und ließ die Jäger mit schnellen, sicheren Bewegungen aus dem Hinterhalt aufspringen, den sie gelegt hatten.

»Yik-yik-yik-yiek!«, schrie sie. »Wu-wu-waah!«

Suth stimmte in die Jagdrufe ein.

»Oiyu, oiyu, ooiyooo!«

Die Jäger kamen immer näher. Das Wild ergriff die Flucht und stürzte auf den letzten, offenen Pfad zu, fand sich aber auf der Lichtung gefangen. Bevor die Tiere wieder zurückfliehen konnten, waren die Jäger da, die sich vom Hang her angepirscht hatten. Die ganze Zeit über stieß Tinu die schrillen Rufe und Schreie aus, die der Stamm benutzt hatte, um das Wild aus dem Versteck zu scheuchen und den Jägern zuzutreiben. Suth wurde von der eingebildeten Aufregung angesteckt und fiel ein.

»Wer jagt?«, fragte eine Männerstimme über ihren Köpfen.

Suth wandte sich um und sah Gan und Mohr, die ihnen belustigt zuschauten und zweifellos auf eine weitere Gelegenheit warteten, um ihn aufzuziehen, wenngleich sie die am wenigsten unfreundlichen Männer waren.

»Wer jagt?«, wiederholte Mohr.

»Tinu baut eine Falle für Hirsche«, sagte Suth. »Zeig es ihnen, Tinu.«

Doch Tinu verbarg sich vor den Blicken der Männer, wandte den Kopf ab und verschränkte ihre Arme schützend vor der Brust. Schließlich zeigte Suth den Männern, was sie erfunden hatte. Zuerst lachten sie und wollten es nicht ernst nehmen, dann aber wurden sie genau wie Suth von der Aufregung angesteckt und riefen die anderen Männer herbei.

Wie sich herausstellte, waren sie weit mehr an der imaginären Jagd interessiert als an der Falle für das Wild. Noch als es zu dunkel war, um irgendetwas sehen zu können, hockten sie dicht beieinander, stritten und stießen sich gegenseitig mit den Ellbogen beiseite, weil jeder die Jagd in die eigene Hand nehmen wollte. Sie wählten sogar Grasmenschen aus, die sie selbst darstellen sollten, damit sie die Anführerrolle spielen konnten, prahlten dann mit ihren Taten, als wäre das Ganze in Wirklichkeit geschehen, und stritten sich um ihren Anteil an der Beute. Keiner von ihnen schenkte Tinu Aufmerksamkeit. Das Modell war zu ihrem Spiel und Spielzeug geworden.

Am Ende machten sie es kaputt. Sie gingen so grob mit den geschickt geflochtenen Grasfiguren um, dass sie sich auflösten, und brachten den Streifen aus Zweigen durcheinander.

Sie stritten sich noch, als sie den Wall vor dem Höhleneingang aufschichteten.

Im Laufe der nächsten Tage kamen die Männer nacheinander zu Suth und baten ihn oder befahlen ihm, Tinu zu sagen, sie solle für jeden von ihnen einen Grasmenschen und einen Grashirsch machen, den sie jagen konnten. Tinu schien ihren Wünschen freudig zu entsprechen, ersetzte die Figuren, wenn sie kaputtgegangen waren, und baute ihr Modell des Hügelhangs wieder auf, damit sie das Spiel an jedem Abend von neuem spielen konnten. Sie übersahen Tinu, die abseits saß, mit geschickten Fingern Männer und Tiere aus Grashalmen für sie flocht und ihren Worten lauschte.

Und dann, eines Abends, war die Sache ganz plötzlich entschieden. Am nächsten Tag wollten sie eine echte Falle für die Hirsche bauen. Tinu hörte ihnen bestürzt zu.

»Das ist nicht gut«, sagte sie Suth in ihrem kaum verständlichen Flüsterton. »Männer zuerst warten. Hirsche beobachten. Hirsche kommen, gehen. Männer beobachten.«

Natürlich hatte sie Recht. Irgendjemand musste aufbrechen und die Hirsche in der Morgendämmerung beobachten, um herauszufinden, auf welchen Pfaden im Gestrüpp sie kamen und gingen, oder die Männer würden ihre Falle an der falschen Stelle bauen.

»Tinu, ich kann ihnen das nicht erzählen«, sagte er. »Für sie bin ich ein Kind. Sie hören nicht auf mich.«

Sie zögerte, senkte dann ihren Kopf und ließ ihre Finger in der Luft flattern.

»Suth, ich bitte«, murmelte sie. »Du, ich, gehen. Gehen jetzt. Hirsche sehen, Sonne aufgeht.«

Er sah sich um. Die Vorstellung, noch einmal draußen unter den Sternen zu schlafen, war eine große Versuchung. Es war fast dunkel, aber die Männer stritten sich noch immer über ihr Spiel. Die Frauen hielten sich auf der entgegengesetzten Seite des Feuers auf. Unauffällig ging Suth zur Stelle, wo Noli zwischen den Kleinen saß. Ko und Otan schliefen schon, Mana war am Einschlafen.

»Ich gehe mit Tinu«, flüsterte er. »Wir beobachten Hirsche.«

»Das macht die Männer wütend«, sagte sie.

»Ist Dith mein Vater? Kann er Ja oder Nein sagen?«

»Wenn ihr fort seid, sage ich es ihnen.«

»Ich danke.«

Er ging zurück zu Tinu und hockte sich neben sie. Als niemand in ihre Richtung sah, erhoben sie sich und schlichen davon.

Wie beim ersten Mal lagerten sie ein gutes Stück den Hügel hinauf. Beim ersten Morgengrauen begaben sie sich den Hang hinunter, bewegten sich vorsichtig, um keinen Stein loszutreten, und gingen gebückt, um vom Boden der Senke aus nicht gesehen zu werden. Dann drehten sie um und krochen zum Rand.

Die Hirsche waren da. Suth zählte sie. Zehn und drei, in unregelmäßiger Linie, die sich beim Äsen langsam den Hang hinaufbewegten. Die meisten senkten die Schnauzen in die Büschel groben Grases, immer aber reckten zwei oder drei die Köpfe, stellten die Ohren auf und lauschten wachsam, um jedes auch noch so leise Geräusch aufzufangen.

Schweigend sahen Suth und Tinu ihnen zu. Es wurde heller. Dann berührte Tinu ihn am Arm und winkte ihm, ein Stück zurückzuweichen. Sobald das Wild außer Sichtweite war, legte sie ihren Mund an sein Ohr.

»Lass Hirsch rennen«, flüsterte sie. »Diesen Weg.«

Sie zeigte ihm mit Gesten, was sie vorhatte. Er nickte. Das

machte Sinn. Dies war ihre einzige Gelegenheit zu sehen, welchen Pfad das Wild instinktiv als Fluchtweg wählte, wenn es am Hang aufgescheucht wurde. Doch er musste sich sputen. Bald schon wäre es helllichter Tag und dann würden sich die Hirsche bis zur Abenddämmerung wieder verstecken. Er kletterte so schnell und so leise, wie er konnte, überquerte auf allen Vieren den offenen Hügelhang über der Senke, benutzte jeden Schutz, den die Felsen ihm boten, und bewegte sich dann im Bogen gebückt wieder abwärts zu einem Standpunkt, der ein Stückchen unterhalb desjenigen Tinus lag.

Dann kroch er zum Rand der Senke. Das Wild war noch da, äste offenbar ungestört, aber die ruckartigen Bewegungen der Tiere sagten ihm, dass sie sich bereitmachten, in ihr Versteck zurückzukehren. Er verschnaufte einen Augenblick, sprang dann auf die Füße, schrie und schwenkte seinen Grabstock.

Sofort sausten die Tiere den Hang hinunter und ließen die Felsen mit langen, eleganten Sprüngen hinter sich. Als er losrannte, um ihnen den Weg abzuschneiden, schwenkten sie ab, aber auch Tinu war tiefer hinabgeklettert, erhob sich plötzlich vor ihnen und schrie. Sie schreckten zurück und liefen auf drei verschiedene Pfade zu, wobei die Herde sich aufteilte. Jetzt waren sie Suth ein gutes Stück voraus. Er hatte keine Chance mehr, ihnen den Weg abzuschneiden.

Dann, als die erste Gruppe das Gestrüpp erreichte, sprang ihnen jemand entgegen und riss den Bock, der sie anführte, zu Boden. Die anderen verschwanden, der Bock aber schlug aus, strampelte und versuchte wieder auf die Beine zu kommen, während der Leopard, der im Hinterhalt gelauert hatte, knurrend die Zähne in seinen Hals schlug.

Keuchend hielt Suth an und hob seinen Grabstock. Diese

Bewegung weckte die Aufmerksamkeit des Leoparden. Er sah auf und starrte Suth an. Sein Schwanz schlug von einer Seite zur anderen, er bleckte die Fänge, rührte sich aber nicht von der Stelle, sondern hockte weiter auf dem Bock.

Suth zögerte. Wenn ich ihn verscheuchen kann, dachte er, kann ich den Bock heimbringen, und dann muss selbst Dith mich loben.

Obwohl ihm klar war, dass er etwas Dummes und Gefährliches tat, machte er einen Schritt nach vorn, nur um zu sehen, was geschähe.

Sofort ging ihm der Leopard an die Kehle.

Suths Herz krampfte sich zusammen, aber sein Arm und sein Körper reagierten ohne nachzudenken, und er warf sich mit ganzer Kraft vorwärts, um dem Angriff zu begegnen. Er wurde zur Seite geschleudert. Sein Grabstock wurde ihm entrissen. Ein brennender Schmerz lief seinen linken Arm hinunter. Er stürzte, hilflos. Etwas Hartes krachte gegen seinen Schädel. Schwärze.

Er erwachte. Ein pochender Schmerz, sein ganzer Körper schmerzte.

Eine Stimme murmelte seinen Namen.

»Suth! Suth!«

Tinu.

Er öffnete die Augen. Durch den Schleier, den der Schmerz auf seine Augen legte, sah er ihr Gesicht, dicht über dem seinen. Der Schleier lichtete sich zur Hälfte. Den Rest wischte er mit dem rechten Handrücken fort. Es war Blut. Der Ort des Schmerzes machte sich bemerkbar, die eine Seite seines Kopfes tat furchtbar weh, auch der linke Arm von der Schulter an abwärts. Er reckte den Kopf und sah, dass seine linke Seite mit Blut verschmiert war, das aus tiefen Schnitten quoll, die sich den ganzen Arm hinabzogen. Er richtete sich auf und packte die Wunde mit der rechten Hand, um den Blutfluss einzudämmen.

Der Leopard! Ruckartig spannte sich sein Körper an. Er sah sich hastig um. Nichts. Nur ein Geräusch, ein unheimliches, gurgelndes Röhren, vermischt mit wilden, krachenden Schlägen im Gebüsch.

»Lauf, Tinu, lauf!«, brachte er hervor und stolperte auf die Füße, um nach seinem Grabstock zu suchen.

Verschwunden.

Ein Stein ...

Sein Blick fiel auf den Körper des Bocks.

Er vergaß die Wunde, vergaß den Schmerz. Das war es, wofür er gekämpft hatte. Er packte ihn bei den Hinterläufen und begann ihn in wilder Hast den Hügel hinaufzuzerren.

Er war zu schwer für ihn. Der Schmerz schlug wieder über ihm zusammen. Er hielt inne und stand zitternd da, während das Blut aus der aufgebrochenen Wunde quoll. Er blickte zurück. Immer noch keine Spur vom Leoparden, obwohl der Lärm im Gebüsch abwechselnd anschwoll und abebbte. Er bückte sich, zerrte den Bock ein Stück weiter in Richtung einer Stelle, die mit losen Felsbrocken übersät war, und begann ihn damit zu bedecken. Alle paar Sekunden warf er einen Blick den Hang hinunter, aber nichts rührte sich.

Wieder überkam ihn Benommenheit, doch er arbeitete weiter. Tinu half ihm. Als der Kadaver mit Steinen bedeckt war, hielt er schwankend inne. Dunkelheit schien das Tal auszufüllen.

»Gesicht verletzt«, sagte Tinus Stimme.

Er fasste an seine linke Wange und zuckte unter der eigenen Berührung zusammen. Noch eine Wunde, aber seine Hände waren so blutverschmiert, dass er nicht beurteilen konnte, wie ernst sie war.

»Stirbst du, Suth?«

Die Dunkelheit wich und er stand aufrecht.

»Nein, ich lebe«, sagte er.

Er musste den Männern selbst sagen, dass er mit einem Leoparden gekämpft und ihm die Beute abgenommen hatte. Ihr Gesichtsausdruck würde sich ändern. Das musste er sehen.

Er war nicht mehr in der Lage, über Felsen zu klettern, also lief er, obwohl es gefährlich war, auf das besser begehbare Buschland zu. Die Sonne stand jetzt über dem Bergkamm und wärmte seinen Rücken. Er ging langsam, zunächst mit gleichmäßigen Schritten, und hielt mit der rechten Hand den verwundeten Arm. Er schien nicht mehr so viel Blut zu verlieren wie vorher.

Doch dann schloss sich wieder das Dunkel um ihn und ertränkte Geist und Sinne, wenngleich seine Beine wie im Traum weitergingen. Manchmal lichtete sich das Dunkel ein wenig, und er fand Tinu an seiner Seite, die seinen Ellbogen hielt und ihn vorsichtig führte, und ihm fiel ein, wo er sich befand und was geschehen war. Dann versank er wieder in Schmerz und Dunkelheit.

Sie hielten an. Danach schienen sie eine Steigung zu erklimmen. Tinus Stimme sagte ihm, er solle sich setzen, und sie half ihm dabei, auf einem Stein eine bequeme Lage zu finden. Sie verschwand.

Er wartete. Dann war sie wieder da, hob seinen Kopf und legte etwas an seinen Mund. Der Geruch brachte ihn zur Besinnung.

Steinsame.

Er nahm einen Schluck und sein Kopf wurde wieder freier.

Sie hatte sich an die Pflanze erinnert, die er vor ein paar Tagen mit seinem Zeichen versehen und auf dem Rückweg zur Höhle vergessen hatte, weil er Noli unbedingt hatte berichten wollen, was er gesehen hatte. Tinu hatte sie ihm geholt.

»Ich danke«, murmelte er, nahm vorsichtig noch einen Schluck und spürte, wie Wärme und Kraft seine Adern durchströmten. Er reichte ihr den Steinsamen, sie nahm ein paar Schluck und gab ihn zurück.

Er sah, wie sie erstarrte und den Hang hinunterblickte. Sie stieß einen Ruf aus, kletterte auf einen Felsbrocken, winkte und rief noch einmal. Suth erhob sich schwankend und sah Männer mit Grabstöcken, die knapp über dem Buschland innegehalten hatten und zu ihnen hinüberschauten. Sie sind gekommen, um mich zu suchen, dachte er. Noli sagte ihnen, ich will Hirsche sehen. Sie sind wütend. Dann dachte er: Nein, es sind zu viele. Sie gehen, um ihre Falle zu bauen.

Er taumelte und wäre fast gestürzt, schaffte es aber gerade noch, sich auf einem Felsbrocken niederzulassen. Zwei der Männer erklommen den Hang. Seine Sicht war wie verwischt, aber an ihrer Art zu gehen erkannte er Mohr und Gan. Er stand auf. Fast hatte er keine Kraft mehr, um sich aufrecht zu halten, aber er wusste, was er zu sagen und zu tun hatte.

Mit einer Hand hielt er ihnen den Steinsamen entgegen. Es war die Geste eines Mannes, der einem anderen Mann etwas anbietet – einem Ebenbürtigen.

»Mohr, Gan«, sagte er. »Ich kämpfte mit einem Leoparden. Er tötete einen Hirsch. Ich verscheuchte ihn. Der Hirsch liegt unter den Felsbrocken. Tinu zeigt es euch.«

»Du bist verletzt«, sagte Mohr. »Wir müssen dich zu Mosu bringen, sie kümmert sich um deine Wunden.«

»Nein, ich warte hier. Ihr holt den Hirsch. Ich, Suth, bitte darum. Hier ist mein Geschenk. Trinkt.«

Gan nahm die Pflanze an, trank ein paar Schluck und reichte sie an Mohr weiter, der es ihm gleichtat und sie dann zurückgab.

Suth setzte sich hin und schloss seine Augen. Er hörte, wie die Männer im Flüsterton miteinander sprachen und Tinu ausfragten. Dieses eine Mal hatte Tinu keine Angst zu sprechen und brachte mühevoll Antworten heraus. Alle drei verschwanden. Suth hörte andere Stimmen, weiter unten am Hang. Sie verloren sich.

Während Suth wartete, versuchte er die Wunden an Wange und Arm zu säubern so gut es ging. Dazu benutzte er seinen Speichel. Die drei von den Krallen geschlagenen Schnitte in seinem Arm waren tief. Der Schmerz pochte, obwohl der Steinsame ihn linderte. Der Schnitt in der Wange schien flacher zu sein. Vielleicht hatte er den Kopf gerade noch rechtzeitig vor dem Schlag weggezogen. Er bemühte sich, das aufgerissene Fleisch mit den Fingerspitzen zusammenzudrücken.

Diese Male trage ich für den Rest meiner Tage, dachte er. Dann wissen alle, dass ich mit einem Leoparden gekämpft habe.

Er trank den Steinsamen aus. Nie zuvor hatte er so viel allein getrunken, und der Saft ließ ihn schläfrig werden. Er legte sich auf den Hang und schlief ein.

Eine Stimme weckte ihn. Noch einmal Tinu, drängend, aufgeregt.

»Suth! Suth! Wach auf! Du tötest … Leopard! Sieh nur! Gan bringt!«

Die Worte brachen aus ihr heraus. Er konnte sie kaum verstehen. Wie betäubt schlug er die Augen auf und setzte sich hin. Männer kamen den Hang herauf, zwei von ihnen trugen eine Last auf den Schultern. Er erhob sich. Sie hielten ein paar Schritte entfernt inne und sahen ihn an. Ihr Gesichtsausdruck hatte sich verändert.

»Suth«, sagte Mohr förmlich. »Du hast den Leoparden getötet. Wir fanden ihn im Gestrüpp. Dein Grabstock steckt tief in seiner Kehle. So starb er. Ich, Mohr, lobe dich.«

»Auch ich, Gan, lobe dich«, sagte Gan. »Ich bringe deinen tapferen Grabstock. Sieh, hier ist er.«

Er hielt ihn in der ausgestreckten Hand, erstarrte aber, als Suth sich ohne nachzudenken mit dem Handrücken das Blut von der Wange wischte, bevor er einen Schritt nach vorn tat, um den Grabstock zu nehmen.

»Sieh, Mohr«, flüsterte Gan. »Suths Gesicht! Er hat die Männernarbe! Der Leopard hat sie gemacht!«

Die Menschen jagen Schwarze Antilope

So großen Geschmack hatten sie an gebratenem Fleisch gefunden, dass die Kinder von An und Ammu nichts anderes mehr essen wollten. Sie schenkten den Samen der Gräser keine Beachtung mehr und sammelten sie nicht ein. Sie ließen die reifen Beeren an den Büschen hängen und die Früchte an den Reben, und sie ließen die Nüsse auf der Erde unter den Bäumen liegen. Von Sonnenaufgang an jagten und töteten sie die Geschöpfe und bei Sonnenuntergang entfachten sie ein Feuer, brieten ihre Beute und aßen, bis ihre Bäuche rund und voll waren wie reife Kürbisse. Sie wurden krank, aber es kümmerte sie nicht.

Die Geschöpfe kamen zu Schwarzer Antilope. Sie sagten:

»Die Menschen jagen und töten uns Tag für Tag, ohne Unterlass. Zehn und zehn und noch einmal zehn von uns töten sie für ihre Mahlzeiten. Bald wird keiner von uns mehr übrig sein.«

Schwarze Antilope rief die Ersten Wesen zusammen. Er sagte: »Wir haben diesen Guten Jagdgrund für uns selbst geschaffen. Nun verderben ihn die Menschen. Geht alle so weit fort, wie ihr könnt. Schafft neue Jagdgründe. Dann leben die Menschen hier. Lasst Raum zwischen den Jagdgründen. Dann müssen die Menschen lange Wege von einem zum anderen zurücklegen. Achtet darauf, dass es alle Arten von Nahrung gibt, von jedem ein wenig. Dann müssen die Menschen sowohl sammeln als auch jagen. Sie werden nicht mehr krank, wenn sie nicht nur Fleisch essen. Achtet darauf, dass jeder Jagdgrund seine Jahreszeit hat. Dann ziehen die Menschen wieder fort. Sie sind verschwunden. Die Geschöpfe vermehren sich. Die Pflanzen säen sich aus und wachsen. Alles ist wieder neu.«

Die Ersten Wesen stimmten zu und taten wie ihnen geheißen.

Dann nahm Schwarze Antilope die Gestalt einer gewöhnlichen Antilope an und ließ sich vor den Kindern von An und Ammu sehen, als sie zur Jagd aufbrachen. Sie sahen ihn nicht weit entfernt auf der Ebene äsen.

Da und Datta sagten: »Wir jagen die Antilope.«

Die anderen hatten Angst. Sie sagten: »Töten und essen wir Antilope? Ist Schwarze Antilope nicht der Größte unter den Ersten Wesen?«

Datta sagte: »Seht nur, wie fett er ist. Sein Fleisch ist sehr gut zu essen.«

Doch die anderen hatten immer noch Angst.

Da und Datta sagten: »Wir sind die Besten. Ihr müsst tun, was wir sagen. Ihr habt es in Odutu, im Schatten des Berges, geschworen.«

Weil sie es in Odutu geschworen hatten, stimmten sie zu, die Antilope zu jagen.

Schwarze Antilope sah, wie sie sich anpirschten, bewegte sich etwas weiter fort und äste wieder. Sie pirschten weiter, und wieder bewegte er sich etwas weiter fort, dann noch einmal, dann noch einmal. Den ganzen Tag lang tat er das, und jedes Mal sagten sie zu sich selbst: »Das nächste Mal haben wir ihn.« Der Gedanke an gebratenes Fleisch war stark in ihren Mündern.

Bei Sonnenuntergang lockte er sie zu einem Wasserloch, wo dicht am Ufer Blauwurzel wuchs. Sie tranken, gruben die Blau-

wurzel aus, aßen sie und sagten: »Morgen kehren wir zum Ersten Guten Jagdgrund zurück und jagen dort.«

Am nächsten Tag erwachten sie und sahen Schwarze Antilope ganz in der Nähe äsen, und wieder jagten sie ihn den ganzen Tag lang, und bei Sonnenuntergang lockte er sie zu einem Wasserloch, wo Binjas dicht am Ufer wuchsen. Sie tranken, sammelten die Binjasamen, enthülsten und aßen sie und sagten: »Morgen kehren wir zum Ersten Guten Jagdgrund zurück und jagen dort.«

So ging es viele, viele Tage. Schließlich kamen sie zu einem der neuen Guten Jagdgründe, die die Ersten Wesen für sie geschaffen hatten, und dort verließ Schwarze Antilope sie. Alle Wasserlöcher, an denen er auf seinem Weg vorbeikam, trank er aus. Und er aß die Binjas, die Blauwurzeln und alles andere, das in ihrer Nähe wuchs, damit die Kinder von An und Ammu nie wieder zum Ersten Guten Jagdgrund zurückkehren konnten.

ZEHN

Mosus Anweisungen folgend leckte Foia Suths Wunden aus und verband sie mit Blättern vom Bitteren Busch. Der Saft brannte wie Feuer, trocknete aber das bloßliegende Fleisch aus, so dass kein Blut mehr floss und sich Schorf zu bilden begann. Mohr und Gan verkündeten den Jägern und Sammlern draußen die Neuigkeit und alle kamen frühzeitig zurück, um zu feiern. Die Männer zerteilten und rösteten den Bock.

Suth bekam kaum etwas davon mit. Der Blutverlust hatte ihn geschwächt, der Schock und die Nachwirkungen des Steinsamens hatten ihn betäubt. Er war bei Bewusstsein, als die Mondfalken plötzlich vor ihm standen, nahm Nolis Besorgnis wahr, bemerkte Ko, der mit weit aufgerissenen Augen die Wunde anstaunte, und Mana, die sich neben ihn setzte, um in seinen gesunden Arm genommen zu werden.

Auch die Männer kamen und sprachen in einem neuen Tonfall zu ihm. Ihre Gesichter konnte er nur undeutlich erkennen, die Worte nicht ganz verstehen, wusste aber, dass sie ihn lobten. Dith, der ihn sonst so verächtlich behandelt hatte, war unter ihnen. Auch er sprach lobende Worte.

Jetzt kann ich sterben, dachte Suth, und trotz der Schmerzen überwältigte ihn ein Glücksgefühl.

Er wäre an Ort und Stelle eingeschlafen, im grellen Sonnenlicht und auf dem nackten Fels, aber die Mondfalken richteten ihm ein Lager im Höhleneingang her, und Noli half ihm auf die Beine und führte ihn dorthin, damit er im Schatten schlafen konnte.

Sie weckten ihn zum Fest. Er war noch immer zu schwach und benommen, um allein zu handeln, also hielt Mohr seine Hand mit der Klinge und half ihm dabei, den Bauch des Leoparden aufzuschlitzen, Herz und Leber herauszuholen und in Stückchen zu schneiden, damit jeder davon essen konnte und die Kraft des Tieres in sie überging.

Es wurde Nacht. Im Licht des Feuers ertönte Gesang und viele Münder sprachen Lob. Irgendjemand kam und legte etwas Hartes, Rundes in seine Hand. Es war eine Klinge. Sie stammte von Dith. Dasselbe hatte er für Jad bei dessen Mannwerdung getan.

Suth brachte seinen Dank heraus, doch als er aufgefordert wurde, von seinen Taten zu berichten, musste ihm jemand auf die Beine helfen, und selbst dann konnte er nur dastehen und stammeln. Er wusste, was er sagen wollte, doch sein Mund konnte die Wörter nicht formen. Niemand aber machte sich über ihn lustig, denn niemand – selbst Mosu nicht, die alles gesehen hatte und alles wusste – hatte je von einem Mann gehört, der allein mit einem Leoparden gekämpft und ihn getötet hatte.

Im Laufe der folgenden Tage war Suth zu schwach, um mehr zu tun, als morgens und abends zum Trinken mit zum See zu gehen. Also ging Noli mit den Mondfalken sammeln, während er sich im Lager ausruhte.

Als er kräftig genug war, um mitzugehen, begleitete Noli sie weiterhin, und er hatte das Gefühl, als wäre nun alles wieder so, wie es sich gehörte: Die Familie war vollzählig beisammen, sie erhielt ihren Platz und wurde von den Männern und Frauen im Tal geachtet. Die Männer waren damit beschäftigt, Fallen für die Hirsche aufzustellen, und vielleicht hätte er ihnen helfen oder bei ihnen im Schatten sitzen und an ihrem Spiel teilnehmen können, und sie hätten ihn sicher willkommen geheißen, doch er zog es vor, bei den Mondfalken zu bleiben und sich einen Plan für den Tag des Aufbruchs auszudenken.

Dann wurde Mosu krank, war zu schwach, um zum See zu humpeln, und hatte zu große Schmerzen, um von den Männern dorthin getragen zu werden. Also falteten die Frauen Blätter zu Schalen, die sie mit Wasser füllten und ihr, sorgsam auf beide Hände gebettet, brachten. Obwohl Foia immer zur Stelle war, um ihr zu helfen, sagte Noli, auch sie müsse bei ihr bleiben, und selbst als Mosu sich wieder erholte und zum See gehen konnte, blieb sie bei ihr.

Suth gefiel das alles nicht. Es missfiel ihm noch mehr als früher, und es missfiel ihm auch, wie schweigsam und in sich gekehrt Noli geworden war. Eines Abends hielt er es nicht mehr aus. Als sie aufgegessen hatten, nahm er sie beiseite.

»Warum tust du das?«, fragte er. »Ich, Suth, frage. Warum sprichst du nicht? Warum bist du immer bei der alten Frau? Du bist Mondfalke. Du gehörst zu uns.«

Sie schüttelte den Kopf, und er glaubte, sie würde ihm wieder sagen, dass ihre Gründe geheim seien, Traum-Dinge, über die sie nur mit Mosu reden könne. Doch sie saß eine Zeit lang mit gesenktem Kopf da und starrte ihre zusammengefalteten Hände an. Als sie sprach, brachte sie die Wörter mit fast tonlosem Gemurmel, langsam und zögernd heraus.

»Ich erzähle es dir«, sagte sie. »Wörter nützen nicht viel, Suth. Sieh lieber her.«

Sie nahm einen kleinen Stein.

»Ich sage *Stein*, Suth«, sagte sie. »Ich sehe den Stein. Du siehst ihn. Du sagst das Wort. Wir sehen dasselbe. Wir sagen dasselbe. Stein.«

»Stein?«, fragte Suth verwirrt.

»Stein«, wiederholte sie, legte ihn in seine Hand und schloss seine Finger darum.

»Ich sage *Mondfalke*«, sagte sie. »Was siehst du, Suth?«

Er runzelte die Augenbrauen.

»Ich sehe … einen großen Vogel?«, sagte er zögernd.

»Wo ist dieser Vogel, Suth?«

»Wo? … In meinem Kopf, glaube ich. Es ist dasselbe, wenn ich mich an etwas erinnere. So, wie ich *Fluss Manchmal* sage. Dann sehe ich den Fluss in meinem Kopf.«

»Nur das, Suth? Mehr nicht? Ich erzähle dir jetzt, wie Mondfalke zu mir kommt. Es ist Nacht – dunkel, dunkel. Kein Mond. Keine Sterne. Doch er ist da. Mondfalke. Da ist ein gelbes Auge. Da sind Flügel … Ich *sehe* ihn nicht, Suth. Er ist da. Ich habe keine Worte dafür. Und ich bin klein. Er ist groß, groß. Ich habe Angst, ja. Doch mein Herz ist glücklich. So kommt Mondfalke.«

Suth blickte auf den Stein in seiner Hand. Er schloss die Finger fest darum, fühlte seine Härte. Was Noli ihm erzählte – ihm zu erzählen versuchte –, war etwas ganz anderes. Es schien keinen Platz dafür in seinem Kopf zu geben.

»Siehst du das Ding nicht, das ich sehe?«, fragte Noli.

»Noli, ich kann das nicht sehen«, sagte er.

»Mosu sieht das Ding, das ich sehe«, sagte Noli. »Sie lebt lange, lange. Viele Male verlässt ihr Geist ihren Körper. Er reist dorthin, wo die Ersten Wesen sind. Sie reden schöne Worte mit ihrem Geist. All das erzählt sie mir. Mosu weiß, wie es ist, wenn Mondfalke zu mir kommt.«

»Mondfalke kommt zu Mosu?«, fragte Suth, noch verwirrter als vorher.

Noli schüttelte den Kopf, hielt inne und seufzte.

»Mondfalke kommt nicht zu diesem Jagdgrund«, sagte sie traurig. »Donnerstimme ist zu mächtig.«

Erschreckt packte er ihr Handgelenk.

»Mondfalke kam!«, rief er. »Er sprach in deinem Traum! *Affe ist krank!* Das hat er dir gesagt!«

Sie entzog sich sanft seinem Griff.

»Er kommt nicht wieder«, murmelte sie. »Donnerstimme ist zu mächtig in diesem Jagdgrund, zu mächtig.«

Sie hielt inne. Er glaubte, sie habe geendet.

»Suth«, sagte sie. »Mosu sagt dies zu mir: ›Donnerstimme kommt zu keinem meiner Leute. Sie sind krank. Jetzt sterbe ich, bald. Dann kommt er zu dir, Noli.‹«

Jetzt begriff er, was sie ihm hatte sagen wollen.

»Und du machst das, Noli?«, fragte er. »Nein. Du bist Mondfalke. Ich, Suth, sage das.«

Sie wich seinem Blick aus. Sie schämte sich. Sie verriet ihn und die anderen, verriet alle Mondfalken, die es jemals gegeben hatte. Er fühlte, dass sie sich schämte.

»Was ist Affe für dich?«, fragte er mit Nachdruck. »Wir sind Mondfalke. Bald, Noli, bald verlassen wir diesen Ort. Wenn der Mond groß ist, gehen wir. Ich sah Menschen in der Wüste. Ich sagte es dir. Sie kennen einen Weg durch die Wüste. Wir finden diesen Weg. Wir nehmen Nahrung mit, wir finden Wasser. Wir durchqueren die Wüste und finden unseren Stamm. Wir gehen weit fort von diesem Ort. Dann kommt Mondfalke wieder zu dir. Ich bin der Vater, Noli. Du bist die Mutter. Wir sind Mondfalke. Ich, Suth, sage das.«

Noch immer wich sie seinem Blick aus. Er entdeckte eine

kleine Gestalt, die den Hang heraufstolperte und sich schwarz vor dem Feuer abzeichnete.

»Sieh, Noli!«, sagte er. »Otan! In der Wüste kam Mondfalke. Er sagte dir: *Gehe zurück. Verlasse Bal und die anderen. Finde Otan. Ich zeige dir Wasser. Bringe Otan dorthin.* Sagst du: ›Otan ist nicht Mondfalke?‹ Sagst du: ›Hier ist er Affe?‹«

Sie hob den Kopf, und er sah, wie im Licht des Feuers Tränen aufblitzten.

»Donnerstimme ist zu mächtig, Suth«, flüsterte sie. »Wenn er kommt, bin ich klein. Er ist groß, groß. Ich habe Angst. Mein Herz ist traurig.«

Schlaflos lag Suth im stinkenden Dunkel der Höhle und dachte über Noli nach. Er hatte ein maßlose Wut auf sie, erkannte aber gleichzeitig die elende Lage, in der sie sich befand. Er hatte auch eine Wut auf Mosu, weil Mosu sie den Mondfalken, zu denen sie gehörte, weggenommen hatte. Und noch wütender war er auf Affe, obwohl er wusste, wie gefährlich es war, so etwas einem der Ersten Wesen gegenüber zu empfinden.

Warum half Mondfalke nicht? Warum kam er nicht mehr zu Noli? Hatte er zu viel Angst vor Affe? Das musste der Grund sein.

Bei diesem Gedanken verflog sein Ärger. Wenn Affe zu mächtig für Mondfalke war, dann war es kein Wunder, dass er zu mächtig für Noli war. Deshalb war sie so unglücklich. Insgeheim wusste sie, dass sie Mondfalke war, und sie wollte das, was auch Suth wollte – dieses Tal verlassen, sich auf den Weg machen, den Rest des Stammes finden, bei ihnen sein und auf die Art leben, die sie von alters her gekannt hatten. Doch Affe und Mosu hielten sie hier fest.

Er wusste nicht, wie sie das anstellten. Er wusste nur, dass Affe eines der Ersten Wesen war, dass er große Macht besaß und dass Mosu Anteil an dieser Macht hatte, weil sie Affe so lange gedient hatte.

Einen Augenblick später streifte etwas seine Hüfte. Finger fuhren an seiner Seite hinauf, fanden seine Hand und hielten sie.

Noli.

Auch sie hatte schlaflos im Dunkel gelegen, hatte seinen Seufzer gehört und die Hand nach ihm ausgestreckt.

Das ist gut, dachte er. Ich bin der Vater, und sie ist die Mutter, und wir sind immer noch Mondfalke. Noli weiß das. Jetzt weiß ich, was ich tun muss. Ich muss alles für unseren Aufbruch vorbereiten. Die Kleinen sind kräftig, weil sie an diesem Ort gute Nahrung bekommen haben. Wenn alles bereit ist, werde ich zu Noli sagen: ›Jetzt brechen wir auf, um den Stamm zu suchen – Suth, Tinu, Ko und Mana. Kommst du mit? Bleibst du hier? Und Otan. Kommt er mit? Bleibt er hier?‹ Dann wird sie wegen Otan mitkommen, weil er Mondfalke ist.

Es gab noch viel für ihn zu tun. Am nächsten Morgen, auf dem Rückweg vom See, sagte er zu Noli: »Heute beobachte ich Hirsche. Tinu kommt mit.«

Noli sah ihn an, wollte etwas antworten, hielt dann aber inne und lächelte.

»Kämpfe nicht mit einem Leoparden, Suth«, sagte sie.

Er lachte und sie stimmte ein.

Ja, dachte er. Was auch immer Affe ihr sagt, sie wird mit mir kommen, wenn ich aufbreche.

Er machte sich mit Tinu auf den Weg. Seit seinem Kampf mit dem Leoparden war ihm gestattet worden, zu kommen und zu gehen, wie es ihm gefiel, obwohl er mit Sicherheit wusste, dass sie ihn aufhalten würden, wenn er versuchte alle

Mondfalken mitzunehmen. Doch niemanden schien es zu stören, wenn er mit Tinu zusammen aufbrach.

Diesmal gingen sie nicht ganz bis zur Senke, wo die Hirsche ästen, sondern hielten unterhalb der Stelle an, wo die Mondfalken das Tal zum ersten Mal betreten hatten. Er erkannte sie an der Mangustenkolonie, die er neulich gesehen hatte.

»Wir legen einen Vorrat an«, sagte er Tinu. »Einen Essensvorrat für viele Tage. Du machst einen Ort, wo wir ihn aufbewahren. Tinu, das darf keiner wissen.«

Sie nickte, begab sich auf die Suche und wählte schließlich eine Stelle aus, wo ein großer, flacher Felsblock auseinander gebrochen war. Zwischen den Hälften war ein Spalt entstanden, so breit wie eine gespreizte Hand. Dann suchte sie Steine zusammen und begann sie in den Spalt zu zwängen, um den Boden für den Vorratsspeicher auszulegen.

Suth ließ sie allein weiterarbeiten und ging los, um nach Eidechsen Ausschau zu halten. Es war noch früh. Vielleicht hielten sie sich noch im Freien auf und sonnten sich nach der kalten Nacht. Er fing zwei, schlitzte sie mit der Klinge auf und legte sie zum Trocknen in die Sonne. Gut getrocknetes Eidechsenfleisch konnte sich tagelang halten. Der Stamm hatte auf den längeren Märschen immer etwas bei sich geführt. Wenn man es kaute, war es, als kaute man Baumrinde, allmählich aber lösten sich die guten Säfte und konnten hinuntergeschluckt werden.

Die Sonne stieg höher, heizte den Hang auf, und die Eidechsen glitten wieder unter die Felsbrocken. Eine Manguste hob den Kopf aus dem Bau. Noch hatte es keinen Sinn, Fallen zu stellen. Mangustenfleisch war zu saftig, um richtig zu trocknen. Tinu könnte ein oder zwei Tage vor ihrem Aufbruch einige Fallen stellen. Er bahnte sich einen Weg hinab und drang vorsichtig ins Buschland vor, wobei er alle paar Schritte innehielt und sicherte. Tief im Dickicht, unter einem Dornbusch, entdeckte er einen gelben Pilz mit spitzem Hut. Er kannte die Art. Er schmeckte fade und enthielt nicht viel Wertvolles, aber es war Pflanzennahrung und verdarb nicht, also suchte er sich einen Weg um den Busch herum, um eine Stelle zu finden, wo er sich unter den spitzen Dornen hindurchschlängeln konnte.

Als er sich vor einem möglichen Durchgang hinkniete, erblickte er vor sich plötzlich eine dunkelgraue Schlange, so lang wie sein Arm. Sie glitt auf ihn zu.

Sie hielt an, hob den Kopf und riss ihr Maul weit auf. Er erstarrte. Seine rechte Hand schloss sich fest um den Grabstock und hob ihn langsam bis in Schulterhöhe.

›Greif nicht an‹, hatte sein Vater ihm gesagt. ›Sie wendet sich bald ab. Dann schlag zu.‹

Sie wandte sich ab und er schlug zu, wobei er auf den unteren Teil des Kopfes zielte. Aber das Gewirr der Zweige behinderte ihn, und er erwischte sie weiter hinten, wo sie zu dick war und das Rückgrat nicht mit einem Schlag gebrochen werden konnte.

Sofort schnellte sie herum. Er warf sich mit seinem ganzen Gewicht auf den Grabstock, drückte die Schlange fest auf die Erde und rollte den Stock dann die ganze Länge ihres hin- und herschlagenden Körpers hinauf bis zum Kopfende. Dann konnte er zugreifen, seine Finger unter dem Stock hindurchzwängen und die Schlange bei den Kiefern fassen, so dass sie sich nicht mehr umdrehen und zubeißen konnte. Er schleppte sie ins Freie, presste ihren Kopf auf den Boden und versetzte ihm Schläge mit dem Grabstock, bis sie tot war.

Keuchend erhob er sich. Während des Kampfes hatte er sich Kopf, Schultern und Arme an den Dornen aufgerissen und er blutete. Doch es störte ihn nicht. Auf genau dieselbe Art hatte er vor vielen, vielen Monden seine erste Schlange getötet, während sein Vater zugesehen hatte. Das war ein gutes Omen. Schlangenfleisch trocknete schnell und schmeckte besser als Eidechse.

Er trug den Kadaver hinauf zu der Stelle, wo Tinu arbeitete, schnitt ihn mit dem Faustkeil in Streifen, legte ihn zum Trocknen neben die Eidechsen und ging dann zu ihr, um zu sehen, wie sie vorankam.

Sie hatte eine recht große Vertiefung fertig und zwängte Kieselsteine in die Ritzen, aber als Suth auftauchte, hielt sie mit der Arbeit inne, bedeckte die Spalte mit einem flachen Felsbrocken und streute ein paar kleinere darauf, so dass es aussah wie ein Haufen Geröll, der durch Zufall hier gelandet war.

»Das ist gut, Tinu«, sagte er.

Sie lächelte erfreut und versuchte nicht ihr Gesicht zu verstecken.

Während sie diese Arbeit zu Ende führte, ging er zurück zu den Eidechsen und drehte sie um, fand dann einen Schattenplatz und ruhte sich aus, wobei er über den Wald blickte und darüber nachdachte, wie das Tal am besten zu verlassen sei. Nicht beim nächsten großen Mond – dann wäre er noch nicht bereit. Beim übernächsten. Bis dahin musste zusätzliche Nahrung gesammelt werden. Alle Familien hatten einen Vorrat angelegt – sie würden also keine Fragen stellen. Jeden zweiten Tag musste etwas weggeschafft und in den Vorratsspeicher gelegt werden, den Tinu baute. Das Fleisch, das er erbeutet hatte, musste weiter trocknen. Tinu würde auf Aasvögel achten, während er noch mehr jagen ging …

Dann das größte Problem – wie sollte er heimlich alle Mondfalken fortführen, so weit fort, dass sie nicht mehr eingeholt werden konnten …

Die Erde bebte und mit ihr der Felsklotz, an den er sich gelehnt hatte. Inzwischen hatte er sich so sehr an diese Beben gewöhnt, dass er es kaum wahrgenommen hätte, doch bevor es zu Ende war, hörte er, wie Tinu aufschrie.

Er schaute auf und sah, wie sie mit offenem Mund zurückwich, die Arme entweder aus Angst oder Erstaunen erhoben.

Schlange!, dachte er.

Er packte seinen Stock und rannte los. Sie sah ihn kommen und zeigte auf den Spalt im Felsen.

Verdutzt runzelte er die Stirn.

»Fels … bricht …!«, keuchte Tinu.

Da sah er, dass der Spalt breiter war als vorher, fast zweimal so breit. Er spähte hinein und erwartete, die Steine unten am Boden zu sehen, die Tinu hineingelegt hatte. Aber der Spalt war bodenlos. Er war Teil der Spalte, die über den ganzen Hang lief, und führte geradewegs hinab ins Dunkel. Und er entließ den seltsamen Geruch, der immer über dem See gehangen hatte und kreuz und quer über das Tal getrieben worden war – nur roch er viel stärker, als Suth es je erlebt hatte.

Er wich zurück und sah sich um. Nichts schien sich verändert zu haben. Die Sonne stand hoch am Himmel und unten erstreckte sich das riesige Becken, grün und still. Dann rief unten im Wald Donnerstimme, eine andere Stimme antwortete, dann noch eine und noch eine, bis die rauchige Luft von wilden Schreien erfüllt war.

Langsam erstarb der Lärm.

Wieder runzelte Suth die Stirn.

Das war sonst nicht so.

Donnerstimme brüllte morgens, dann wieder abends, und immer brüllten sie der Reihe nach, wobei jeder mit der Antwort wartete, bis der andere fertig war. Manchmal brüllten auch tagsüber ein oder zwei. Aber so war es noch nie gewesen.

Nie hatten sie gemeinsam, mit einer wilden Stimme, in der sengenden Mittagshitze gebrüllt.

URSAGE

Die Wahl der Gefährten

Als An und Ammu sahen, dass ihre Kinder sie verlassen hatten, sagten sie: »Unsere Zeit ist reif.« Und sie gingen in die Wüste, legten sich nieder, und ihre Geister verließen ihre Körper, durchwanderten die Wüste und beklagten den Verlust ihrer Kinder.

Die Ersten Wesen hörten ihre Seufzer und ihr Weinen, eilten herbei und trugen sie auf den Berg über Odutu. Sie gaben ihnen Steinsame zu trinken, damit sie ihre Sorgen vergaßen.

Beim Trinken spuckten sie die Samen vom Berg. Die Samen fielen in die Wüste, wo sie noch heute wachsen.

So vergaßen An und Ammu ihre Sorgen.

Ihre Kinder aber sammelten und jagten in den neuen Guten Jagdgründen, die die Ersten Wesen für sie geschaffen hatten, lernten ihre Pfade und ihre Jahreszeiten kennen, ihre Wasserlöcher, Tausenken und Lagerplätze. So wurden sie zu Männern und Frauen.

Dann begegnete Nal, der dem Stamm von Mondfalke angehörte, an der Salzpfanne hinter Lusan-wo-die-Ameisen-wohnen Turka, die dem Stamm von Kleiner Fledermaus angehörte.

Turka sagte: »Nun bitte ich um den Segen von Kleiner Fleder-

maus, weil ich ihren Stamm verlassen und deine Gefährtin werden will. Dann gehöre ich zum Stamm der Mondfalken.«

Nal sagte: »Auch ich denke so.«

Sie nahmen Salz aus der Pfanne, vermischten es mit Speichel und bestrichen jeder dem anderen damit die Stirn, um zu zeigen, dass sie einander erwählt hatten.

Datta kam zu Nal und sagte: »Warum ist Salz auf deiner Stirn? Wer hat dich erwählt, bevor ich meine Wahl getroffen habe? Ich muss die erste Wahl unter den Männern haben. Ich bin die Beste, wie ihr in Odutu, im Schatten des Berges, geschworen habt.«

Nal sagte: »So nicht. Zwei müssen einander als Gefährten wählen. Jeder wählt den anderen. Ich wähle dich nicht, Datta. Du bist zu stolz, um eine Gefährtin zu sein. Ich wähle Turka.«

Datta ging zu Da und sagte: »Nal hat Turka als Gefährtin erwählt, bevor du deine Wahl unter den Frauen treffen konntest. Er hat dich betrogen, so wie Turka mich betrogen hat.«

Da war wütend. Er rief den Kindern von An und Ammu zu, ihn am Ufer des Flusses Manchmal zu treffen, und sagte: »Wir wurden betrogen. Nal und Turka haben einander als Gefährten erwählt, bevor wir unsere Wahl getroffen haben. Wir müssen zuerst wählen. Wir sind die Besten, wie ihr in Odutu, im Schatten des Berges, geschworen habt.«

Die anderen wussten keine Antwort, denn sie hatten genauso geschworen, wie er sagte.

Doch Krokodil lag im Fluss auf der Lauer. Sie hörte, was gesagt wurde, und sie gab Celda, die zu ihrem Stamm gehörte, einen Gedanken ein.

Celda flüsterte mit den anderen Frauen.

Sie sagten: »Dann wähle, Da. Alle anderen wählen nach dir. Welche von uns Frauen erwählst du dir zur Gefährtin?«

Da sah sich alle genau an.

Er sagte: »Ich wähle Preela.«

Preela antwortete ihm: »Ich wähle dich nicht, Da. Du bist zu stolz, um ein Gefährte zu sein.«

Dann wählte Da unter den anderen aus, er wählte eine nach der anderen, und alle gaben ihm die gleiche Antwort, so, wie sie es beschlossen hatten. Und als Datta unter den Männern wählte, taten sie dasselbe, bis keiner mehr übrig war und Datta und Da nur noch einander erwählen konnten.

Sie sahen einander an und Da sagte: »Datta, ich wähle dich nicht. Du bist zu stolz, um eine Gefährtin zu sein.«

Und dasselbe sagte Datta zu Da.

Dann wählten die anderen untereinander, bis alle Gefährten hatten, und sie waren es zufrieden. Nur Da und Datta gingen leer aus. Deshalb gibt es bis auf den heutigen Tag nur acht Stämme, und deshalb hat Affe keinen Stamm.

ELF

Als Suth und Tinu das Lager erreichten, war dort alles in Aufruhr. Die Zurückgebliebenen hatten sich vor dem Eingang zur Höhle versammelt, andere eilten herbei und schlossen sich ihnen an.

Suth schlängelte sich durch die Menge und sah, dass etwas mit Mosu geschehen war. Sie saß nicht an ihrem üblichen Platz, sondern lag ausgestreckt auf einem Lager im Höhleneingang. Foia kniete daneben und massierte ihre Füße und ihre Waden.

Mosu keuchte und zuckte. Ihr Mund öffnete und schloss sich ruckartig, doch die Laute, die ihm entwichen, waren keine Wörter. Eine Zeit lang sahen die Menschen schweigend zu, dann aber zogen sie sich zurück und sprachen gedämpft miteinander.

Suth und Tinu brachen auf, um den Sammlern entgegenzugehen, die auf dem Heimweg waren. Doch sie hatten die Neuigkeit schon erfahren und waren fast am Ziel. Suth entdeckte Noli und erzählte ihr, was er gesehen hatte.

»Ich glaube, sie stirbt«, sagte er.

»Sie sagte es«, erwiderte Noli. »Auch Donnerstimme. Er

ließ das Tal beben und sprach. An diesem Mittag hat er es getan. Ich sagte es Paro und den Frauen. Auch sie hörten, wie er sprach. Sie verstanden seine Worte nicht und sie wollten mir nicht glauben. Gora kam aus dem Lager und sie wussten, dass ich wahr spreche.«

Sie war ernst, doch ihre Worte waren unklar, als dächte sie an etwas ganz anderes. Suth runzelte die Stirn. Es gefiel ihm überhaupt nicht, dass sie als Einzige das wilde Brüllen im Wald verstanden hatte. Es gefiel ihm auch nicht, dass Paro und die anderen wussten, dass sie es verstehen konnte. Der Tag, wenn er die Mondfalken heimlich fortführen würde, stand kurz bevor, und er wollte nicht, dass irgendjemand Noli besondere Beachtung schenkte. Doch er schwieg.

Als sie die Höhle erreichten, sahen sie, dass Mosu noch nicht tot war. Sie lebte auch noch, als sie sich nachts in die Höhle begaben, also trugen sie sie mit hinein und legten sie auf ihren üblichen Platz. Am nächsten Morgen ging es ihr weder besser noch schlechter. Sie brachten sie nach draußen, richteten sie ein wenig auf, und Foia fütterte sie mit vorgekautem Essen, als versorge sie ein Kind. Sie spuckte auch Wasser in ihren Mund, das die Frauen in Blätterschalen vom See geholt hatten.

Zehn Tage und noch einmal zehn Tage vergingen, doch Mosu starb nicht. Der Mond wurde rund und voll, dann wieder ganz schmal und begann sich von neuem zu runden. Suth sah kaum etwas von Noli. Beim Sammeln wechselten sie sich ab, aber selbst wenn sie gleichzeitig im Lager waren, verbrachte Noli ihre ganze Zeit bei Mosu, massierte ihre Glieder, wusch sie oder saß einfach an ihrer Seite und hielt ihre zuckende Hand. Wenn sie mit den Mondfalken hinab zum See ging, bewegte sie sich in einer Art von Traum, sah und hörte nichts, kümmerte sich automatisch um Otan und überließ alles andere Suth.

Er hasste das. Es ekelte ihn an. Und er verkniff sich nur, sie anzuschreien oder vielleicht sogar zu schlagen, weil er sehen konnte, dass auch ihr elend zumute war.

An den Tagen, wenn Suth auf Nahrungssuche ging, sammelte er so viel er konnte und achtete darauf, dass die anderen es ihm gleichtaten. An den Tagen, wenn Noli ging, trugen er und Tinu den Überschuss an Nahrung zum neuen Vorratsspeicher, den Tinu gebaut hatte, und versteckten ihn dort. Sobald er dort war, ging er auf Jagd. Er erlegte weitere Eidechsen und ließ sie trocknen, fand eine Saftwurzel im Gestrüpp und versah sie mit seinem Zeichen.

Inzwischen bewachte Tinu das trocknende Fleisch vor Geiern und arbeitete fleißig an der Aufgabe weiter, die Suth ihr gestellt hatte – sie sollte eine Transportmöglichkeit für das Fleisch finden, die die Hände freiließ, denn sie würden die Felswand hinabklettern müssen. Tinu fand heraus, wie man die großen Blätter zu einer Art von Tasche falten konnte, die sie mit einer Kordel aus geflochtenen Gräsern verschloss. Dann flocht sie eine längere, stärkere Kordel und befestigte einige Taschen daran. So konnten sie um den Hals gehängt, vielleicht sogar über die Schulter geworfen werden. Doch die Taschen waren nicht sehr stabil, und sie brauchte einen ganzen Tag, um die richtigen Grashalme zu finden und sie jeweils zur selben Länge zu flechten. Als Tinu zwei Kordeln fertig, die Taschen gefaltet, mit Vorrat gefüllt und daran befestigt hatte, starb Mosu.

Morgens wachten sie auf und entdeckten, dass ihr Geist verschwunden war. Sie legten ihren Leichnam an den gewohnten Platz beim Höhleneingang und schichteten ringsherum Steine auf, damit er sicher war. Dann gingen sie hinab zum See. Foia und einige der Ältesten blieben im Lager, während sich der Rest auf Nahrungssuche begab.

Suth hatte geglaubt, dass Noli zurückbleiben wolle, aber sie begleitete die Sammler und arbeitete in einem halb betäubten Zustand, hörte nichts und sprach kein Wort, als wäre ihr Geist weit, weit fort – dort vielleicht, wohin Mosus Geist verschwunden war. Alle anderen waren schweigsam und besorgt. Die Männer gingen nicht auf Jagd, sondern arbeiteten still Seite an Seite mit den Frauen. Es wurde nicht geplaudert wie üblich und als sie eine Pause machten, spielten die Männer nicht ihr Spiel.

Bevor sie die Arbeit wieder aufnahmen, kam ein Stachelschwein vorbeigelaufen und erklomm in der brütenden Mittagshitze den Hang. Das war noch nie vorgekommen. Stachelschweine sind Nachttiere und halten sich selbst bei Dunkelheit im dichten Gestrüpp auf. Drei Männer stürzten sich auf das Tier und erschlugen es mit ihren Grabstöcken, unterließen aber die üblichen Schreie und Prahlereien, die sonst mit einem guten Fang einhergingen.

Sie waren kaum fertig, als ein weiteres Stachelschwein vorbeilief. Auch dies wurde erlegt und in den Schatten geschafft. Dann tauchte ein Rudel Wild am Rand des Buschlands auf und witterte, etwas weiter entfernt noch eines und dann noch eines. Die Tiere hielten nicht an, um zu äsen, sondern blieben immer wieder stehen, blickten sich ängstlich um und liefen dann weiter. Es war sinnlos, Jagd auf sie zu machen, wenn sie so auf der Hut waren, also sahen die Menschen einfach dabei zu, wie sie verschwanden. Aber ihre Unruhe wuchs.

Ohne viele Worte zu machen beschlossen sie, an diesem Nachmittag nicht weiterzusammeln, und machten sich auf den Rückweg zum Lager, um das Totenfest für Mosu vorzubereiten. Als sie sich schweigend in einer Linie durch das lockere Buschland der Sammelgründe schlängelten, fing Donnerstimme an zu brüllen, einer weit entfernt, ein anderer in größerer Nähe, ein weiterer zur Rechten, dann noch einer und noch einer, und ihr auf- und abschwellendes Gebrüll trieb davon über das heiße, stille Tal.

Suth sah Noli an. Ihm war aufgefallen, dass ein oder zwei der anderen sie beobachteten, als erwarteten sie etwas von ihr, aber sie blieb verschlossen und verstrickt in ihre eigenen Gedanken.

»Er singt für Mosu?«, schlug er vor.

Dieses eine Mal schien sie ihn gehört zu haben und antwortete mit gerunzelter Stirn.

»Ich weiß nicht«, murmelte sie. »Ich höre keine Wörter in seinem Gesang. Er singt nur.«

Obwohl es noch heller Nachmittag war, als sie die Höhle erreichten, entfachten sie ein Feuer, um die Stachelschweine zu rösten, und liefen dann im Gänsemarsch hinab zum See. Eigentlich herrschte um diese Zeit Stille im Wald, an diesem Tag aber heulte Donnerstimme unermüdlich weiter. Vogelschwärme stiegen über die Wipfel, flogen hin und her, und anstatt sich wieder auf den Ästen niederzulassen, scharten sie sich zusammen, stiegen höher und zogen in Richtung Süden davon.

Als sie tiefer ins Buschland vorgedrungen waren, sahen sich die Männer an der Spitze plötzlich Auge in Auge einem Leoparden und zwei halb ausgewachsenen Jungen gegenüber, die auf dem Pfad auf sie zutrotteten. Die Männer hoben ihre Grabstöcke. Der Leopard fauchte, wich zurück, verschwand in den Büschen, und die beiden Jungen glitten hinter ihm her.

Vorsichtig liefen sie an der Stelle vorüber, wo die Leoparden verschwunden waren, aber nichts geschah. Suth, der fast am Ende ging, blickte über die Schulter zurück und sah, dass die Tiere wieder auf den Pfad kamen, sobald die Menschen fort waren, und sich geschmeidig den Hügel hinauf entfernten. Das war sehr seltsam. Was taten sie? Wohin liefen sie?

Unter den Bäumen rührte sich nichts, aber die Schreie von Donnerstimme ertönten rings um sie herum. Als sie aus dem See tranken, war das Wasser sehr warm.

Sie kehrten zur Höhle zurück, wobei viele der Frauen Blätterschalen voll Wasser trugen. Die Männer entfernten den Steinwall, den sie um Mosus Leichnam herum aufgeschichtet hatten, und die Frauen übergossen ihn weinend mit Wasser. Jun, Mosus ältester Sohn, schnitt einen Lauf des Stachelschweins ab und legte ihn in ihren Schoß. Dann brachten ihr die Frauen von Mosus Söhnen Nüsse und Samenbrei als Opfergaben.

Sie aßen ein wenig. Dann erhob sich Jun und hielt unter Tränen eine Lobrede. Mit leiser Stimme und unterbrochen von vielen Pausen sprach er von Mosus Weisheit und der Macht ihrer Träume und er nannte ihre Kinder und Kindeskinder der Reihe nach beim Namen.

Als die Sonne unterging, stellten sich die Frauen in zwei Reihen zum Totentanz auf, um Mosus Geist auf den Weg zu helfen. Das machten sie anders als der Stamm, der unter Stampfen und Klatschen auf einer Stelle getanzt hatte. Hier bewegten sich die zwei Reihen mit schrillen, auf- und abschwellenden Schreien aufeinander zu und wieder voneinander fort, während die Männer im Takt in die Hände klatschten und mit geschlossenen Lippen dumpfe Stöhnlaute von sich gaben.

Die Mondfalken saßen etwas abseits und schauten zu, bis Noli, die bis dahin mit starrem Blick und trockenen Augen dagesessen hatte, plötzlich ruckartig auf die Füße taumelte und mit weithin hallender, fremd klingender Stimme rief: »Er ist fort! Donnerstimme ist fort!«

Der Tanz brach ab. Köpfe drehten sich. Ihr Schweigen zeigte ihnen, dass auch im Wald Schweigen herrschte. Das Gebrüll von Donnerstimme, das den ganzen Nachmittag über das Tal erfüllt hatte, war verstummt. Selbst das Geschnatter der Papageien, die sich abends in ihren Nestern niederließen, war nicht zu hören. Kein einziger Vogel zwitscherte.

Sie sahen einander an, dann blickten sie auf Noli.

Sie hob zitternd beide Arme, streckte dann einen aus und zeigte auf etwas.

»Seht doch!«, krächzte sie. »Sie verschwinden!«

Sie wandten sich um. Ein Stück weit entfernt, doch gut sichtbar im Halbdunkel der Dämmerung, sprangen einige schmale Schatten in aller Eile auf den Bergkamm zu. Sie hatten dünne, eckige Gliedmaßen und lange Schwänze, die sich auf ihren kurzen Körpern kringelten. Ihre Köpfe waren klein und rund. Sie liefen auf allen Vieren, benutzten die vorderen Gliedmaßen aber mehr wie Arme denn wie Beine, als sie über die umgestürzten Felsbrocken kletterten.

Die Zuschauer begriffen sofort, was sie da sahen, obwohl nur wenige von ihnen mehr als einen kurzen Blick auf diese Geschöpfe erhascht hatten, die hoch oben, im dichten Laub der Bäume wohnten.

»Er geht fort«, flüsterten sie. »Donnerstimme geht fort.«

In dieser Nacht tanzten sie nicht mehr. Viele wollten es den Tieren gleichtun und sofort aufbrechen, aber die Vorstellung, im Freien zu lagern, jagte ihnen zu viel Angst ein. Also trugen sie Mosu schließlich in die Höhle und schichteten den Wall auf, wie sie es immer getan hatten.

Suth musste Noli am Ellbogen halten und hineinführen, denn sie schien weder zu wissen, wo sie war, noch, was sie tat, und als er sie zu ihrem Platz gebracht hatte, fiel sie sofort in einen tiefen Schlaf und atmete ruhig und langsam. Alle anderen schienen von Unruhe erfüllt zu sein. Selbst die Kleinen wurden von der allgemeinen Stimmung angesteckt und wimmerten oder weinten, doch schließlich schliefen alle ein.

Sie wurden von Geschrei geweckt. Von einem lauten, heiseren Schrei.

»Feuer!«, ertönte es. »Raus! Raus! Schnell! Feuer kommt!«

Suth kam ruckartig hoch. Der Schrei erklang dicht über ihm. Irgendjemand, irgendetwas bewegte sich zwischen ihm und dem blassen Streifen Himmel über dem Wall. Er streckte den Arm aus. Noli war nicht an ihrem Platz. Seine suchende Hand berührte Fleisch, ein Bein. Es zitterte wie wild. Der Lärm erhob sich von neuem.

»Feuer! Ich sehe Feuer! Es kommt! Raus! Raus!«

Noli.

Er stand auf, griff nach ihr und zog sie an sich. Ihr Körper zuckte und schlug aus wie der Körper einer Schlange, deren Rückgrat gebrochen worden, die aber noch nicht wirklich tot war. Otan jaulte vor Angst. Die Höhle war von Schreien erfüllt.

Suth war viel stärker als Noli, doch in dieser Nacht war es, als ringe er mit einem panischen, in der Falle sitzenden Tier, als er sie zu halten versuchte. Sie riss sich los. Er setzte ihr nach, um sie wieder einzufangen, aber sie erreichte den Höhleneingang und begann am Wall herumzureißen.

»Raus!«, schrie sie. »Feuer kommt! Mondfalke ist hier! Er sagt: *Schnell! Raus! Feuer!*«

Ein Mann ergriff sie und hielt sie fest.

»Hexentraum«, grunzte er, während sie strampelte und biss.

Suth packte den Unterarm des Mannes und versuchte Noli aus seinem Griff zu lösen.

»Nein!«, rief er. »Dieser Traum ist wahr! Affe ist fort! Jetzt kommt Mondfalke! Mondfalke schickt Noli wahre Träume! Ich, Suth, sage das!«

Der Mann schien nichts zu begreifen. Suth wandte sich um und hievte einen Felsbrocken vom Wall, doch schon rissen andere, durch Nolis Schreie von Panik erfüllte Menschen ihn ein. Kurze Zeit später strömten sie durcheinander hinaus in die gewaltige Stille der Nacht. Es gab nur den Himmel, den vom Mond beschienenen Wald und die weit entfernten, dunklen Bergkämme über dem Tal.

Dann bebte die Erde. Ein langer, knirschender Seufzer stieg von unten herauf, wurde lauter und lauter, und über den Bäumen erhob sich eine weiße Säule, wurde höher und höher, schoss über sie hinaus, weit hinaus über den Horizont, schimmerte im Licht des tief stehenden Mondes und senkte sich hinab, als der milde Ostwind sie erfasste.

Wieder bebte die Erde. Ein großer Felsbrocken, der irgendwo oben an der Felswand gelockert worden sein musste, donnerte hinab, sprang über ihre Köpfe hinweg, ein schwarzer Schatten im Licht der Sterne, und krachte weiter unten ins Buschland. Oben, irgendwo zu ihrer Linken, ertönte das tiefe, polternde Donnern einer Lawine, als ein ganzer Hang ins Rutschen kam. Die Erde bebte noch immer.

Ko und Mana klammerten sich an Suths Beine. Noli schwieg wieder und war tief in ihrer Trance versunken. Tinu hielt Otan, der nur noch wimmern konnte. Suth nahm ihn auf den Arm. Er hatte sich entschlossen. Dies war die Gelegenheit, auf die er gewartet hatte.

»Nehmt Noli«, sagte er. »Komm, Mana. Komm, Ko. Wir gehen.«

Ohne auf irgendjemanden zu warten, führte er sie über den mondhellen Hang. Zu ihrer Linken schoss eine weitere weiße Säule aus dem See empor. Ein warmer Windstoß, wie ein gewaltiger feuchter Atemhauch, floss den Hang hinauf. Weiter entfernt, zwischen den Bäumen, züngelten Flammen in dunklem Orange unter ohrenbetäubendem knatterndem Dröhnen empor, große, schwarze Brocken wurden aufgewirbelt und stürzten nieder, während hinter ihnen kleinere, brennende Klumpen durch die Luft sausten.

Dann wurde es eine Zeit lang still. Suth hörte die Rufe und Schreie der Menschen, die in die entgegengesetzte Richtung hasteten, dorthin, wo sie die Felswand am schnellsten erklettern konnten. Er achtete nicht auf sie und führte die Mondfalken schnurstracks zu Tinus Vorratsspeicher.

Sie hatten die Hälfte des Weges zurückgelegt, als sich wieder ein Dröhnen erhob und eine weitere Flammensäule hinter dem Wald emporschoss. Wieder bebte die Erde, viel heftiger, als sie es je erlebt hatten. Rund um sie herum polterten Felsbrocken den Hang hinunter.

Angespannt warteten sie, bis sich der Aufruhr legte, und hasteten dann weiter. Als sie den Speicher erreichten, war er zusammengebrochen, aber die Vorräte lagen sicher unter dem Steinhaufen. Suth gab Mana und Ko jeweils zwei Eidechsen. Er legte sich die Schlange und eine Kordel mit Samenbeuteln um den Hals und gab die andere Noli, die sich noch immer wie im Traum bewegte. In Tinus freie Hand drückte er ein Bündel noch nicht enthülster Samenkapseln. Er setzte Otan auf seine andere Hüfte und begann mit dem Aufstieg, wobei er seinen Grabstock als Kletterhilfe benutzte. Ko und Mana stolperten hinterher, Tinu ging ganz hinten und führte Noli. Noch rührte sich der Hügel nicht.

Nach etlichen Monden, in denen er gut gegessen hatte, war

Otan sehr viel schwerer als damals, als sie ihn über die Dürren Hügel getragen hatten. Schon nach kurzer Zeit keuchte Suth vor Anstrengung. Er konnte hören, dass auch Ko und Mana keuchten, und da alles ruhig zu sein schien, hielt er an, um ihnen eine Pause zu gönnen. Als er sich umwandte und zurückblickte, sah er, dass die Dampfschwaden, die aus dem See aufgestiegen waren, sich verzogen hatten und ihnen keine neuen folgten. Auch die zwei Feuersbrünste hatten sich etwas beruhigt und waren zu glühenden Flecken geworden, aus denen schwarzer Rauch aufstieg, der sich vor dem untergehenden Mond in den Himmel wand.

Doch bevor sie Zeit hatten wieder zu Atem zu kommen, erwachte Noli, die in Tinus Schlepptau hinterhergestolpert war, schlagartig aus ihrer Trance.

»Hinauf!«, schrie sie mit ihrer gewohnten Stimme. »Schnell, Suth! Es geht los!«

Sie riss ihm Otan aus dem Arm und drängelte sich an ihm vorbei. Er hob Mana hoch, befahl Ko, das Ende seines Grabstocks zu packen, und hastete, so schnell wie seine Beine ihn tragen konnten, hinter ihr her, bis er kaum noch Luft bekam und das Blut in seinen Ohren dröhnte.

Durch das Dröhnen hörte er, wie Ko aufschrie und stürzte, als er den Halt am Grabstock verlor. Keuchend drehte sich Suth um und wollte auf ihn warten. Da sah er den ersten wirklichen Ausbruch.

Er setzte mit einem weiteren, gewaltigen Dampfstrahl aus dem See ein. Noch bevor er den Lärm hören konnte, schnellte der Hügelhang, auf dem er stand, in die Höhe, als hätte er einen unterirdischen Stoß erhalten. Im selben Moment brach der gesamte Talboden auf wie eine platzende Samenkapsel, und es wälzte sich eine kochende, orangefarbene Masse unter ihm hervor. Das Grollen, das sie verursachte, erreichte ihn zusammen mit einem brennend heißen Windstoß, der den Hügel hinaufschoss und ihn der Länge nach zu Boden schlug.

Sofort stand er wieder auf, ließ seinen Stock fallen, packte Ko beim Arm und zerrte ihn mit sich. Große, brennende Klumpen stürzten plötzlich rings um sie zu Boden. Sie würden die Kuppe nie erreichen. Er drehte ab und lief auf eine Gruppe großer Felsbrocken zu, warf Ko und Mana vor der Oberseite des ersten Brockens auf die Erde und legte sich über sie, um sie so gut es ging mit seinem Körper zu schützen. Einige Atemzüge später kauerte sich Tinu vor den benachbarten Felsbrocken. Er wusste nicht, was mit Noli und Otan geschehen war.

URSAGE

Niglu

Den Töchtern von An und Ammu wurden Kinder geboren. Zuerst wurde der Sohn von Nal und Turka geboren, die Mondfalke waren. Deshalb ist Mondfalke der Erste unter den Stämmen, und die anderen Stämme, die behaupten, das erste Kind sei ihnen geboren worden, sind Lügner. Sie waren erst später an der Reihe.

Sie wuchsen und wurden zu Männern und Frauen, erwählten sich Gefährten gemäß der Regel, die am Fluss Manchmal aufgestellt worden war, und bekamen wiederum Kinder. Das war der Anfang der Stämme.

Dann sagten Da und Datta: »Das ist nicht gut. Ihr habt Gefährten und Kinder. Ihr habt zehn und noch einmal zehn Münder und zehn und noch einmal zehn Mägen. Ihr jagt alles Wild, pflückt alle Beeren und grabt alle Wurzeln aus. Nichts davon ist übrig, wenn wir vorbeikommen. Es gibt eure acht Stämme und es gibt uns, Da und Datta. Das macht neun. Wir kamen zu diesen Jagdgründen. Wir teilten alles in neun Teile, die Geschöpfe, die Beeren und die Wurzeln. So soll es von nun an sein. Dann finden wir unseren Teil, wenn wir vorbeikommen.«

Die anderen sagten: »Das ist nicht gut. Ihr habt nur zwei Münder und zwei Mägen. Ihr könnt nicht den ganzen neunten Teil aufessen. Sollen unsere Kindeskinder verhungern und sollt ihr zwei mehr haben, als ihr essen könnt?«

Da und Datta sagten: »Es muss so sein, wie wir sagen, denn ihr habt es in Odutu, im Schatten des Berges, geschworen.«

Die anderen waren wütend, aber sie hatten geschworen, also stimmten sie zu.

Eines Tages befand sich der Stamm von Kleiner Fledermaus am Fluss Manchmal und Niglu war dort. Sie war die Gefährtin von Dag.

Niglu gebar ein Mädchen und brachte das Baby zu einem Teich am Ufer des Flusses, um es zu waschen. Dann aber donnerte es, und es regnete heftig, das Flussbett füllte sich, und sie wurden davongeschwemmt.

Da kam Kleine Fledermaus eilig herbeigeflogen und rettete sie auf ein schlammiges Ufer, in der Nähe von Flussbett-dessen-Name-schweigt.

Niglu ging zum Flussbett und sah einen Garri-Busch, der bis auf den Teil von Da und Datta leer gepflückt worden war. Und sie hatte großen Hunger.

Sie sagte zu sich selbst: Diese sind für Da und Datta, aber mein Magen ist leer, und ich muss ihn füllen oder ich habe keine Milch für meine Tochter.

Also pflückte sie die Beeren und aß sie, und als ihr Magen voll war, legte sie sich mit ihrem Baby hin und schlief.

Abends kamen Da und Datta zu diesem Ort und sahen, dass der Busch leer gepflückt worden war und dass Niglu mit Lippen, die rot vom Beerensaft waren, neben dem Busch lag. Sie waren wütend. In ihrer Wut griffen sie zwei Steine vom Boden, schleuderten sie auf Niglu und trafen sie an der Stirn, so dass sie starb. Doch das Baby lebte.

Datta sagte: »Wir können nicht auch das Baby töten. Ich nehme es als das meine an, denn ich habe keines.«

Also nahmen sie das Kind, zogen des Nachts zum Tarutu-Felsen, und dort verbargen sie sich. Denn sie hatten Angst wegen ihrer Tat.

Kleine Fledermaus aber beobachtete alles, was vor sich ging, und sie zupfte Niglu Haare aus und flog heimlich und leise hinter Da und Datta her. Den ganzen Weg über hängte sie die Haare an Büsche und Bäume, an denen sie vorbeikam.

Am nächsten Tag suchte Dag, der Niglus Gefährte war, an den Ufern des Flusses Manchmal nach ihr, und als er zum Flussbett-dessen-Name-schweigt kam, sah er ihren Leichnam neben dem Garri-Busch liegen. Das Kind aber war verschwunden. Da suchte er im Flussbett nach dem Kind und kam zu einem Baum, an dem ein einzelnes Haar hing, und auf dem Haar war Blut, also wusste er, dass es Niglus war.

Ein Stückchen weiter fand er noch eines. Auf diese Weise folgte er der Spur, die Kleine Fledermaus den ganzen Weg, bis zum Tarutu-Felsen, gelegt hatte. Dort wartete er, und abends sah er, wie Da und Datta hinabkamen, um bei der Tausenke zu trinken, und sie hatten sein Kind bei sich.

Dag war sehr wütend, sie jedoch waren zu zweit, und er war allein, also lief er schnell zu seinem eigenen Stamm, der derjenige von Kleiner Fledermaus war, und zu Schlange, welches der Stamm von Niglus Vater Ral war, und erzählte ihnen, was er gesehen hatte. Und alle zusammen machten sie sich auf den Weg zum Tarutu-Felsen.

Morgens kamen Da und Datta herab, um an der Tausenke zu trinken, und leise traten die Stämme von Schlange und Kleiner Fledermaus auf sie zu, umringten sie und sagten: »Was habt ihr da getan? Ihr habt eine Frau unseres Stammes und eine Tochter unseres Stammes getötet und ihr müsst sterben.«

Da und Datta sagten: »Es war unser gutes Recht. Sie aß die Beeren am Garri-Busch. Sie waren unser Teil. So habt ihr es in Odutu, im Schatten des Berges, geschworen. Wie sonst bestraft man jemanden, der diesen Schwur bricht?«

Darauf wussten sie keine Antwort.

Doch Dag sagte: »Ihr habt meine Gefährtin wegen einer Hand voll Beeren getötet. Dafür jage und töte ich euch nun, Schwur oder kein Schwur.«

Dasselbe sprach Niglus Vater, Ral.

Doch der Rest hielt sie fest und sagte zu Da und Datta: »Geht weit, weit fort. Wir halten diese beiden einen Tag, eine Nacht und einen Tag lang fest. Dann lassen wir sie los, damit sie tun können, was sie wollen.«

Da und Datta sagten: »So soll es sein. Wir kehren jetzt zum Ersten Guten Jagdgrund zurück, wo wir geboren wurden. Dort jagen und sammeln wir und vergessen euch.«

Also brachen sie auf, und obwohl Dag und Ral ihren Spuren weit und weit in die Wüste folgten, fanden sie sie nicht, und sie wurden niemals wieder gesehen.

ZWÖLF

Der Feuersturm wütete weiter. Als der Mond unterging, erfüllte noch immer ein dunkelrotes Glühen das Tal. Suth hob seinen Kopf. Der Blick war auf ganzer Länge des Bergkamms frei, doch dann versperrte die bauchige Rauchsäule die Sicht. Stinkende Gase verpesteten die Luft.

Neben ihm schrie Mana vor Schmerzen immer wieder auf und versuchte dann, ihr Weinen zu unterdrücken. Ein Glutbrocken war auf ihren Arm gefallen. Suth leckte die Stelle für sie und tröstete sie, so gut er konnte, bis ihm eine neue Flut von Gasen die Luft nahm. Brechreiz überkam ihn. Schließlich ließen die donnernden Explosionen nach. Suth stand auf. Hinter ihm setzte die Dämmerung ein und färbte die eine Hälfte des Himmels grau, die Hälfte vor ihm aber war schwarz von wirbelndem Rauch, der aufstieg und sich, westwärts getrieben vom aus der Wüste kommenden Wind, ausbreitete, so weit sein Auge reichte.

Der Wind hatte sie gerettet. Auf der anderen Seite des Tals konnte nichts und niemand überlebt haben.

Mana richtete sich auf. Die eine Seite ihres Körpers war von Kopf bis Fuß von der grauen Schicht Asche bedeckt, die trotz des rettenden Windes auf sie niedergegangen war. Ebenso ging es Ko. Suth senkte den Blick und sah, dass auch er halb grau war, als wäre er für seine Mannwerdung in Odutu, im Schatten des Berges, mit Brei eingeschmiert worden.

»Noli!«, rief er. »Noli!«

Sie erhob sich hinter einem Felsbrocken, ein Stück weiter den Hügel hinauf.

»Ich lebe«, rief sie mit ihrer gewohnten Stimme. »Mein Bein ist verbrannt. Otan lebt.«

»Warte«, sagte Suth. »Ich suche meinen Grabstock.«

In dem Augenblick, als er aus dem Schutz des Felsbrockens ins Freie trat, traf ihn die Hitzewelle der flüssigen Lava, heißer als die Mittagssonne in der Wüste. Er konnte seinen Stock sehen, er lag nicht weit entfernt und ragte über einen Stein, auf den er gefallen war. Wenn es nicht so gewesen wäre, hätte Suth ihn unter der Ascheschicht vermutlich nie gefunden. Als er den Hang überquerte, um ihn zu holen, wurde ihm bewusst, dass die getrocknete Schlange und die Kordel mit den Samentaschen nicht länger über seinen Schultern hingen. Er konnte sich daran erinnern, die Kordel abgestreift zu haben, nachdem sie Schutz gefunden hatten, aber die Schlange? Vielleicht war sie vorher abgerutscht, irgendwann beim hastigen Aufstieg. Er war sich ziemlich sicher, sie noch gehabt zu haben, als Ko gestürzt war.

Er erreichte den Stock, klopfte die Asche ab und stocherte ohne viel Hoffnung herum, fand eine getrocknete Eidechse und dann, zu seiner großen Erleichterung, die Schlange.

Er hob sie auf und brachte sie zu den anderen zurück.

»Was haben wir zu essen?«, fragte er.

Seine Kordel mit den Samentaschen befand sich noch beim Felsbrocken, wo er gelegen hatte, und auch Tinu hatte ihre kleine Garbe noch. Ko hatte die Eidechsen trotz allem nicht losgelassen, Mana aber hatte ihre beiden verloren. Suth fand eine davon wieder. Er blickte auf Noli und sah, dass ihre Samentaschen noch heil waren, aber sie schien seine Frage nicht gehört zu haben.

Sie starrte die Furcht einflößende Rauchsäule an. Suth glaubte, dass sie wieder in Trance gefallen sei, aber sie sprach mit ihrer gewohnten Stimme.

»Sie sind verloren«, sagte sie leise. »Alle alten Guten Jagdgründe sind verloren. Stinkwasser, der Fluss Manchmal und die Tausenke beim Tarutu-Felsen. Verloren. Eine graue Masse hat sie tief, tief unter sich begraben. Ich schlief. Mondfalke kam. Er zeigte es mir.«

Suth senkte den Kopf und stand schweigend da. Er hatte keinen Zweifel daran, dass sie die Wahrheit sprach. Eines Tages weine ich darum, dachte er. Eines Tages erzähle ich meinen eigenen Kindern von den alten Guten Jagdgründen. Dann werden sie nicht vergessen.

Die Erde bebte. Die Rauchsäule stauchte sich an ihrem unteren Ende zuckend zusammen. Große Felsbrocken, golden und orange wie die Glut eines großen Feuers, brachen aus ihr hervor. Ein gewaltiges, stoßweises Dröhnen rollte den Hang hinauf, gefolgt von einer erneuten Welle heißer Gase.

Suth drehte sich um.

»Kommt schnell«, sagte er. »Es ist noch nicht zu Ende.«

Er nahm Mana bei der Hand, befahl Ko, wie beim letzten Mal seinen Grabstock zu packen, und scheuchte sie schräg den Hang hinauf. Er rannte auf die Spalte im Bergkamm zu, deren Lage er sich vor einiger Zeit eingeprägt hatte. Keuchend schlängelten sie sich hindurch und legten dann auf der anderen Seite eine Pause ein. Suth reichte eine Eidechse herum und sie kauten mit trockenen Mündern abwechselnd das zähe, faserige Fleisch.

Suth sah sich den abfallenden Hang genau an. Der Spalt, durch den sie damals die Felswand erklettert hatten, musste sich fast genau unter seinem Standort befinden. Sie würden in jedem Fall den ganzen Vormittag brauchen, um hinabzusteigen, unten aber gab es Wasser, und sie hatten Nahrung, die einige Tage reichen würde, wenn sie sorgsam damit umgingen.

Er hob die Augen und blickte in die Wüste, die schon jetzt, im Licht der gerade aufgegangenen Sonne, vor Hitze flirrte. Ein Furcht einflößender Ort, wo es kein Leben gab – aber er hatte keine Angst mehr davor. Er war vorsichtig, ja, wachsam, ja, aber er hatte keine Angst mehr. Sie konnten es schaffen. Die Kleinen waren kräftig. Sie hatten mehrere Monde lang gut gegessen.

Tagsüber würden sie im Schatten eines großen Felsens rasten und abends wieder aufbrechen. Sie würden Wasser finden, denn Wasser musste es dort geben, und Mondfalke würde Noli zeigen, wo sie es zu suchen hatten. Oder sie fänden die Spur jener Fremden, die die Wüste durchquert hatten.

Und wenn sie getrunken hätten, würden sie weiterziehen. Unter den Sternen würden sie gehen und gehen, wie sie es gelernt hatten, denn sie waren dazu geboren, von einem Jagdgrund zum anderen zu ziehen, weil sie zum Stamm gehörten. Und in den neuen Guten Jagdgründen hinter der Wüste würden sie die anderen finden und Mondfalke wäre wieder Mondfalke.

Der Berg bebte. Teile des Kamms lösten sich und donnerten den Hang hinab. Das Dröhnen einer weiteren, gewaltigen Eruption ließ die Luft erzittern. Der Lärm schien Suth etwas sagen zu wollen, schien ihm sagen zu wollen, dass alles, was bisher geschehen war, nun endgültig vorbei und dieser flirrend heiße Morgen ein neuer Anfang sei.

In aller Ruhe stand er auf.

»Gut«, sagte er. »Es ist Zeit. Wir brechen auf.«

NOLIS GESCHICHTE

für David

EINS

Im Dunkel von Nolis Traum sprach Mondfalke zum letzten Mal.

Geh.

Der gewaltige, fremdartige Schemen entfernte sich, wurde kleiner und kleiner, bis er in der Weite verschwand, einer Weite, die sich noch immer irgendwie in Nolis Geist befand.

Dann war Noli wach. Ihre rechte Schulter fühlte sich taub an, weil sie zu lange darauf gelegen hatte. Ihr Gesicht war nass von Tränen.

Wo war sie?

Der Traum war so intensiv gewesen, dass er sie nicht losließ, und für eine kurze Zeit konnte sie an nichts anderes denken. Dann schien die Erde unter ihr zu zittern. Sie blickte auf und sah die Felswand, die sich schwarz über ihr auftürmte, und darüber den Nachthimmel und die unzähligen Sterne.

Jetzt kehrte die Erinnerung zurück. Sie befand sich im Lager, das Suth, Tinu und sie selbst letzte Nacht gebaut hatten. Vor der Felswand hatten sie einen Felswall aufgeschichtet, um sich und die Kleinen zu schützen. Sie erinnerte sich daran, wie sie aus dem geheimen Tal oben auf dem Berg entkommen waren, während der Berg selbst in Feuer und Rauch aufgegangen war.

Hatte irgendjemand außer ihnen überlebt?, fragte sie sich. Irgendjemand vom Stamm des Affen, bei dem sie die letzten neun Monde verbracht hatten? Soweit sie wusste, waren sie und ihre Freunde die letzten Überlebenden vom Stamm des Mondfalken: Suth, noch ein Junge, obwohl er seit seinem Kampf mit dem Leoparden als Mann gezählt hatte; Noli selbst, ein wenig jünger als er; Tinu, wiederum jünger als sie, klein und schmal und schüchtern dazu, weil ihr schiefer Mund es verhinderte, dass sie deutlich sprach; Ko, ein kleiner Junge, der gern wichtig tat; Mana, ein stilles, ernstes Mädchen im selben Alter; und schließlich Otan, Nolis kleiner Bruder, fast noch ein Baby, der gerade eben Laufen gelernt hatte.

Wieder bebte der Berg und die Erinnerung an den Traum flutete zurück. Sie schaute in den Himmel. Der Mond würde bald untergehen, und der Hang, auf dem sie ruhten, lag im Schatten der Felswand. Die Sterne waren deutlich zu erkennen. Fünf Lichtpunkte in einem abwärts geschwungenen Bogen. Mondfalke hatte sie Noli im Traum gezeigt. Aber es gab so viele Sterne. Waren sie das, drei helle und zwei schwächer leuchtende? Im Traum war es so eindeutig gewesen, aber jetzt ...

Es waren die einzigen, die sie finden konnte. Ja, sie mussten es sein.

Sie streckte den Arm aus und tastete nach Suth, der auf der anderen Seite der Gruppe von Schlafenden lag. Sie berührte seinen Arm und erkannte ihn an den vernarbten Wunden, die der Leopard geschlagen hatte. Sie schüttelte ihn.

»Noli?«, flüsterte er.

»Mondfalke kommt«, sagte sie. »Er sagt mir: *Geh.*«

Er wollte antworten, als der Berg aufstöhnte. Nicht laut, aber tief und lang. Es war ein so dumpfer Ton, dass sie ihn sowohl hörten als auch fühlten, denn er durchpulste die Felswand und rollte unterirdisch bis weit in die Wüste hinein. Der Hang erzitterte. Das Krachen und Donnern stürzender Felsbrocken zerbrach die Stille der Nacht.

Suth richtete sich auf. Tinu war schon wach. Sie weckten die Kleinen, tasteten nach ihren Vorräten, sammelten sie ein und tranken ein letztes Mal vom tröpfelnden Wasser an der Felswand. Noli setzte Otan, ihren kleinen Bruder, auf ihre Hüfte, dann suchten sie sich einen Weg den Hang hinab.

Als sie endlich ins Mondlicht traten, fiel ihnen das Gehen leichter. Suth hielt an und streckte den Zeigefinger aus.

»Wir gehen diesen Weg«, sagte er. »Dort habe ich Menschen gesehen, vor zwei Monden. Sie kamen aus der Wüste. Sie kannten einen Weg.«

»Nein«, sagte Noli. »Siehst du die Sterne, Suth? Drei hell, zwei schwach? Ein abwärts geschwungener Bogen? Mondfalke hat sie mir gezeigt.«

Suth wandte nichts dagegen ein, obwohl die Sterne ein gutes Stück weit rechts vom Weg lagen, den er hatte einschlagen wollen. Er war der Anführer, aber zu Noli kam Mondfalke.

»Du gehst voran, Noli«, sagte er.

Sie schob Otan auf ihre andere Hüfte und setzte sich in Bewegung. Tinu folgte, dann Suth mit Ko und Mana. Sie waren fast noch Babys, also trug Suth sie abwechselnd, wenn sie müde wurden. Im hellen Mondlicht setzten sie den Abstieg fort und erreichten schließlich die Ebene. Dort kamen sie gut voran, bis der Mond hinter den Rauchmassen verschwand, die aus dem Vulkan aufstiegen. Danach gingen sie mit gleichmäßigen Schritten im Licht der Sterne weiter und legten hin und wieder kurze Pausen ein.

Als die Nacht zu Ende ging, bewegten sich die Sterne westwärts, aber Noli hielt an der Richtung fest, die sie anfangs eingeschlagen hatten. Das tat sie ohne nachzudenken. Sie trug Otan, ohne sein Gewicht zu spüren. Als Tinu ihr anbot, ihn eine Weile zu nehmen, reichte sie ihn ihr wortlos. Sie war noch ganz von ihrem Traum erfüllt.

Es waren Träume, die wie kein anderer Traum waren, sie waren wirklicher als die Wirklichkeit selbst.

Mondfalke kam. Die Anwesenheit des Ersten Wesens ließ Nolis Innerstes erzittern. Ohne es zu berühren oder es zu sehen, spürte sie die weichen Brustfedern, die Kraft der an den Leib gelegten Schwingen, die Schärfe der gekrümmten Krallen und des gebogenen Schnabels.

Und dieses Mal spürte sie die Trauer.

Mondfalke sprach in Nolis Geist: *Sieh her.*

In der Dunkelheit ihres Traumes erschienen fünf Lichtpunkte in einem abwärts geschwungenen Bogen. Die Lichtpunkte verschwanden.

Ich komme nicht wieder.

In ihrem Traum schrumpfte Noli zusammen, bis sie so klein war wie das kleinste Sandkorn in einer unendlich großen Wüste, wo Mondfalke unauffindbar blieb. Das Sandkorn weinte.

Mondfalke sprach zum letzten Mal.

Geh.

Noli schleppte sich wie betäubt weiter, und sie konnte nur an eines denken: Mondfalke würde nie wieder zu ihr kommen.

Nie wieder. Nie wieder. Nie wieder.

Sie bemerkte nicht, dass der Himmel über ihren Köpfen blasser zu werden begann oder dass die Sterne verschwanden. Als sie wieder richtig hinsah, war es taghellerMorgen, und die aufgehende Sonne stach in ihre Augen.

Ohne Vorwarnung bebte der Geländestreifen, den sie gerade überquerten, unter ihren Füßen. Noli stolperte und fing sich. Sie blickte zurück. Tinu trug Otan und war zusammen mit ihm gestürzt. Suth hatte Mana und Ko festgehalten. Auch er hatte sich umgewandt und blickte zurück.

In der Ferne ging irgendetwas mit dem Berg vor sich. Die gewaltige Rauchsäule, die an ihren Rändern vom Mondlicht versilbert wurde, stieg noch immer in den Himmel auf, hatte sich aber genau über der Bergspitze zu einer Art von Gewitterwolke zusammengeballt. Eine Reihe ohrenbetäubender, dröhnender Donnerschläge hallte bis weit in die Wüste hinein.

»Passt auf!«, rief Suth. »Irgendetwas kommt! Lauft! Dorthin!«

Er zeigte auf einen breiten Felssockel, an dem sie gerade vorbeigekommen waren. Noli schnappte sich Otan und rannte darauf zu. Sie kletterten hinauf und blickten in Richtung des Berges.

Doch es war nicht der Berg. Es war viel näher. Die Wüste selbst war in Bewegung geraten. Eine Linie zog sich quer über die Erde. Sie kam immer näher. Einen Augenblick später erkannte Noli, dass die Linie eine Art von Welle war. Der feste Boden hatte sich erhoben und wälzte sich rasend schnell auf sie zu. Noli sah, wie die Welle zwei große Felsblöcke erreichte, die aneinander lehnten. Sie schwankten. Einer brach zusammen, der andere stürzte über ihn.

»Runter!«, schrie Suth. »Kniet euch hin! Haltet euch am Fels fest!«

Sie hockte sich hin, schob Otan zwischen ihre Beine und hielt ihn mit den Knien fest. Dann suchte sie selbst nach Halt, fand einen Spalt und zwängte die Finger hinein. Sie konnte hören, wie die Welle mit grollendem Knurren näher kam, mit dem tiefen, kehligen Knurren eines wilden Tieres, das an einem Knochen herumbeißt.

Sie hob ihren Kopf und sah, dass die Welle gegen den Felssockel krachte, auf dem sie Schutz gesucht hatten.

Ein Hagel kleiner Steine schoss in den Himmel. Der Felsen ruckte aufwärts, hoch und immer höher. Einen Augenblick lang glaubte Noli, er würde sich überschlagen und sie zerschmettern, dann aber rutschte er seitwärts ab und kam knirschend wieder zu liegen. Der Ruck des Aufpralls lockerte ihren Griff, und sie musste sich flach hinwerfen, um zu verhindern, dass sie abrutschte. Otan lag schreiend und strampelnd unter ihr.

Sie richtete sich mühsam auf und sah sich um. Tinu war vom Felssockel gestürzt, kam aber wieder auf die Füße und schien unverletzt zu sein. Die anderen knieten und blickten in Richtung des Berges.

Er war nicht zu sehen, verborgen hinter dem schwarzen Rauch, der aus seinem Inneren hervorquoll.

Noch während sie ihn anstarrten, dröhnte die größte Explosion in ihren Ohren.

Sie war lauter als der lauteste Donnerschlag, wenn die Blitze in unmittelbarer Nähe einschlagen. Sie pressten die Hände auf ihre Ohren, doch es half nichts. Der Lärm nahm nicht ab. Die Kleinen schrien, aber Noli konnte sie nicht hören. Sie sah, dass Otan den Mund weit aufriss und vor Schmerz heulte, aber auch dies hörte sie nicht. Irgendetwas schlug geräuschlos vor ihren Füßen auf dem Felsen auf. Sie bemerkte es nur, weil sich Steinsplitter in ihr Bein bohrten.

Der Himmel ließ irgendetwas auf sie hinabregnen. Verzweifelt sah sie sich nach einer Stelle um, wo sie Schutz suchen könnten. Wenn einer von ihnen von diesem Zeug getroffen würde ...

Tinu rief und gestikulierte. Sie rannte zum Rand des Felsens und verschwand. Sie kletterten hinterher und sahen, dass ein Hindernis den Felsen davon abgehalten hatte, sich ganz auf die Erde zu senken, nachdem er hochgeschnellt und wieder zurückgefallen war, so dass sich ein schmaler Spalt zwischen Felsen und Erde gebildet hatte.

Sie krochen auf allen Vieren in Sicherheit und warteten im Spalt, während das Geröll, das die Explosion aufgewirbelt hatte, rings um sie niederging.

Allmählich konnten sie wieder hören, wenngleich Nolis Ohren furchtbar wehtaten. Der Regen von Steinen hörte auf, sie krochen hinaus und blickten zum Berg. Sie konnten ihn jetzt deutlich sehen, denn der Wind hatte den Rauch fortgetrieben.

Es war nicht mehr der alte Berg. Er hatte sich verändert. Eine ganze Seite, der gesamte nördliche Rand, war restlos weggebrochen worden.

Noli starrte ihn ungläubig an. Sie konnte es nicht fassen, dass irgendetwas, selbst die Ersten Wesen, selbst Schwarze Antilope, eine solche Macht besitzen sollte.

Sie hörte, wie Mana vor Schmerzen aufschrie.

»Heiß!«, rief sie. »Heiß!«, und zeigte auf einen Felsbrocken, der neben ihrem Fuß lag. Er war heller als der Wüstenfels und die Hitze, die er verströmte, ließ die Luft flirren.

»Wir gehen«, sagte Suth laut, und Noli erkannte daran, dass auch er noch halb taub war. »Wir gehen schnell. Vielleicht kommt es wieder.«

Also brachen sie ein weiteres Mal auf und liefen in gleichmäßigem Tempo den ganzen Vormittag über. Zum Glück waren die Asche und das leichtere Material vom Wind in Richtung Westen getrieben worden. Doch sie mussten bei jedem Schritt Acht geben, denn die ganze Wüste war mit den brennend heißen Felsbrocken übersät, die aus dem Berg geschleudert worden waren.

Die Sonne stieg höher und es wurde immer heißer. Trotzdem liefen sie weiter, obwohl sie üblicherweise längst angehalten und nach einem Schattenplatz gesucht hätten. Schließlich schloss Suth von hinten auf und zeigte auf einen felsigen Hügel zu ihrer Linken.

»Wir rasten jetzt«, sagte er. »Der Berg ist ruhig und es gibt dort guten Schatten.«

Noli zögerte. Suth hatte Recht. Inzwischen war die Hitze so groß, dass sie nicht mehr weitergehen konnten. Die Kleinen keuchten schon vor Anstrengung und alle hatten furchtbaren Durst.

»Ein Stückchen weiter, Suth«, sagte sie.

Er sah in die Richtung, in die sie sich bewegten. So weit das Auge reichte, war die Wüste so gut wie eben, und es gab nur vereinzelte Felsen, die nicht groß genug waren, um ausreichend Schatten zu spenden.

»Ich bitte darum, Suth«, sagte sie. »Ich glaube, dort gibt es Wasser.«

»Zeigt dir Mondfalke das?«

»Ich habe kein Wort dafür.«

Sie hatte das Gefühl, gerufen oder gezogen zu werden. Ein Gefühl, als würden sich ihre Beine weigern, ihr zu gehorchen, sollte sie vom Weg abgehen und rasten.

Suth sah sie an und grunzte zweifelnd. Doch er nickte und sie gingen weiter. Noli konnte nichts erkennen, was ihr hätte Hoffnung machen können, und sie hatte auch keine Gewissheit, wirklich Wasser zu finden. Die Sonne brannte auf Felsen, Sand und Steine, die die Hitze zurückwarfen und zitternde Linien in die Luft zeichneten, so dass der Horizont zu flirren und zu verschwimmen schien. Es dauerte eine Weile, bis sie erkannte, dass sich eine der zitternden Linien nicht bewegte. Sie blieb als dunklere Spur am Platz, die sich quer durch die Wüste zog und zur Linken hin auslief.

Als sie näher kamen, erwies sie sich als eine Erdspalte. Die Spalte wurde breiter. Schon bald konnte Noli die Oberkante einer Felswand sehen, und dann standen sie alle zusammen am Rand einer Schlucht, die breiter und tiefer war als alle, die sie bis dahin erblickt hatten.

Sie knieten sich hin und spähten über den Rand. Die Felswand fiel auf beiden Seiten steil ab. Auf dem Grund türmten sich wirr durcheinander geworfene Felsen, aber dazwischen wuchsen an manchen Stellen Büsche und Bäume.

Ihre Blätter waren grün.

Noli hob ihren Kopf und witterte. Wasser.

Eine Zeit lang erkundeten sie den Rand der Schlucht und suchten nach einer Möglichkeit zum Abstieg. An manchen Stellen sahen sie tiefer unten frische Felsstürze, die das Erdbeben ausgelöst hatte und die sich an der Wand auftürmten, aber in fast allen Fällen war die Felswand genauso steil geblieben wie zuvor.

Dann kamen sie zu einer Stelle, an der noch größere Felsmassen abgestürzt waren und sich so hoch auftürmten, dass das Geröll die Schlucht bis zu halber Höhe auffüllte. Ein großes Stück der Felswand war herausgebrochen worden. Die eine Seite des Einschnitts, der so entstanden war, war zwar steil und unwegsam, bot aber ausreichend Halt für Hände und Füße und war für einen Abstieg geeignet. Suth und Noli halfen den Kleinen an den schwierigen Stellen.

Schließlich standen sie auf dem Haufen abgestürzter Steine und konnten zum Grund der Schlucht hinabklettern. Ein Schwarm kleiner Vögel mit leuchtenden, dunkelblauen Flügeln und scharlachroten Köpfen wurde an der gegenüberliegenden Felswand aufgescheucht und flatterte kreischend über ihnen.

Noli blickte zu ihnen auf und hätte fast vor Erleichterung gelacht. An diesem Ort wuchsen Pflanzen. Hier gab es Tiere. Die Mondfalken hatten die Wüste durchquert. Sie würden nicht umkommen.

Die Felsen am Grund der Schlucht waren überwiegend rund und glatt, genau wie diejenigen im Fluss Manchmal. Gerüche nach grünem Laub und nach Wasser erfüllten die heiße Luft. Die Pflanzen konnten sie sehen, aber das Wasser blieb ihnen verborgen.

Am stärksten war der Geruch in der Mitte der Schlucht. Sie knieten sich hin und räumten die Felsbrocken beiseite. Die obersten waren fast zu heiß, um berührt werden zu können, aber die nächste Schicht war kühl, und in noch größerer Tiefe fühlten sie sich sogar etwas feucht an. Die ganze Zeit über wurde der Geruch von Wasser immer stärker.

»Ha!«, sagte Suth und zeigte ihnen den Brocken, den er gerade aus einem inzwischen fast armtiefen Loch gehievt hatte. Die Unterseite war nass.

Als sie in das Loch blickten, das sie ausgehoben hatten, konnten sie winzige Rinnsale sehen, die aus den Lücken zwischen den Steinen quollen. Als das Loch so tief war, dass sich ein kleiner Teich bildete, reichten nur noch Suths und Nolis Arme bis zum Grund.

Suth schöpfte eine Hand voll Wasser und leckte es auf. Er machte Platz für Noli, und dann schöpften die beiden Wasser für die anderen, die es von ihren Handflächen leckten. Das Wasser schmeckte wunderbar kalt und rein.

Die ganze Zeit über kreischten die Vögel mit den scharlachroten Köpfen ärgerlich über ihnen, als wollten sie sagen, dass diese Eindringlinge nicht das Recht hätten, sich hier aufzuhalten.

Als sie genug getrunken hatten, rasteten sie eine Weile im Schatten der weiter entfernt liegenden Felswand. Doch die Sonne wanderte weiter und der Schatten verschwand. Also machten sie sich auf, die Schlucht zu erkunden und nach einem anderen Rastplatz zu suchen. In Abständen strich immer wieder ein neuer Schwarm Vögel aus den Nestern in der Felswand ab, um sie auszuschimpfen.

Suth blickte auf und verzog sein Gesicht. »Das Jagen ist nicht einfach an diesem Ort«, sagte er. »Die Vögel warnen die Tiere.«

»Es gibt Pflanzennahrung«, sagte Noli. »Sieh doch, dort wächst ein Jada-Busch. Seine Beeren sind noch grün und sauer.«

»Sieh nur, dort stehen Bäume«, sagte Suth und ging auf die Schatten zu, die sie warfen.

Die Bäume bildeten dicht vor der Felswand ein kleines Wäldchen. Einer von ihnen stellte sich als Flügelnussbaum heraus. Sie konnten die dunkelbraunen Nüsse sehen, die außer Reichweite an den Enden der dünnen, peitschenartigen Zweige hingen. Tinu nahm die Kleinen und Otan beiseite, während Noli und Suth die Nüsse mit Steinwürfen herunterzuholen versuchten. Wenn sie reif genug waren, dann lösten sie sich bei der leichtesten Berührung, und ein guter Wurf ließ eine ganze Hand voll auf die Erde purzeln.

Sobald sie genug runtergeschlagen hatten, sammelten sie die Nüsse gemeinsam ein. Die dritte, die Noli aufsammelte, war nur noch eine leere Hälfte. Sie musterte sie mit gerunzelter Stirn. Welches Tier macht das?, fragte sie sich. Die Schalen der Früchte des Flügelnussbaums waren sehr hart. Es gab Sonnenhörnchen, deren Zähne scharf genug waren, um das spitze Ende einer Nuss aufzubeißen, die Menschen aber knackten sie, indem sie die Nüsse in der Glut eines Feuers platzen ließen oder auf einen Felsbrocken legten und mit einem scharfen Stein oder einer Klinge genau auf die Kante schlugen.

Wer aber legte einen so weiten Weg zurück, nur um hier, mitten in der leblosen Wüste, Flügelnüsse zu ernten?

Noli zeigte Suth die Schale. Auch er runzelte die Stirn, kletterte dann auf einen Felsen und spähte in jede Richtung der Schlucht.

»Ich sehe keine Menschen«, sagte er beunruhigt. »Die Vögel schweigen. Noli, wir passen auf. Wir machen wenig Lärm. Wir nehmen nur wenig Nahrung von jeder Stelle. Wir lassen immer etwas da. Wir bauen einen Gabenberg.«

Noli grunzte zustimmend. Wenn es tatsächlich so war, dass die Schlucht von Menschen aufgesucht wurde, dann würden sie die Nahrung als ihr Eigentum betrachten. So war es damals gewesen, als die acht Stämme von einem Guten Jagdgrund zum anderen gezogen waren, um Nahrung zu suchen. Verschiedene Abschnitte der Jagdgründe gehörten verschiedenen Stämmen. Die Mondfalken nahmen nichts, das nicht ihnen gehörte, außer im Notfall, und dann ließen sie immer einen kleinen Berg zurück, auf den Gaben gelegt wurden – eine Kürbisflasche, eine Klinge, ein Stück Dörrfleisch, ein spitzer Knochen – als Bezahlung und Dank.

Also gaben sie es auf, Flügelnüsse abzuschlagen, und rasteten an Ort und Stelle, bis die Sonne so weit gewandert war, dass die gegenüberliegende Felswand im Schatten lag. Dann durchquerten sie die Schlucht und erkundeten die andere Seite, wobei sie manchmal anhielten, um am Blatt einer Pflanze zu knabbern, die ihnen unbekannt war. Selbst den Kleinen war beigebracht worden, dass die meisten Blätter nicht zum Essen taugten, und manche waren giftig. Waren sie sich bei einer Pflanze nicht ganz sicher, dann aßen sie nur sehr wenig davon und warteten ein oder zwei Tage, um zu sehen, ob sie krank davon wurden.

Abgesehen von weiteren unreifen Jada-Beeren fanden sie eine Zeit lang nichts, dann aber stießen sie auf Weißstängel, eine Pflanze, die nach Regenfällen in einem ihrer alten Guten Jagdgründe, am Fluss Manchmal, gewachsen war. Die frischen Schösslinge schmeckten gut, besser war es aber, sie nicht zu pflücken, denn sie wuchsen und rollten sich zu langen, breiten Blättern aus, die von einem dicken Stängel abzweigten. Die Blätter selbst waren ledrig und nutzlos, aber das Mark der Stängel war körnig und schmeckte köstlich.

Voller Eifer begannen sie mit dem Pflücken, um die Beute zu ihrer Wasserstelle zurückzutragen. Doch sie nahmen immer nur ein oder zwei Stängel von einem Büschel.

»Noli, komm. Sieh her«, rief Suth, der am jenseitigen Rand der Büschel stand.

Sie kam und schaute sich an, was er gefunden hatte. Hier gab es einige Felsbrocken, auf denen man bequem hätte sitzen können. Daneben lag ein loser Haufen zerrissener Blätter und abgepulter Stängelstückchen. Noli betastete sie. Sie waren trocken, zerfielen aber noch nicht.

»Menschen waren hier«, sagte sie. »Vor zwei, drei Tagen.« Wieder blickten sie ängstlich die Schlucht hinauf und hinab, sahen aber nichts. Über ihnen schimpften noch einige der rotköpfigen Vögel. Wenn es irgendwo in der Nähe andere

Menschen gab, dann würden die Vögel mit Sicherheit auch sie ausschimpfen. Doch das war nicht der Fall.

Trotzdem beendeten sie die Weißstängelernte so rasch wie möglich und bauten einen Gabenberg, bevor sie verschwanden. Er war nicht groß – eine der Graskordeln, die Tinu geflochten hatte, um ihre Vorräte zu transportieren, und eine Anzahl schöner Kiesel, die Mana gesammelt hatte, lagen darauf –, aber es musste reichen.

Sie hatten die Hälfte des Weges zu ihrem Wasserloch zurückgelegt, als Noli hörte, wie Ko vor Schmerz aufschrie. Sie wandte sich um und sah, dass er von einem Fuß auf den anderen hüpfte, ohne dabei sein Bündel Weißstängel fallen zu lassen.

»Aua!«, rief er, konnte die Tränen aber gerade noch unterdrücken. »Heiß. Fels heiß.«

Sie kamen, um nachzuschauen, und erkannten sofort, was geschehen war. Der Felsbrocken glich jenen, die rings um sie in der Wüste niedergegangen waren. Er war hell und wies auf der ganzen Oberfläche kleine Löcher auf. Er hatte ungefähr die Größe eines Männerkopfes.

»Der Berg hat ihn geschleudert«, sagte Suth mit ehrfürchtiger Stimme. »Er hat ihn weit, weit geschleudert. Und er ist noch heiß ... Was machst du, Tinu?«

Tinu hielt ihre Hand kurz über den Felsbrocken und spürte die Hitze. Dann legte sie ihr Bündel Weißstängel ab, ging vor einem Busch in der Nähe in die Knie und griff hinein. Sie drehte sich um und zeigte Suth eine Hand voll trockener Gräser.

»Ich versuche ... Feuer machen?«, murmelte sie.

Selbst nach allem, was sie gemeinsam durchgemacht hatten, und obwohl sie einander vertrauten, klang sie noch immer ein wenig ängstlich, so als könnte Suth wütend auf sie sein.

»Das ist gut, Tinu«, ermutigte er sie.

Alle legten ihre Bündel ab und halfen Tinu dabei, mehr Brennmaterial zu sammeln: trockene Gräser und Blätter und abgefallene Zweige. Das leichteste Material drehte sie zu einem lockeren Ball und häufte den Rest sorgfältig zu einem Haufen auf, der an einer Seite eine Vertiefung aufwies. Mit Hilfe von Stöcken drehte sie den Felsbrocken um, legte den Grasball oben darauf, dann hockte sie sich dicht daneben und pustete vorsichtig.

Dann warteten sie mit angehaltenem Atem. War der Felsbrocken noch heiß genug?

Ein dünner Rauchfaden stieg aus dem Grasball auf. Sofort nahm Tinu ihn mit beiden Händen und pustete vorsichtig zwischen ihren Daumen hindurch. Rauch quoll aus den Ritzen ihrer zusammengelegten Finger. Kurz bevor er zu heiß wurde, um ihn noch halten zu können, ließ sie den qualmenden Ball in die Vertiefung in ihrem Haufen gleiten und pustete. Der Geruch des Feuers stieg ihnen beißend in die Nase.

Dann brannte der kleine Haufen schlagartig lichterloh. Blätter und Zweige zerfielen in den blassen Flammen schnell zu Asche. Während Tinu Feuerung nachlegte, sammelten die anderen alles Brennbare, das sie finden konnten, bis das Feuer schließlich groß genug war, knackte und prasselte. Dann kehrten sie zur Wasserstelle zurück, sammelten beim Gehen Brennmaterial und schichteten unterwegs weitere Haufen auf.

Schließlich holte Suth den Ast, den Tinu schon in die Glut gelegt hatte, schirmte sein brennendes Ende so gut wie er konnte ab und eilte zum ersten Haufen. Als er ihn erreichte, war die Flamme schon erloschen, aber die Spitze glühte noch, also schob er ihn in den Haufen und pustete, bis wieder Flammen emporschlugen. So ging es weiter, bis zum größten

Haufen, den Noli und die Kleinen am Wasserloch aufgeschichtet hatten.

Sie hielten inne, starrten auf das lodernde Feuer, lachten glücklich und freuten sich. Feuer war etwas Großartiges. Feuer gehörte zu den Menschen. Kein Tier hatte Feuer.

»Jetzt singen wir das Lied«, sagte Suth.

Sie sahen ihn zweifelnd an. Sie waren noch Kinder. Keiner von ihnen war bisher alt genug gewesen, um mitzumachen, wenn der Stamm einen neuen Lagerplatz erreicht, Holz für ein neues Feuer aufgeschichtet und entfacht hatte.

Er lächelte sie zuversichtlich an.

»Dies ist eine neue Zeit«, sagte er. »Aber wir sind immer noch Mondfalke.«

Also standen sie vor dem Feuer und sangen, wobei sie im Rhythmus mit den Füßen stampften. Selbst Mana und der kleine Ko kannten die Worte, denn sie hatten sie oft genug gehört:

Ha!
Wir haben Feuer!
Feuer bringen wir zum Lager!
Ha!
Die Frauen öffnen den Feuerbewahrer.
Die Männer rösten das Fleisch.
Der Rauch bringt gute Gerüche.
Dies ist das Lager von Mondfalke.
Dies ist unser Feuer.
Ha! Das tapfere Feuer!

URSAGE

Sol

Naga war sehr schön. Sie war die Tochter von Nar, er gehörte zum Stamm des Warzenschweins.

Ein junger Mann des Webervogels kam daher und sagte: »Naga, ich erwähle dich zu meiner Gefährtin. Erwählst du mich?«

Sie antwortete: »Ich bin noch nicht so weit.«

Naga wurde dick.

Nar sagte zu ihr: »Naga, meine Tochter, in dir wächst ein Kind. Aber du hast keinen Gefährten. Wie kommt das?«

Naga sagte: »Wir lagerten in Odutu, im Schatten des Berges. Als ich schlief, kam jemand zu mir. Es war kein Mensch. Ich sah ihn nicht. Ich hörte ihn nicht. Ich witterte ihn nicht. Ich spürte ihn nicht. Trotzdem war er da. Er nahm mich in sich auf und ich war froh, froh. Ich erwachte und er war verschwunden. Ich sagte zu mir selbst: Dies ist ein Traum.«

Nar sagte: »Die Ersten Wesen leben auf dem Berg über Odutu. Und du bist schön, meine Tochter.«

Zehn Monde und noch zwei weitere trug Naga ihr Kind aus.

In Lusan-wo-die-Ameisen-wohnen wurde es geboren.

Es gehörte keinem Stamm an, denn niemand kannte den Namen seines Vaters.

Als der Junge aus Nagas Bauch kam, schrie er nicht.
Er stand auf und sah sich um.
Er hatte Haare auf seinem Kopf.
Er hatte Zähne in seinem Mund.
Das Blut der Geburt bedeckte ihn noch, als er sprach.
Er sagte: »Ich bin Sol.«

ZWEI

Wo es Wasser gibt, kann es auch Mücken geben, also entfachten sie im Laufe des Nachmittags ein neues Feuer, dicht bei der Stelle, wo Felssturz und Felswand aneinander stießen. Sie brachen Äste vom Garri-Busch ab, die lange brannten und einen bitteren Rauch entwickelten, der die Insekten fern hielt. Bei Einbruch der Nacht drängten sie sich zum Schlafen dicht in der Ecke zusammen.

Noli war erschöpft und schlief fast sofort ein. Dann aber erwachte sie und sah Suth, der mit angezogenen Knien und dem Grabstock auf dem Schoß vor dem Feuer saß.

»Schlaf, Suth«, flüsterte sie. »Dann bist du morgen stark. Kein Tier nähert sich unserem Feuer.«

»Noli, dies ist gut, gut«, antwortete er, und seine Stimme klang glücklich und zuversichtlich.

»Schlaf, Suth«, wiederholte sie.

Er grunzte, warf noch ein paar Äste auf das Feuer und legte sich hin.

Noli schlief nicht gleich wieder ein. Sie lag da und blickte die Felswand hinauf. Die untere Hälfte lag in tiefem Schatten, die obere Hälfte wurde vom blassen Licht des Mondes erhellt.

Über den Rand hinweg bewegten sich die Sterne langsam westwärts.

Sie hatte über Suth nachgedacht. Sie begriff, was er fühlte. Das seltsame Tal oben auf dem Berg, wo sie die letzten neun Monde mit dem Stamm des Affen zusammengelebt hatten, hatte er gehasst. Nicht nur, weil sie dort Gefangene gewesen waren – auch deshalb, weil sie immer wieder am gleichen Ort erwacht und jeden Morgen zum Trinken hinab in den Wald und zum See gegangen waren, Tag für Tag dieselben Hänge abgegrast und abends wieder am See getrunken hatten, jedes Mal um dasselbe, niemals erlöschende Feuer gesessen hatten, um zu essen, und sich allnächtlich zum Schlafen in dieselbe stinkende Höhle hatten begeben müssen. Suth hatte sich nach dem Leben gesehnt, an das er gewöhnt war, dem immer neuen Aufbruch des Stammes zum nächsten Guten Jagdgrund, um dort zu jagen und zu sammeln.

Doch es gab den Stamm nicht mehr. Noli hatte gesehen, wie viele seiner Mitglieder getötet worden waren, als die Fremden sie aus heiterem Himmel angegriffen und aus ihren alten Guten Jagdgründen vertrieben hatten. Ihr Anführer, Bal, hatte alle Überlebenden mit auf die Suche nach neuen Guten Jagdgründen jenseits der Wüste genommen, aber Suth und Noli waren umgekehrt, um Tinu und die Kleinen zu retten, die Bal zurückgelassen hatte. Vielleicht hatte Bals Schar die Schlucht gefunden und war noch am Leben. Wenn sie aber eine andere Richtung als diejenige eingeschlagen hatten, die Mondfalke Noli gewiesen hatte, dann waren sie vielleicht nie auf Wasser gestoßen und in der Wüste verdurstet.

Wenn das der Fall war, dann waren diese sechs Kinder, die sich am Feuer zusammendrängten, die letzten Überlebenden des Stammes. Doch obwohl ihre Zahl nur so klein war, hatten sie gemeinsam schwere Zeiten und Gefahren durchgestanden, hatten Wasser und Nahrung gefunden und ihr Feuer entfacht, genau wie damals in den alten Guten Jagdgründen. Das reichte Suth.

Doch Noli reichte es nicht.

Mondfalke war fort. Mondfalke würde nicht wieder zu ihr zurückkommen. Sie fühlte sich wie ausgehöhlt.

Nein, es war noch schlimmer. Sie hatte das Gefühl, als hätte ihr Körper früher zwei Nolis beherbergt. Die Noli des Tages hatte den Stamm begleitet und Nahrung gesammelt, hatte bei ihren Freunden gegessen, geschwatzt und gespielt und sich am Ende des Tages schlafen gelegt. Dann war die Noli der Nacht erwacht und Mondfalke war in ihren Träumen zu ihr gekommen.

Solange sie zurückdenken konnte, hatte sie diese Träume gehabt, in denen ihr Geist von einem unfassbaren, gewaltigen Etwas ausgefüllt worden war. Sie hatte Angst gehabt, sich aber zugleich getröstet gefühlt. Für eine lange Zeit war das alles gewesen. Dann aber hatte die Noli des Tages Gesprächsfetzen aufgeschnappt, als sich die Erwachsenen über Traum-Dinge unterhalten hatten, und die Noli der Nacht hatte das Etwas erkannt und gespürt, das goldene Auge, die weichen Federn, den scharfen Schnabel – Mondfalke.

Zehn und zehn und mehr Monde vergingen, und die Träume blieben dieselben, bis ihr Mondfalke in der letzten Regenzeit die furchtbaren Dinge gezeigt hatte, die dem Stamm widerfahren sollten, und Noli war schreiend aufgewacht. Als sie den Erwachsenen von ihrem Traum erzählt hatte, hatte ihr niemand Glauben geschenkt.

Doch es war eingetreten. Die blutrünstigen Fremden waren gekommen.

Seitdem hatte sich Mondfalke sechsmal gezeigt oder zu ihr gesprochen. Dreimal, um etwas zu erzählen, dreimal, um sie zu warnen. Ohne diese Hilfe und diese Warnungen wären sie, Suth und die anderen schon lange tot. Dank Mondfalke gab es den Stamm noch, hier vor dem Feuer in der Schlucht.

Doch Mondfalke war fort. Konnte es einen Stamm des Mondfalken ohne Mondfalke überhaupt geben?

Noli schlief ein. Sie erwachte und sah, dass der Mond genau über der Schlucht stand. Sie schlief und erwachte wieder und der Mond war verschwunden. Jedes Mal, wenn sie erwachte, drehten sich ihre Gedanken um dasselbe Thema.

Irgendwann gegen Morgen, als sie wach dalag und wieder darüber nachdachte, hörte sie ein merkwürdiges Geräusch. Eine Stimme? Nicht ganz. Es schien aus dem Felssturz zu kommen, neben dem sie lagen.

In der Schlucht herrschte fast vollkommene Stille. Die lärmenden Vögel schliefen noch. Noli konnte hören, wie das Wasser durch die Spalten im Boden der Schlucht sickerte, einen Arm tief unter ihr.

Ja, da war es wieder, eine Art von Wimmern.

»Wer ist da?«, rief sie.

Die Stimme antwortete, aber sie wurde von Suths fragendem Grunzen übertönt.

»Irgendetwas liegt unter diesen Felsbrocken«, erklärte Noli. »Hör doch, Suth.«

Wieder rief sie und wieder antwortete jemand.

Nun war auch Tinu wach, aber die Kleinen schliefen noch. Sie horchten. Das Geräusch war einige Male hintereinander zu hören. Es waren keine Worte, aber es hörte sich trotzdem nach Mensch an und es schien ihren Rufen zu antworten. Suth löste einen Felsbrocken aus dem Haufen, musste aber beiseite springen, denn er hatte eine ganze Reihe weiterer Steine gehalten, die plötzlich hinabpolterten.

»Das ist gefährlich«, sagte er. »Wenn es Tag ist, sehen wir weiter.«

Nachdem sie sich wieder hingelegt hatten, hielten die Geräusche noch eine Zeit lang an, dann verstummten sie. Es war früher Vormittag, als Noli das nächste Mal erwachte, und sobald die Kinder sich regten, schossen die Vögel herbei, um kreischend zu schimpfen, und übertönten alle leiseren Geräusche.

Noli sah, dass Suth schon beim Loch kniete und Wasser schöpfte, um zu trinken und sein Gesicht zu waschen. Tinu schürte das Feuer. Noli schöpfte Wasser für sich und Otan und schälte ein Stückchen Weißstängel, damit er mit seinen drei Zähnen darauf herumkauen konnte.

Sie blickte auf und sah, dass Suth die Schlucht hinabschaute. Noch immer zeigte seine Miene freudige Erregung, als wüsste er, dass er sich am rechten Ort befand, das Rechte tat, und als freue er sich auf den nächsten Tag.

»Ich esse. Dann jage ich«, sagte er. »Ich suche auch nach einem Feuerbewahrer.«

»Feuerbewahrer ist schwierig, Suth«, sagte Noli.

»Ich versuche«, sagte er und zuckte zuversichtlich mit den Schultern.

»Ich höre jetzt keine Geräusche«, sagte sie und nickte in Richtung des Felssturzes.

»Ich glaube, es ist Tier«, sagte er. »Die Felsbrocken fallen. Sie fangen es. Jetzt ist es tot.«

»Tier ist Nahrung, Suth.«

»Das ist gefährlich, Noli. Ein Brocken fällt, viele fallen. Warte, Ko! Ich komme!«

Ko hatte versucht auf eigene Faust ins Wasserloch zu klettern. Suth lief zu ihm, schöpfte aber nicht einfach Wasser und ließ Ko es schlürfen, sondern räumte noch ein paar Steine beiseite, damit Ko selbst an das Wasser kommen konnte. Ko war begeistert.

Noli sah ihnen zu und lächelte über Kos unendlich große Bewunderung für Suth. Er ahmte sogar Suths Art zu gehen und zu stehen nach, um ihm so ähnlich wie möglich zu sein. Das ist Männersache, dachte sie. So sind Söhne mit ihren Vätern und Väter mit ihren Söhnen. Otan wird auch bald so sein.

Sie sah Otan an. Er kaute auf seinem Weißstängel herum, der sich allmählich in eine breiige Masse verwandelte, die er sich beim Versuch, alles auf einmal in den Mund zu stopfen, über das ganze Gesicht schmierte. Mana bemerkte es, kam sofort angelaufen, um ihm das Gesicht abzuwischen, und gab ihm dann den Stängel, den sie gerade für sich selbst geschält hatte.

Noli lächelte noch einmal. Und das ist Frauensache, dachte sie. Mana ist glücklich, wenn sie das tun kann. Wenn sie ihr eigenes Baby hat, ist sie glücklich, glücklich. Aber das ist nicht meine Sache. Otan ist mein Bruder. Ich trage ihn. Ich füttere ihn. Aber das ist nicht meine Sache. Meine Sache ist Mondfalke. Und Mondfalke kommt nicht wieder. Nie mehr, nie mehr, nie mehr.

Um auf andere Gedanken zu kommen, blickte sie hinüber zu Tinu, um zu sehen, was sie machte. Sie war ein Stückchen den Felssturz hinaufgeklettert und hockte dort oben, ein Ohr dicht an eine Spalte gelegt. Sie bewegte sich weiter und horchte wieder. Sie merkte, dass Noli ihr zuschaute.

»Menschen«, murmelte sie. »Felsen fallen ... Fangen Menschen.«

»Suth sagt, es ist Tier«, sagte Noli.

Tinu zögerte eine Weile.

»Ist Mensch«, sagte sie unglücklich.

Wenn sie Suth widersprach, musste sie sich sehr sicher sein, also rief Noli ihn herbei und erzählte ihm, was Tinu gesagt hatte. Er kam und blickte mit gerunzelter Stirn auf den Felssturz.

»Tinu, das ist gefährlich«, sagte er. »Ich nehme einen Felsbrocken, viele fallen. Sieh her.«

Mit Hilfe seines Grabstocks löste er einen Brocken heraus, dem eine kleine Lawine anderer folgte. Einige der Felsbrocken im Haufen waren groß genug, um einen erwachsenen Mann zu erschlagen, wenn sie auf ihn stürzten. Und je mehr Brocken Suth herausholte, desto gefährlicher würde es werden. Das musste Tinu doch einsehen. So etwas verstand sie immer sehr gut. Trotzdem sah sie unglücklich aus.

»Jetzt jage ich«, sagte Suth. »Wer schürt unser Feuer?«

»Tinu macht das«, sagte Noli. »Ich hole noch mehr Weißstängel. Habe Glück, Suth.«

Er hob den Grabstock zum Gruß der Jäger und verschwand.

Noch lange, nachdem Suth außer Sichtweite war, wusste Noli, wo er sich befand, denn Vogelwolken schwärmten aus, hingen über seinem Kopf und schimpften. Sie wartete, bis er weit genug entfernt war, und nahm dann die Kleinen mit, um Weißstängel zu pflücken und nach anderer Nahrung zu suchen.

Als sie zurückkehrten, brannte das Feuer, aber Tinu war verschwunden. Sie riefen und hörten irgendwo oben auf dem Felssturz einen dumpfen Ruf, doch als Noli hinaufgeklettert war, war Tinu verschwunden.

Sie rief wieder und diesmal schien eine Antwort fast direkt unter ihren Füßen zu ertönen. Einen Augenblick später steckte Tinu ihren Kopf aus einer Spalte zwischen zwei großen Felsbrocken.

Sie zwängte sich heraus und keuchte vor Anstrengung. Es dauerte eine Weile, bis sie sprechen konnte, und dann war sie so aufgeregt, dass sie kaum ein Wort herausbrachte.

»Noli! … Ist Mensch! … Ich berühre … Hand!«

Sie fächerte ihre Finger auf, um zu verdeutlichen, was sie meinte, und zeigte dann auf die Spalte, aus der sie gekrochen war. Noli kniete sich an den Rand und blickte hinein. Offenbar war ein riesiger Teil der Felswand herausgebrochen und vom Rest des Erdrutsches eingekeilt worden, ohne dabei in Stücke gegangen zu sein. Dieser Teil hatte die nachfolgenden Felsbrocken aufgefangen und dadurch verhindert, dass sie über seinen Rand gestürzt waren. Deshalb war an seiner Unterseite eine Art Spalt offen geblieben. Die Öffnung war sehr schmal, aber der Spalt schien tief zu sein. Er war sehr tief.

Als Noli sich aufrichtete, erklomm Tinu mit ein paar Weißstängelblättern den Felssturz. Sie schälte eines, klemmte es sich dann zwischen die Zähne und zwängte sich die Spalte hinab. Noli kniete sich hin, um zu sehen, was geschah.

Tief unten war es dunkel, aber Tinu schien anzuhalten und den Arm durch einen Schlitz an einer Seite der Spalte zu stecken, noch bevor sie den Boden erreicht hatte. Ein Grunzen war zu hören, tiefer als die Stimme Tinus, jene Art von Laut, den ein Mensch von sich gibt, wenn etwas Ungewöhnliches geschieht.

Sofort arbeitete Tinu sich wieder herauf und steckte den Kopf ins Freie.

»Ist Mann …«, keucht sie. »Er nimmt …«

Sie war zu aufgeregt, um das Wort »Weißstängel« aussprechen zu können, aber Noli schälte einige frische Stängel für sie, und Tinu brachte sie hinab und steckte sie durch den Schlitz. Der Mann grunzte, als er sie nahm, sagte aber nichts.

Eine Pause entstand. Noli konnte sehen, dass Tinu sich hin

und her bewegte, herumsuchte und vor Anstrengung grunzte. Dann ertönte ein hämmerndes Geräusch. Als sie wieder in den Spalt hinabblickte, sah Noli, dass Tinu einen Halt für ihren Körper gefunden hatte und irgendetwas neben ihrer Hüfte beidhändig mit einem schweren Felsbrocken bearbeitete.

Der Felsen unter Nolis rechter Hand erzitterte.

»Gefahr!«, schrie sie.

Tinu begann nach oben zu klettern. Unter ihr krachte es mehrmals, Felsbrocken stürzten aus der Wand, die sie bearbeitet hatte, und das Loch füllte sich mit Staub, der den Atem nahm. Noli konnte hören, wie sie hustete und japste.

Ein tieferer Husten kam hinzu, denn auch die Kehle des Mannes, den Tinu entdeckt hatte, war voll Staub. Dann tauchte ihr Kopf auf. Sie grinste vor Aufregung. Noli wollte ihr heraushelfen, aber sie schüttelte den Kopf, und sobald sich der Staub ein wenig gelegt hatte, kletterte sie wieder hinab.

Noch war der Staub zu dicht und Noli konnte nicht sehen, was vor sich ging, aber sie hörte beide husten und dann, wie Tinu murmelnd etwas fragte und der Mann mit einem Grunzen antwortete – einer anderen Art von Grunzen. Tinu stellte weitere Fragen, erhielt aber immer noch keine richtige Antwort.

Dann kam Tinu wieder zum Vorschein. Dieses Mal kletterte sie ganz heraus und stand keuchend da. Ihr Haar war voller Staub, ihr ganzer Körper war grau davon.

»Mann verletzt«, sagte sie. »Arm verletzt ... schwer ... Braucht Hilfe ...«

»Spricht er nicht?«, fragte Noli. »Sagt er nicht danke? Ist sein Mund auch verletzt?«

Tinu zuckte mit den Schultern und machte eine verneinende Geste. Sie wusste es nicht, es war ihr egal. Sie sah sich die Öffnung genau an, durch die sie geklettert war, aber sie war selbst für ihren kleinen, mageren Körper kaum groß genug.

»Mann zu groß«, sagte sie.

Sie versuchten gemeinsam die Felsbrocken um den Schlitz herum zu lockern, aber sie schienen alle festgekeilt zu sein und schließlich gaben sie auf.

»Ich suche Suth«, sagte Tinu.

Ohne auf Nolis Zustimmung zu warten, sprang Tinu den Felssturz hinab und verschwand.

Noli kletterte langsamer hinunter und ging zum Feuer, um es zu schüren. Ko lief ihr entgegen.

»Was passiert? Was passiert?«, bettelte er. »Ich komme sehen? Ich, Ko, bitte!«

»Nein, Ko. Suth sagt: ›Kleine klettern nicht auf die Felsen. Sie sind gefährlich, gefährlich.‹«

»Aber was passiert? Was passiert?«, jaulte er.

»Tinu findet einen Mann. Die Felsen fallen auf ihn und er ist gefangen. Suth kommt zu Hilfe.«

Sofort besserte sich Kos Laune.

»Suth kommt!«, rief er aus. »Wann, Noli, wann?«

»Bald, Ko. Er kommt von dort. Pass auf.«

Voller Eifer starrte er in die Richtung, die sie ihm gewiesen hatte. Noli ließ ihn allein und sah nach den beiden anderen. Otan schlief fest und Mana legte nebenan auf einem Felsbrocken sorgfältig ein Muster aus Kieselsteinen. Noli verließ sie und erklomm wieder den Felssturz.

Als sie in den Spalt hinabschaute, hatte sich der Staub weiter gelegt, und sie konnte etwas Dunkles, Rundes erkennen, ganz in der Nähe der Stelle, wo sie und Tinu gehämmert hatten. Es bewegte sich und ein Augapfel blitzte auf. Es war der Kopf des Mannes.

»Warte«, rief sie hinab. »Tinu sucht Suth. Er ist stark. Er hilft.«

Der Mann antwortete mit einem bittenden Heullaut, wortlos, aber voller Schmerz und Verzweiflung.

Sie ging zu einer Stelle, wo sie im Sitzen die Schlucht überblicken und gleichzeitig auf die Kleinen aufpassen konnte. Kurze Zeit später sah sie die üblichen Vogelscharen über irgendetwas kreisen, das sie aufgescheucht hatte. Langsam bewegten sie sich auf sie zu.

»Ko!«, rief sie. »Suth kommt. Sieh die Vögel. Da ist er!«

Sie stand auf und zeigte in die Richtung. Sofort sauste Ko los, um sein Vorbild zu begrüßen. Sie beobachtete seine kurzbeinige, ungeübte, kindliche Art zu laufen, schüttelte ihren Kopf und lächelte. Er war noch nicht weit gekommen, als Suth und Tinu auftauchten, die gemeinsam einen großen Ast schleppten. Natürlich musste es Ko gestattet werden, zu helfen, sobald er sie erreicht hatte, und das verlangsamte ihr Tempo. Doch Noli wartete geduldig, bis sie mit ihrer Trophäe angekommen waren.

Suth trank beim Wasserloch und erklomm schließlich an ihrer Seite den Felssturz. Doch er nahm das Problem nicht sofort in Augenschein, sondern stand da und runzelte die Stirn.

»Tinu findet einen Mann?«, fragte er sie. »Dieser Mann spricht nicht?«

»Das stimmt, Suth«, sagte sie. »Er macht Geräusche. Keine Wörter.«

»Er ist nicht von unserem Stamm?«

»Ich glaube nicht.«

Er hockte sich neben den Spalt und spähte hinein. Der Mann sah ihn und stieß seinen jaulenden Laut aus, aber Suth antwortete nicht. Er sah sich den Spalt, die Felsbrocken rundherum und den gewaltigen, schräg liegenden Felssockel genau an, dann erhob er sich, schüttelte seinen Kopf und legte die Stirn in noch tiefere Falten als sonst.

»Noli, das ist gefährlich, gefährlich«, sagte er. »Kleine Felsbrocken halten große Felsbrocken. Wir bewegen sie, vielleicht fällt alles. Warum tun wir das, Noli? Dieser Mann ist nicht von unserem Stamm.«

Noli wusste, was er meinte. Für Fälle wie diesen gab es Regeln. Wenn Mitglieder des eigenen Stammes in Gefahr waren, dann setzte man selbst das eigene Leben aufs Spiel, um ihnen zu helfen. Gehörten sie anderen Stämmen an, dann hing es davon ab, ob sie selbst schuld an ihrer Lage waren und wie groß das Risiko war. Für jemanden aber, der in keiner Weise zum Stamm gehörte, der nicht sprechen konnte und deshalb vielleicht nicht einmal ein Mensch war – nur eine Art von Tier, das zufällig einem Menschen ähnelte ...

Natürlich wäre Tinu enttäuscht, nach all den Mühen, die sie auf sich genommen hatte, aber wenn Suth entschiede, dass es zu gefährlich wäre, dann würde sie das akzeptieren ...

Aber ...

Aber sie mussten helfen.

Das Gefühl war sehr stark.

Es schien nicht Nolis Innerem zu entspringen, sondern von außen zu kommen. Es umgab sie wie eine Art von Druck.

Sie legte ihre Finger auf Suths Arm. »Suth, wir helfen diesem Mann«, sagte sie. »Ich, Noli, bitte.«

Ihre eigene Stimme klang fremd in ihren Ohren. Suth musterte sie eine Weile, dann nickte er. Seine Miene hellte sich auf. »Gut«, sagte er. »Zuerst vergrößere ich den Eingang.«

Indem er seinen Grabstock als Brechstange benutzte, mühte sich Suth mit den Felsbrocken ab, die sich um die

Öffnung herum befanden. Sobald sich einer ein wenig bewegte, trat er zurück und wartete. Nichts geschah.

»Noli, du gehst zum großen Felsen«, sagte er. »Lege deine Hand darauf. Gut. Du fühlst, er bewegt sich, du schreist. Tinu, du kletterst hinab. Dieser Mann soll zurückgehen, wo er war. Vielleicht fallen Felsbrocken.«

Tinu nickte und schlängelte sich hinab in die Spalte. Sie hörten ihre Stimme und widersprechende Grunzlaute, schließlich aber konnte sie sich dem Mann irgendwie verständlich machen und kam zurück.

Wieder stemmte Suth einen Felsbrocken heraus, indem er den Stock darunter schob und sich mit seinem ganzen Gewicht darauf hängte. Noli blieb am Platz, eine Hand locker auf den riesigen Felssockel gelegt, und harrte gespannt jeder noch so leichten Bewegung. Tinu kniete beim Felsbrocken, den Suth herauszustemmen versuchte, und hielt einen kleineren Brocken bereit. Sobald sich ein Spalt öffnete, zwängte sie ihn hinein, damit Suth einen neuen Halt für seinen Grabstock finden konnte.

Ein Felsbrocken lockerte sich. Suth gab ihm einen Stoß, trat zurück und blickte in Nolis Richtung.

»Ich spüre nichts«, sagte sie.

Suth stemmte einen weiteren Felsbrocken heraus und machte sich dann an den dritten. Als er sich über seinen Grabstock hängte, zitterte der Felssockel unter Nolis Hand.

»Er wankt!«, rief sie.

Alle drei brachten sich in Sicherheit. Noch während sie davonkletterten, ertönte ein knirschendes Geräusch, gefolgt von Krachen und Klappern. Staub wölkte aus dem Spalt. Weiter oben lösten sich einige Felsbrocken und polterten hinab. Sie warteten mit angehaltenem Atem. Als alles wieder ruhig zu sein schien, krochen sie zurück zum Spalt.

Er war jetzt viel größer. Etliche Brocken mussten hineingestürzt sein. Suth kniete sich hin, rief hinab und die Stimme des Mannes antwortete.

Sie warteten.

»Warum kommt er nicht?«, fragte Suth.

»Arm verletzt … gebrochen …«, sagte Tinu. »Suth … wir helfen …?«

Suth kletterte hinab und Tinu folgte ihm. Noli blieb bei der Öffnung des Spaltes und hielt die Hand weiterhin auf den Sockel. Sie war bereit zu schreien, sobald er sich rührte. Unten war es nun heller und sie konnte den Kopf des Mannes deutlich erkennen. Suth sprach ihn an und kletterte unter ihn. Nachdem er es an verschiedenen Stellen probiert hatte, fand er einen Halt für seinen Grabstock und klemmte ihn fest, so dass er sich darauf stellen und dem Mann zusammen mit Tinu heraushelfen konnte.

Sie arbeiteten sich langsam hinauf. Noli konnte erkennen, dass der linke Arm des Mannes schwer gebrochen war, und Tinu gab sich größte Mühe, ihn abzustützen, damit er seinen rechten Arm zum Klettern benutzen konnte. Ein- oder zweimal schrie er vor Schmerz auf. Suth war die meiste Zeit über nicht zu sehen, weil er versuchte ihn von unten zu stützen.

Endlich konnte Noli den Arm ausstrecken und dabei helfen, den Mann ins Freie zu ziehen, doch als sie versuchte ihm auf die Füße zu helfen, konnte er nicht stehen. Zusätzlich zum gebrochenen Arm hatte er eine schrecklich anzusehende Schürfwunde an der Rückseite seines rechten Beines.

Suth und Tinu kletterten aus dem Spalt und rangen vor Anstrengung nach Luft. Sie ruhten sich eine Weile aus, dann halfen alle drei gemeinsam dem Mann hinunter zu ihrem Feuer.

Sie brachten ihm Wasser in ihren hohlen Händen, und er leckte es gierig auf, während Mana Weißstängel für ihn schälte und ihm Stück für Stück in den Mund schob, als wäre er ein Baby.

Die ganze Zeit über verlor er kein Wort des Dankes, obgleich er jedes Mal, wenn sie etwas für ihn taten, zwei leise Grunzlaute zum Zeichen dafür ausstieß, dass er es annahm.

Die Mondfalken musterten ihn neugierig. Er sah anders aus als sie, anders als jeder Mensch, dem sie bisher begegnet waren. Er war jung, aber ein Mann. Buschiges Gesichtshaar zog sich bis zum Kiefer hinab und weiter um den Mund und er hatte eine tiefe Stimme. Doch er hatte keine Männernarben. Alle Männer, die sie kannten, hatten zwei geschwungene Narben auf jeder Wange, vom Anführer des Stammes sorgfältig als Zeichen dafür ins Fleisch geschnitten, dass sie von nun an keine Jungen mehr waren.

Dieser Mann war nicht viel größer als Suth, und seine Arm- und Beinknochen waren nur unwesentlich stärker als diejenigen Nolis. Seine Haut war tiefbraun und nicht so dunkel wie die des Stammes. Auch sein Gesicht war anders als das ihre, lang und schmal, mit gebogener Nase, aufgewölbten Lippen und vorstehenden Zähnen.

»Dieser Mann ist kein Mensch«, murmelte Suth.

»Sagst du, er ist Tier?«, fragte Noli.

»Ich weiß nicht. Menschen sprechen. Sein Mund ist nicht verletzt, aber er spricht nicht. Ich spreche. Er hört das Geräusch. Er hört nicht die Wörter. Er versteht das Ding nicht, das ich sage. Er ist kein Mensch.«

Ko war das rätselhaft und er legte die Stirn in Falten.

»Ist er Tier, Suth?«, fragte er. »Essen wir ihn?«

Suth lächelte und schüttelte als Antwort seinen Kopf. Doch auch ihm war es ein Rätsel.

»Wir essen ihn nicht, Ko«, sagte er. »Aber er ist kein Mensch.«

Als er mit Essen und Trinken fertig war, saß der Mann eine Weile da, kümmerte sich um seinen gebrochenen Arm und stöhnte leise. Dann hob er seinen Kopf und blickte die Schlucht hinab.

Ihm schien irgendein Gedanke zu kommen. Mühsam robbte er sich herum und drehte langsam seinen Kopf, als wisse er, was er sehen würde, und könnte den Anblick nicht ertragen.

Er starrte auf den Felssturz. Sein Mund öffnete sich und seine Kiefer mahlten, aber kein Laut drang heraus. Seine Gesichtsmuskeln waren hart und knorrig wie Baumwurzeln.

Er versuchte auf die Füße zu kommen. Suth legte ihm eine Hand auf die Schulter, um ihn zum Sitzenbleiben zu bewegen, aber der Mann benutzte seinen Arm einfach dazu, um sich daran hochzuziehen. Er humpelte zum Felssturz und begann, mit seiner gesunden Hand an den Felsbrocken herumzureißen.

»Nein. Gefährlich«, sagte Suth und versuchte ihn zurückzuziehen. Der Mann stieß ihn von sich, doch er kam ins Stolpern und fiel.

Er versuchte nicht aufzustehen. Er lag einfach mit dem Gesicht auf der Erde und jaulte. Es war ein schrecklicher Laut, der in Wellen an- und abschwoll. Noli kam ein Gedanke, so plötzlich und klar, als hätte Mondfalke ihn ihr auf die alte Art eingegeben. Nur dass dieser Gedanke nicht aus Worten bestand. Es war ein wortloses Wissen, eine Ahnung.

»Sein Stamm liegt unter dem Felssockel«, sagte sie. »Alle sind tot. Er ist allein.«

Der Mann holte Luft und jaulte noch einmal. Der Laut hallte wider von den Wänden der Schlucht.

›Allein‹, wollte er sagen.

›Allein‹, jaulten die Echos. ›Allein, allein, allein.‹

URSAGE

Rakaka

Rakaka war ein Erddämon. Seine Zähne waren Hammersteine und seine Klauen waren Klingen.

Er lebte unter der Erde. Er horchte auf die Stimmen der Menschen, wenn sie zu ihren Guten Jagdgründen zogen. Er witterte ihre Gerüche. Unter der Erde folgte er ihnen zu ihren Lagerplätzen.

Wenn ein Kind geboren wurde, witterte er das Blut der Geburt. Er witterte die Muttermilch, wenn das Baby gestillt wurde.

Wenn alle schliefen, kam er hervor. Er betrat das Lager. Er nahm die Gestalt des Babys an und legte sich neben die Mutter. Er schrie mit der Stimme des Babys.

Die Mutter erwachte. Sie gab ihm die Brust. Rakaka trank alle Milch, die sie hatte. Nichts blieb für das echte Baby übrig.

Rakaka tat das Nacht für Nacht. Für das echte Baby war keine Milch übrig. Es starb.

Naga stillte ihr Baby, Sol. Rakaka witterte den Geruch der Muttermilch. Er kam hervor und schlich sich ins Lager. Er nahm Sols Gestalt an und legte sich neben Naga. Er schrie mit der Stimme von Sol.

Naga erwachte. Sie sagte: »Mein Baby hat Hunger. Ich stille es.«

Auch Sol erwachte. Er sagte: »Wer schreit mit meiner Stimme? Wer trinkt an den Brüsten meiner Mutter?«

Er packte Rakaka beim Arm und zerrte ihn fort.

Rakaka schlug mit der Faust nach Sol. Es war nicht seine echte Faust. Es war die Faust eines Babys.

Sol packte Rakaka beim Handgelenk. Er zog die Faust an seinen Mund. Er biss sie mit seinen Zähnen. Er biss den ersten Finger über dem Knöchel durch und spuckte ihn aus.

Rakaka heulte auf. Der ganze Stamm erwachte. Im Licht des Feuers sahen sie zwei Babys, zwei Sols. Die Babys kämpften mit Schlägen und Schreien gegeneinander, wie erwachsene Männer kämpfen.

Naga sagte: »Welcher dieser beiden ist mein eigenes Kind, mein Kind, Sol?«

Beide antworteten: »Ich bin dein eigenes Kind, dein Kind, Sol.«

Das erfüllte Sol mit großer Wut. Er war von der Wut eines Helden erfüllt. Er versetzte Rakaka einen so heftigen Schlag, dass der Dämon die Gestalt, die er angenommen hatte, nicht bewahren konnte. Er nahm seine eigentliche Gestalt an.

Im Licht des Feuers sahen ihn alle.

Sie sahen seine Schnauze, mit der er die Gerüche der Menschen witterte. Sie sahen seine Hammerzähne, mit denen er Felsbrocken zermalmte. Sie sahen seine klingengleichen Klauen, mit denen er sich durch die Erde wühlte.

Sie sagten: »Es ist Rakaka, der Dämon.«

Sol war noch immer von seiner Wut erfüllt. Er schnappte sich einen großen Felsbrocken und schleuderte ihn. Er schleuderte ihn mit der Kraft seiner Wut.

Der Felsbrocken traf Rakaka auf die Brust und riss ihn davon.

Er riss ihn einen ganzen Tagesmarsch weit davon und er floh in seine Höhlen unter der Erde. Weit und weit floh er, bis unter die Wüste, wo keine Menschen leben.

Die Wut verließ Sol. Er sah sich um. Er sah den Finger von Rakaka, den er abgebissen hatte. Auch der Finger hatte wieder seine eigentliche Gestalt angenommen, die Gestalt einer Klinge.

Sol hob sie auf.

Er sagte: »Das ist meine Klinge. Ihr Name ist Ban-ban. Keine Klinge ist schärfer. Sie gehört mir.«

Was den Felsbrocken betrifft, den Sol geschleudert hatte, so liegt er auf der Ragala-Niederung. Kein Felsbrocken auf der Ragala-Niederung gleicht ihm. Die Abdrücke von Sols Händen, den Händen eines Kindes, sind deutlich darauf zu erkennen.

DREI

Noli schlief schlecht. Der Mann, den sie gerettet hatten, stöhnte weiterhin vor Schmerzen, und von Zeit zu Zeit kroch er zum Felssturz und schrie. Immer noch ohne Worte, aber auch ohne Worte war klar, was er sagte: »Ist irgendjemand da?«

Dann wartete er und lauschte der Stille, kam zurück und legte sich voller Trauer wieder hin.

Sein Stamm liegt unter den Felsbrocken, dachte Noli. Es war Nacht. Sie schliefen dort. Die Felsbrocken stürzten auf sie.

Sie konnte nicht mit Sicherheit sagen, ob der Gedanke ihr eigener war oder ob er auf irgendeine Art dem Druck entsprang, der noch immer auf ihren Gedanken lastete.

Als sie schlief, waren ihre Träume zerrissen und ohne Bedeutung, doch sie hatte das Gefühl, als wären es nicht die Träume, die sie eigentlich haben sollte. Es war, als versuchte Mondfalke vergeblich, zu ihr zu kommen. Morgens wachte sie so müde auf, dass es schien, als habe sie kein Auge zugetan.

Der Arm des Fremden war furchtbar geschwollen. Er presste ihn an seinen Körper und zuckte bei jeder Berührung zusammen. Doch er ließ es zu, dass Tinu den Arm für ihn badete und die Wunde an seinem Bein sauber leckte, weil er nicht selbst darankam. Er aß und trank ein wenig, saß aber die meiste Zeit über zusammengekauert und mit dem Rücken zum Felssturz am Feuer.

»Tinu«, sagte Suth plötzlich. »Ich erinnere mich. Als ich klein war, brach sich ein Mann vom Stamm des Papageien den Armknochen. Sein Name war Vol. Eine alte Frau vom Stamm des Papageien – ich weiß ihren Namen nicht – legte zwei Stöcke an seinen Arm. Einer war hier. Der andere war hier.«

Suth hob seinen rechten Unterarm und deutete mit der linken Hand zwei gerade Stöcke an, die sich auf jeder Seite vom Ellbogen bis zur Handfläche erstreckten.

»Sie wickelte seinen Arm in Blätter ein«, fuhr er fort. »Sie band alles mit der Rinde des Tingin-Baumes zusammen. Ein Mond verging, dann noch ein Mond. Der Knochen wuchs zusammen. Er war krumm, aber er war stark. Wie machen wir das? Ich sehe keine Tingin-Bäume an diesem Ort.«

»Ich denke …«, murmelte Tinu.

Mit gerunzelter Stirn saß sie da, dann klaubte sie einige weggeworfene Streifen Weißstängelrinde vom Boden auf, erprobte ihre Festigkeit und begann drei davon zusammenzuflechten.

Suth sah ihr eine Weile zu, dann sagte er: »Zuerst jage ich. Dann mache ich einen Feuerbewahrer.«

Er packte seinen Grabstock und zog los. Noli fütterte Otan zu Ende. Dann nahm sie Ko und Mana mit auf Nahrungssuche und ließ Tinu zurück, damit sie sich um das Feuer, den Fremden und Otan kümmere.

Diesmal schlug Noli so viele Flügelnüsse herunter, wie sie zu dritt tragen konnten, und kehrte danach, bevor sie noch einmal aufbrachen, um Weißstängel zu pflücken, zum Lager zurück. Otan war wach und bewegte sich unbeholfen auf das Wasserloch zu, und der Fremde kümmerte sich um das erlöschende Feuer, während Tinu alles um sich herum vergessen hatte, mit gerunzelter Stirn dasaß und auf die zerrissenen Weißstängelschnüre starrte.

»Tinu, was machst du?«, rief Noli. »Das Feuer erlischt. Otan läuft weg. Das ist schlecht, schlecht!«

Tinu sah auf wie jemand, der aus einem Traum erwacht, und fegte die Weißstängelfasern mit einer enttäuschten Bewegung von ihrem Schoß.

»Dieses Zeug ... nicht gut ...«, murmelte sie. »Noli ... du sagst ... was?«

Es war sinnlos, sie noch einmal anzuschreien. Tinu war immer so, wenn irgendetwas ihre ganze Aufmerksamkeit beanspruchte, also ließ Noli Mana zurück, damit sie ein Auge auf Otan habe, und nahm Ko mit zum Weißstängel.

Als sie zurückkehrten, war Suth schon wieder da. Er hatte kein Wild erbeutet, aber zwei Hand voll fetter, gelber Maden aus einem vermoderten Baumstumpf gegraben. Also rösteten sie diese, steckten die Flügelnüsse in die Glut und aßen voller Zufriedenheit. Der Fremde aß abwesend und bemerkte gar nicht, was sie ihm gaben.

Als sie fertig waren, setzte sich Suth neben den Ast, den er und Tinu herbeigeschleppt hatten, um einen Feuerbewahrer zu machen. Dazu brauchte er ein Stück, das ungefähr die Länge seines Unterarms und die Dicke seines Beins hatte. Doch er hatte kaum damit begonnen, den Ast mit der Klinge durchzusäbeln, die ihm einer der Männer im Tal gegeben hatte, als er einen Schreckensschrei ausstieß.

»Das ist schlecht, schlecht«, sagte er. »Ich zerbreche meine Klinge.« Er hielt sie hoch und zeigte ihnen, dass ein Großteil der Schneide abgesprungen war.

Kopfschüttelnd erhob er sich und begann den Boden der Schlucht nach Steinen abzusuchen, die die passende Größe für eine neue Klinge hatten.

Alle Mondfalken begriffen sein Problem. Steinbearbeitung war eine schwierige Angelegenheit. Üblicherweise begann ein Vater sie seinem Sohn beizubringen, sobald dessen Hände kräftig genug dafür waren. Doch selbst dann brauchte man sehr viel Erfahrung, um zu wissen, welche Steine infrage kamen und wo und wie man sie schlagen musste, damit Splitter absprangen und eine scharfe Kante hinterließen. Mancher Mann lernte es nie und bisher hatte Suth bei seinen Versuchen kein Glück gehabt.

Er kam zurück und drosch auf einige Steine ein, doch nichts geschah. Er hinterließ kaum eine Spur.

»Diese Steine sind zu hart«, sagte er entmutigt und machte sich daran, den Ast weiter mit seiner stumpfen Klinge durchzusäbeln. Doch es war hoffnungslos. Noch bevor er fertig wäre, würde sein Feuerbewahrer zersplittern und unbrauchbar werden. Er stand wieder auf und begann nach anderen Arten von Steinen zu suchen.

Es war Noli nicht aufgefallen, dass der Fremde zugeschaut hatte, nun aber kam er mühsam auf die Füße und humpelte hinab zu Suth, wobei er den gebrochenen Arm mit dem gesunden hielt.

Neugierig sah Noli zu. Suth hatte etliche Steine, mit denen er es versuchen wollte, auf einen Haufen gelegt. Der Fremde sah sie an, stieß sie mit dem Fuß beiseite und schüttelte verächtlich seinen Kopf.

Suth sagte etwas. Er war zu weit entfernt und Noli konnte ihn nicht hören, aber er sah überrascht und ärgerlich aus. Der Fremde humpelte ein paar Schritte die Schlucht hinauf, hielt inne und forderte Suth mit einer Kopfbewegung auf, ihm zu folgen.

»Noli, ich gehe mit diesem Mann«, rief Suth.

Sie winkte, um ihm zu zeigen, dass sie verstanden hatte. Er holte den Mann ein und legte seinen Arm um ihn, damit er nicht ins Stolpern kam. Langsam verschwanden sie hinter dem Felssturz.

»Noli«, sagte Tinu bittend, »ich gehe auch?«

Noli nickte und Tinu eilte davon.

Sie blieben länger fort, als sie erwartet hatte. Als sie zurückkehrten, trug Suth einen kleinen Haufen Steine und Tinu eine ganze Garbe verschiedener Stängel- und Baumrinden, die sie neben das Feuer legte und zu sortieren begann. Inzwischen saß der Fremde neben Suth, zeigte ihm, wie er den Stein, den er sich ausgesucht hatte, halten und wo und wie er ihn schlagen musste. Es dauerte lange und Suth machte viele Fehler. Als er es schließlich geschafft hatte, war die Hand, mit der er den Kernstein festgehalten hatte, aufgeschrammt und blutig, aber er besaß eine Art Klinge. Ein geübter Feuersteinschmied hätte sie wahrscheinlich als misslungen betrachtet und weggeworfen, aber Suth hielt sie triumphierend in die Höhe.

»Das ist die erste Klinge, die ich mache«, sagte er. »Ich, Suth, mache diese Klinge.«

»Ich, Ko, lobe dich«, sagte Ko weihevoll.

Suth legte seine Hand auf die Schulter des Fremden. Es war eine brüderliche Geste.

»Ich, Suth, danke«, sagte er.

Zum ersten Mal, seit sie ihn gerettet hatten, lächelte der Fremde. Vorsichtig legte er den gebrochenen Arm in seinen Schoß und erwiderte die Geste. Dabei stieß er einen weichen, bellenden Laut aus, den er an der Oberseite seines Gaumens hervorbrachte, und wiederholte ihn dreimal.

»Dieser Mann ist Mensch«, verkündete Suth. »Wir nehmen ihn in unseren Stamm auf. Er ist Mondfalke. Sein Name ist …«

Er sah Noli an. Namen waren wichtig. In den Stämmen wurden sie immer von denjenigen ausgewählt, zu denen die Ersten Wesen kamen.

Noli zögerte nicht. Der Name schien schon da zu sein, auf ihrer Zunge zu liegen, bereit, ausgesprochen zu werden.

»Sein Name ist Tor«, sagte sie.

»Gut«, sagte Suth.

Er zeigte auf die im Kreis stehenden Mondfalken und nannte sie der Reihe nach beim Namen.

»Noli. Otan. Tinu. Ko. Mana. Suth … Tor.«

Tor lächelte und runzelte zugleich die Stirn. Er sah erfreut, doch verwirrt aus, als begriffe er einerseits, was gemeint war, andererseits aber nicht. Er tat Noli furchtbar Leid. Noch immer lag ihm schwer auf der Seele, was seinen Leuten widerfahren war, und das war kein Wunder. Trotzdem hatte er sich sehr bemüht, Suth dabei zu helfen, eine Klinge zu machen, obwohl es schmerzhaft für ihn gewesen sein musste, so weit zu humpeln. Und er hatte ein sehr schönes Lächeln.

In dieser Nacht schlief Noli wieder schlecht. Wieder hatte sie das Gefühl, als drücke etwas auf die Ränder ihres Geistes, und in ihren Träumen hörte sie dünne, hohe Stimmen, die in der Wüste über der Schlucht heulten, die genauso heulten, wie Tor geheult hatte, ohne Worte.

Sie erwachte und sah die Sterne und die vom Mond beschienenen Felswände, aber die Stimmen waren nicht mehr zu hören.

Es sind Traumstimmen, dachte sie. Geisterstimmen, die Stimmen von Tors Leuten, die tot unter den Felsbrocken liegen.

Morgens erzählte sie es Suth. Er akzeptierte ihre Worte, ohne Fragen zu stellen.

»Wir suchen ein neues Lager«, sagte er.

Jeder wusste, dass es nicht weise war, so dicht bei einem Ort des Todes zu lagern. Dort konnten sich Dämonen aufhalten.

Sie suchten sich weiter unten in der Schlucht eine neue Stelle und verlegten das Feuer in Etappen, genau wie beim ersten Mal. Tor schien erleichtert über diesen Umzug zu sein, wenngleich er an den folgenden drei Abenden stets allein zum Felssturz zurückhumpelte, um dort eine Weile zu trauern.

Sobald sie umgezogen waren, kehrte Suth zum Felssturz zurück, um weiter am Ast zu arbeiten und ihn auf die Länge zurechtzuschneiden, die er brauchte. Dann holte er ihn ins neue Lager, um ihn mit Feuer auszuhöhlen. Das war ein langsamer Vorgang. Tinu hatte inzwischen ein großes, zähes Blatt gefunden, dessen Fasern etwas haltbarer waren als die des Weißstängels. Sie waren zwar nicht so stabil, wie sie es gern gehabt hätte, als sie sie zu Schnüren geflochten hatte, aber sie würden ausreichen.

Sie begann mit dem Versuch Tors Arm zu verbinden. Er schien zu begreifen, was sie tat, und half ihr, so gut er konnte.

Bei Einbruch der Nacht hatte sie ein klobiges Bündel zustande gebracht, das den Arm fest umschloss und von einer Schlinge aus geflochtenen Fasern gehalten wurde, die sie um Tors Hals gelegt hatte. Offenbar war es eine große Hilfe. Tor klopfte immer wieder darauf, zeigte es allen und dankte Tinu mit den entsprechenden Grunzlauten.

Sie schien überhaupt keine Angst vor ihm zu haben. Nie zuvor hatte Noli gesehen, dass Tinu sich einem Erwachsenen gegenüber so verhalten hatte. Üblicherweise ließ sie den Kopf hängen und starrte auf die Erde, doch Tor blickte sie direkt in die Augen.

Es dauerte noch zwei Tage, bis der Feuerbewahrer fertig war. Die drei älteren Mondfalken arbeiteten abwechselnd daran, höhlten ihn langsam mit Glutstückchen aus, kühlten das verkohlte Holz mit Wasser und weichten es ein, griffen dann hinein und schabten es mit Hilfe eines der Splitter von Suths Klinge immer wieder ab.

Ein Feuerbewahrer hielt selten länger als ein oder zwei Monde, dann war sein Holz durchgebrannt, also hatten sie alle gesehen, wie neue hergestellt worden waren, und wussten, wie es vor sich ging. Tor aber verstand offensichtlich nicht, was sie vorhatten, und sah fasziniert zu.

Doch er wusste Dinge, die die Mondfalken nicht wussten. Am zweiten Tag führte er sie die Schlucht hinauf zu einer Stelle, wo das Wasser bis an die Oberfläche drang und alle so viel auflecken konnten, wie sie wollten. Dann hielt er eine Überraschung für sie bereit.

Der Grund und die Ufer des Teiches bestanden aus flachen, glatten Felsbrocken. Tor zeigte ihnen, dass sie, wenn sie einen anhoben, darunter verborgene Wassertierchen finden konnten. Sie waren so lang wie der Finger eines Kindes, blassgrau, hatten Fühler und viele Beine. Der Trick bestand darin, den Felsbrocken plötzlich anzuheben und das Geschöpf zu packen, bevor es in einem Spalt verschwand. Dann konnten sie es zerkauen und die Schale ausspucken.

Am vierten Morgen tränkte Tinu die Außenseite des Feuerbewahrers gründlich mit Wasser und bestrich die Innenseite mit einem dicken Brei, der aus feuchter Asche bestand. Mit Hilfe von Stöcken legte sie dann Glutstückchen auf seinen Boden und füllte den verbleibenden Raum mit der Holzkohle, die sie am Abend zuvor herausgekratzt hatte. Oben verschloss sie ihn mit einem flachen, rundlichen Stein, der fast passgenau war, und versiegelte die Lücken mit dem Brei, wobei sie ein kleines Luftloch ließ. Schließlich legte sie den Feuerbewahrer in das Netz, das sie geflochten hatte. Er konnte dann mit Hilfe einer Schlinge über der Schulter getragen werden.

Tor hatte inzwischen die Namen der Mondfalken wie auch seinen eigenen gelernt. Wenn Noli »Tor« sagte, blickte er auf. Wenn sie irgendetwas von Suth erzählte, blickte er zu Suth. Noch immer aber sagte er nichts, weder Namen noch Wörter. Stattdessen fanden die Mondfalken heraus, dass seine Bell- und Grunzlaute verschiedene Bedeutungen hatten. Es gab ein scharfes Bellen, das ›Pass auf‹ meinte. Wenn er ein paarmal schnaubte, hieß das, dass er an irgendetwas ein besonderes Interesse hatte. Ein fragender Ruf bedeutete ›Bitte helft mir‹. Und so weiter.

»Das sind keine Wörter«, sagte Suth. »Er sagt nicht: ›Suth, geh zum Flügelnussort. Sieh den weißen Felsen. Dort sonnt sich eine fette Eidechse.‹ Das kann er nicht sagen.«

»Ich kann das sagen«, sagte Ko. »*Ich* bin Mensch. Tor ist nicht Mensch.«

»Tor ist Mensch«, sagte Mana mit Nachdruck.

Sie hatte Tor auf ihre stille Art adoptiert, schälte Weißstängel für ihn, knackte Flügelnüsse und leckte morgens und abends sein Bein ab, damit es sauber blieb, während es heilte.

»Tor ist nicht Mensch«, sagte Ko, der sie offenbar ärgern wollte. »Er hat keine Wörter. Suth sagt das.«

»Tor hat Wörter«, sagte Mana. »Er sagt zu mir: ›Ich danke.‹ Er sagt: ›Komm.‹ Er sagt: ›Was ist das?‹«

Der Anschaulichkeit halber ahmte sie die Laute nach. Sie bekam sie fast richtig hin. Tor blickte belustigt auf.

»Suth sagt, das sind keine Wörter!«, rief Ko. »Suth, sagst du das?«

»Ich sage *Ja*, ich sage *Nein*«, sagte Suth und tat sein Bestes, um einen Streit zu vermeiden. »Ich weiß nicht, ob das Wörter sind. Aber Tor ist Mensch.«

Im weiteren Verlauf des Tages stritten sie sich noch häufiger über diese Frage, kamen aber zu keiner eindeutigen Antwort.

Am fünften Morgen sagte Suth: »Der Feuerbewahrer ist fertig. Heute brechen wir auf. Wir suchen einen neuen Lagerplatz. Tor, kommst du? Bleibst du?«

Tor stieß sein fragendes Grunzen aus. Suth gab sich die größte Mühe, es ihm mit Gesten zu erklären, aber Tor begriff es immer noch nicht.

»Ich zeige ihm«, sagte Mana.

Sie stieß das schnaubende Bellen aus, das ›Komm‹ bedeutete, und führte ihn zum Felssturz. Als sie wieder zurückkamen, schien er begriffen zu haben, was vor sich ging, und war zum Aufbruch bereit.

»Tor sagt seinen Freunden auf Wiedersehen«, erklärte Mana.

Noli war erleichtert. Sie wollte Tor nicht zurücklassen. Sein Bein verheilte allmählich, aber es würde noch lange dauern, bis sein Arm gesund war – wenn das überhaupt je der Fall sein sollte. Bis dahin brauchte er Hilfe, um zu überleben. Er würde sie viel Zeit kosten auf dem Weg, aber sie hatten ihn in den Stamm aufgenommen. Er war Mondfalke. Sie mussten sich um ihn kümmern.

Also bewegten sie sich langsam die Schlucht hinab und suchten unterwegs nach Nahrung. Da und dort lagen frische Felsstürze an der Felswand, die vom Erdbeben ausgelöst worden waren. Tor hielt bei jedem an, rief ängstlich und horchte, doch da keine Antwort zu hören war, humpelte er weiter.

Gegen Mittag war er sehr müde, und sein Arm schmerzte so stark, dass er bei jedem Schritt leise grunzte.

Suth hielt bei einer Baumgruppe an, damit sie im Schatten rasten konnten, aber trotz Hitze, Schmerz und Erschöpfung bestand Tor darauf, weiterzugehen, also entsprachen sie seinem Wunsch. Die Schlucht schlängelte sich im Zickzack weiter und versperrte meist die Sicht. Sie gingen um eine Ecke, dann um eine weitere, und schließlich bot die Landschaft ein anderes Bild.

Die Schlucht wurde breiter und ihr Boden fiel steil ab. Der unterirdische Fluss sprudelte zwischen den Felsbrocken hervor und schäumte den Abhang hinab, bis er als offener Fluss zu ebener Erde weiterströmte.

Oben auf dem Steilhang hielt Tor inne und stieß einen schrillen Schrei aus, ein Laut, den sie noch nicht aus seinem Mund gehört hatten. Er horchte, aber keine Antwort ertönte, nur die Echos und das Kreischen der Vögel, die er aufgescheucht hatte.

»Ich sehe Höhlen«, sagte Suth und zeigte auf die Felswand zur Linken. »Dort, dicht neben den gefallenen Felsbrocken.«

Tor rief noch einmal und ging auf die Höhlen zu. Die anderen folgten, und als sie näher kamen, konnten sie die Spuren der Menschen, die dort bis vor kurzem gelebt hatten, sowohl sehen als auch wittern. Am Eingang der ersten Höhle gab Tor ihnen mit einem Zeichen zu verstehen, dass er allein hineingehen wolle. Sie verstanden ihn. Das war seine Sache, nicht die ihre.

Während sie schweigend warteten, konnte Noli die schwache Gegenwart des Lebens anderer Menschen spüren, unzähliger Leben, die an diesem Ort seit ferner Vergangenheit gelebt worden waren. Ihre Haut begann zu kribbeln. Sie erschauerte.

Nach einer Weile kam Tor mit düsterer Miene wieder zum Vorschein und humpelte zu zwei anderen Höhlen, die ein Stückchen weiter entfernt waren.

»Wir lagern an diesem Ort«, sagte Suth. »Zuerst suchen wir Feuerholz. Noli, kommst du?«

Sie war wie benommen und nahm die Frage nur langsam wahr, so, als käme sie von weit, weit her.

»Ich bleibe«, murmelte sie, und dann war sie allein. Otan, der auf ihrer Hüfte schlief, war ihr nur undeutlich bewusst. Das Gefühl wurde stärker. Noch immer stand sie draußen vor der Höhle im grellen Sonnenlicht, gleichzeitig aber schien sie sich darin zu befinden, eingehüllt in tiefste Dunkelheit, abgesehen vom Mondlicht vor der Höhlenöffnung. In dieser Dunkelheit überkam sie plötzlich Panik, sie fühlte, wie jemand aus dem Schlaf fuhr, hörte einen wilden Schreckensschrei. Andere wachten auf und begannen sich zu bewegen. Der Fels zitterte unter ihren Füßen. Rings um sie herum stiegen neue Schreie in der Dunkelheit auf. Dann erzitterte der Fels heftig und loses Geröll polterte hinab ... Schrecken und Panik rings um sie her, ein Wirrwarr von Menschen, die sich drängelnd in Richtung Höhleneingang kämpften ... und dann das Grollen des explodierenden Berges und Augenblicke später der Donner des größten Felssturzes in der Schlucht ...

Das Gefühl wurde schwächer und sie stand zitternd draußen im Sonnenlicht und atmete die Luft in tiefen, seufzenden Zügen. Otan schlief noch immer fest. Suth und die anderen befanden sich noch in Hörweite. Es war kaum Zeit verstrichen und trotzdem hatte sie diese Dinge gefühlt. Das war sehr seltsam.

»Mana«, rief sie, »komm. Du passt auf Otan auf. Ich helfe Holz zu sammeln.«

Gehorsam trottete Mana zurück und Noli eilte hinter den anderen her.

»Die Erde bebte«, erzählte sie Suth. »Menschen schliefen in der Höhle. Felsbrocken fielen. Sie hatten Angst. Sie flohen.«

»Mondfalke hat dir das gezeigt?«, fragte er.

»Mondfalke kommt nicht wieder«, sagte sie. »Niemand hat mir das gezeigt. Ich sehe es.«

Er starrte sie an, zuckte mit den Schultern und führte sie weiter.

Als sie genug Brennholz beisammenhatten, um ein Feuer in Gang zu bringen, kehrten sie zu den Höhlen zurück. Vor der größten errichtete Tinu eine Feuerstelle und schüttelte Glut aus dem Feuerbewahrer. Inzwischen war sie schwarz geworden, doch als sie trockenes Gras und Zweige darauf legte und pustete, begann sie wieder zu glühen. Rauch kräuselte empor. Im grellen Sonnenlicht waren die Flammen unsichtbar, aber die Zweige zerfielen zu Asche, und die dickeren Äste, die sie auf das Feuer legte, wurden fast sofort schwarz.

Also hatten die Mondfalken wieder ihr Feuer, sangen ihr Lied und richteten das Lager her.

Tor schien nichts von alledem mitbekommen zu haben. Zuerst war er ziellos von Höhle zu Höhle gelaufen, dann war er die Schlucht hinabgehumpelt, hatte einmal gerufen und dann noch einmal, aber die Echos waren die einzige Antwort gewesen. Schließlich kam er zurück und setzte sich zu ihnen in den Schatten der Felswand, wo er die Knie bis unter das Kinn zog, sich hin- und herwiegte und leise stöhnte.

Als die Mondfalken ihr Mittagessen zu sich nahmen, blieb Tor ihnen fern. Also hockte sich Mana nach einer Weile neben ihn und bot ihm ein Stückchen geröstete Eidechse an.

Er sah sie an. Sie hob den Bissen bis an seine Lippen. Er öffnete den Mund und sie schob ihn hinein. Er kaute langsam. Sie fuhr fort, ihn Bissen für Bissen zu füttern. Er aß, schien aber nicht zu bemerken, was er tat.

Im Falle Nolis und Otans war es das genaue Gegenteil. Gierig verschlang Otan alles, was Noli ihm gab, und schenkte nichts anderem Aufmerksamkeit. Noli war mit ihren Gedanken weit fort. Sie dachte noch immer über das nach, was in der Höhle geschehen war.

Das ist wie Mondfalke, dachte sie. Aber es ist nicht Mondfalke. Mondfalke kommt nicht mehr. Wie kann das sein?

Kos Lachanfall riss sie aus ihren Gedanken.

»Sieh, Suth, sieh!«, schrie er und verschluckte sich beinahe an seinem eigenen Witz. »Die Frauen füttern die Männer! Noli füttert Otan. Mana füttert Tor. Tinu, du fütterst Suth!«

Zögernd bot Tinu Suth die geröstete Made an, die sie soeben aus der Glut geholt hatte, und er ließ es zu, dass sie in seinen Mund gesteckt wurde. Alle lachten und Ko rollte hilflos vor Lachen hin und her und japste immer wieder: »Die Frauen füttern die Männer!«, denn es war ein Witz, der so einfach war, dass auch die Kleinen ihn verstanden, und er, Ko, hatte ihn gemacht.

Die Heiterkeit durchdrang selbst Tors Elend und Schmerz, und er sah auf und lächelte, obwohl er den Witz nicht verstanden haben konnte.

URSAGE

Sala-Sala

Sala-Sala war ein Dämon des dunklen Waldes. Woowoo war ein Dämon der Wasserstellen. Sie waren die Brüder von Rakaka, dem Dämon, und alle drei waren gleichzeitig geboren worden. Wie es ihr Brauch war, trafen sie sich im Tal der Toten Bäume.

Sie sagten: »Wo ist Rakaka, unser Bruder? Warum kommt er nicht zu unserem Treffen?«

Sie suchten lange, lange und fanden ihn tief in der Wüste in seinem Versteck, wo kein Mensch sich hinverirrte.

Sie sagten: »Warum versteckst du dich hier, Bruder Rakaka?«

Er sagte: »Ein Held ist unter den Menschen geboren worden. Sein Name ist Sol. Ich kämpfte mit ihm, als er noch ein Baby war. Er biss meinen Finger ab. Er schleuderte einen großen Felsbrocken nach mir. Er riss mich einen ganzen Tagesmarsch weit fort. Ich fürchte mich vor diesem Helden. Darum verstecke ich mich in der Wüste, wo kein Mensch sich hinverirrt.«

Sala-Sala machte sich über ihn lustig und sagte: »Du bist lockere Erde, mein Bruder. Der Wind weht dich dorthin, wo es ihm gefällt. Der Regen spült dich davon. Ich bin ein mächtiger Baum. Der Wind rüttelt mich und ich brülle und singe. Der

Regen peitscht mich. Ich trinke ihn und bin glücklich. Jetzt kümmere ich mich um diesen Helden, diesen Sol. Wenn die Stämme zum Stinkwasser kommen, um dort Wasservögel zu jagen, kümmere ich mich um ihn.«

Also versteckte sich Sala-Sala im Wald neben dem Stinkwasser. Seine Fänge waren Grabstöcke und seine Zähne waren Spieße aus Hartholz. In der Jahreszeit der Wasservögel kamen die Stämme, um zu jagen, und Warzenschwein lagerte dicht beim Wald.

Als alle schliefen, streckte Sala-Sala einen Arm aus und zog die Menschen von Warzenschwein in den Wald. Dort fesselte er sie mit Lianen, so dass sie sich nicht mehr bewegen konnten. Sol schlief neben Naga, seiner Mutter. Sala-Sala sparte sie sich bis zum Schluss auf.

Sol erwachte.

Er spürte, dass seine Mutter verschwunden war.

Er blickte auf und sah eine große Hand, die sie in den Wald schaffte.

Er schlug die Hand mit seinem Faustkeil, Ban-ban. Ban-ban war so scharf, dass er Sala-Salas Ringfinger über dem Knöchel durchtrennte.

Sala-Sala brüllte. Er trat aus dem Wald.

Sol sah seine Arme, die Äste waren, sein Fell, das aus Blättern bestand, seine Zähne, die Spieße aus Hartholz waren. Er sah Sala-Sala, den Dämon.

Sol sagte: »Dämon, wo ist der Stamm meiner Mutter, der Stamm von Warzenschwein?«

Sala-Sala lachte.

Er sagte: »Er gehört mir, Sol.«

Das erfüllte Sol mit großer Wut. Er war mit der Wut eines Helden erfüllt. Er riss einen Fangana-Baum aus. Wurzeln, Stamm und Zweige riss er aus der Erde.

Er schlug Sala-Sala mit dem Baum. Sol schlug ihn auf eine Seite seines Kiefers.

Sala-Sala stürzte zu Boden. Seine Kraft war erloschen. Er schlief.

Sol hob die Klaue auf, die er von der Hand Sala-Salas geschnitten hatte.

Er sagte: »Das ist mein Grabstock. Sein Name ist Monoko. Kein Grabstock ist stärker. Er gehört mir.«

Sol ging in den Wald. Er fand den Stamm seiner Mutter, den Stamm von Warzenschwein, der unter einem großen Baum lag. Der Baum berührte den Himmel. Es war der Vater aller Bäume. Einen anderen Namen hat er nicht.

Sol schlug diesen Baum mit seinem Grabstock, Monoko. Der Baum öffnete sich.

Sol packte den schlafenden Sala-Sala und stopfte ihn in den Baum. Er nahm seinem Stamm die Lianen ab, mit denen er gefesselt war, und band sie um den Baum. Er zog sie straff, so dass der Baum sich schloss.

Sol sagte: »Der Dämon Sala-Sala ist gefesselt, so wie ihr gefesselt wart, meine Onkel. Er kann nicht mehr heraus. Nun lasst uns Wasservögel jagen.«

Der Vater aller Bäume steht im Wald neben dem Stinkwasser. Er ist mit Lianen umwickelt. Sala-Sala steckt darin, sicher gefangen. Wenn der Wind am Vater aller Bäume rüttelt, heult Sala-Sala.

VIER

Die Mondfalken hielten sich nur einen Tag lang bei den Höhlen auf. Sie entdeckten bald, dass in diesem Teil der Schlucht so viel gesammelt und gejagt worden war, dass es kaum noch etwas zu essen gab. Selbst die grauen, schwimmenden Geschöpfe, die Tor sie zu fangen gelehrt hatte, waren selten und klein.

Suth wollte in jedem Fall weiterziehen.

»Das ist nicht unser Jagdgrund, Noli«, sagte er unvermittelt, als sie abends beim Feuer saßen. »Es ist ein Guter Jagdgrund, aber …«

Er hielt inne und sah in ihre Augen.

»Leben sie, Noli?«, fragte er.

Sie wusste sofort, dass er vom Rest des Stammes des Mondfalken sprach, den sie und Suth schlafend in der Wüste zurückgelassen hatten, als sie umgekehrt waren, um Tinu und die Kleinen zu retten. Hatten sie die Schlucht, Wasser und Nahrung gefunden? Oder waren sie in der Wüste umgekommen, ohne je von der Schlucht erfahren zu haben?

Noli schüttelte ihren Kopf.

»Suth, ich weiß nicht«, sagte sie.

Er runzelte die Stirn und schwieg.

»Ich glaube, sie leben«, sagte er mit entschiedener Stimme. »Morgen suchen wir sie.«

Tor schien genauso ungeduldig auf den Aufbruch zu warten – aus ähnlichen Gründen, wie Noli annahm. Er wollte herausfinden, ob irgendjemand seiner eigenen Leute das Erdbeben weiter unten in der Schlucht überlebt hatte. Am nächsten Morgen also tränkte Tinu den Feuerbewahrer wieder mit Wasser, bestrich die Innenseite mit frischem Brei, füllte ihn mit Glut und verschloss ihn, und sie zogen weiter. Der Fluss schlängelte sich hin und her und sie mussten ihn immer wieder durchwaten, aber Tor kannte die besten Furten.

Allmählich fiel der Boden der Schlucht ab, und die Felswände zu beiden Seiten wurden höher. Einen solchen Ort, mit all den unbekannten Bäumen und Vögeln – inzwischen waren es verschiedene Arten –, den hoch aufragenden, dunklen Felswänden und dem Fluss, der weiß schäumend felsige Abhänge hinabstürzte, hatte Noli nie zuvor gesehen.

Aber da war noch etwas ...

Eine Gänsehaut überzog sie von Kopf bis Fuß. Sie fühlte, dass sich ihr Nackenhaar wie von selbst sträubte.

Ein Gedanke ging ihr durch den Kopf. Mehr als ein Gedanke – eine Gewissheit.

Hier ist ein Erstes Wesen.

In ihrer Verwunderung war sie hinter den anderen zurückgefallen. Sie hielt an und setzte Otan ab. Er stand, klammerte sich an ihr Bein und sah zu ihr auf. Sie nahm ihn nicht wahr.

Sie nahm auch die anderen nicht mehr wahr, die sich die Schlucht hinabbewegten.

Sie hob ihre rechte Hand und spreizte die Finger weit auseinander – das Zeichen des Grußes. Die Wörter flossen auf ihre Zunge. Sie flüsterte:

Erstes Wesen, wir kommen zu deinem Jagdgrund.
Wir ziehen hindurch.
Wir trinken von deinem Wasser, wir essen von deinen Beeren.
Wir wissen, dass sie nicht uns gehören.
Sie gehören dir, Erstes Wesen.
Wir, die Mondfalken, danken.

Eine Antwort blieb aus, doch der Druck, der auf ihren Gedanken lastete, ließ nach. Ihr Nackenhaar legte sich wieder und die Gänsehaut löste sich langsam auf. Als sie Otan aufhob und hinter den anderen hereilte, war sie sich nicht sicher, ob das Erste Wesen ganz verschwunden war oder sich nur zurückgezogen hatte und sie von irgendwo hoch oben in der Felswand beobachtete.

Sie hatte die anderen gerade erreicht, als Suth anhielt, um an einer Stelle, wo der Fluss über eine Kante strömte und sich in einen übermannshohen Wasserfall verwandelte, eine Rast einzulegen. Die Kleinen waren begeistert vom donnernden, weißen Wasser, das ununterbrochen hinabstürzte. Ganz in der Nähe standen drei Bäume, die Schatten spendeten, und die feine Gischt des Wasserfalls trieb bis zu ihnen herüber. In der Mittagshitze war das wunderbar erfrischend.

»Menschen rasten hier oft, glaube ich«, sagte Suth und witterte. »Ja, seht, dort liegen Flügelnussschalen.«

Noli hörte kaum, was Suth sagte.

»Mana, du fütterst meinen Bruder«, sagte sie und setzte Otan ab. »Ich danke. Suth, ich esse jetzt nichts. Ich gehe dort drüben hin. Ich gehe allein ... Suth, ein Erstes Wesen ist hier.«

Er sah sie überrascht an.

»Mondfalke?«, fragte er hoffnungsvoll.

»Suth, wir kennen dieses Erste Wesen nicht. Es ist nicht

Mondfalke, nicht Affe, nicht Ameisenmutter oder Webervogel oder irgendeines der anderen. Ich kenne seinen Namen nicht.«

Suth machte noch größere Augen. Sein Mund stand offen. Diese Vorstellung war genauso neu für ihn wie für sie. Die Ersten Wesen waren die Ersten Wesen. Es waren zehn an der Zahl. Wie konnte es sein, dass es noch mehr gab?

Noli entfernte sich und suchte sich eine Stelle, die außer Sichtweite der anderen lag, einen schmalen Schattenstreifen an der Rückseite eines großen Felsbrockens. Sie setzte sich mit gekreuzten Beinen und geradem Rücken hin, verschränkte die Arme und begann so langsam und so tief einzuatmen, wie sie konnte.

Sie versuchte es zum ersten Mal. Mondfalke war nur in ihren Träumen zu ihr gekommen und ein- oder zweimal überraschend bei Tag. Doch sie hatte Bal, ihren Anführer, auf dieselbe Art dasitzen sehen und er hatte genauso geatmet und gewartet. Dann hatte ihn ein Schauder durchfahren, seine Augen hatten sich verdreht und manchmal hatte er Schaum auf den Lippen gehabt oder mit fremder Stimme gesprochen. Manchmal hatte er gegähnt, sich hingelegt und war sofort eingeschlafen, und sobald er erwacht war, hatte er allen seinen Traum erzählt.

Also saß Noli da, atmete und wartete. Sie machte sich frei von allen Gedanken und Gefühlen. Ihre Augen standen offen, aber sie sah die von der Sonne beschienene Felswand nicht, die vor ihr lag, und nicht die Felsen und Büsche ringsumher. Sie hörte weder die Rufe der Vögel noch das dumpfe Rauschen des Wasserfalls. Sie fühlte weder die brennende Mittagshitze noch den harten Felsen, auf dem sie saß, noch wusste sie, wie lange sie dort gesessen hatte, mochte es nur ein Augenblick gewesen sein oder der halbe Nachmittag.

Nichts geschah. Sie war sich sicher, dass ein Erstes Wesen anwesend war, nicht nur ganz in der Nähe, sondern rings um sie herum, aber es zeigte sich nicht. Es sprach nicht zu ihr. Es gab ihr keine Bilder ein. Es schien nur zu warten, genau wie sie.

Schließlich kam ihr ein Gedanke. Er kam nicht von dem Ersten Wesen. Es war ihr eigener Gedanke, und er floss still und heimlich in die Leere, die sie in ihrem Inneren geschaffen hatte:

Es kann nicht zu mir sprechen. Es ist wie Tor. Es hat keine Wörter.

Dieser Gedanke riss sie aus ihrer Trance. Sie sah Felswände und Büsche, fühlte die Hitze des Nachmittags und den harten Felsen unter ihr. Sie hörte Geräusche. Neue Geräusche.

Stimmen hatten sich den Vogelrufen und dem Rauschen des Wasserfalls beigesellt. Grunzlaute, Bellen und Schreie, wie Tor sie benutzte. Die Stimmen klangen wütend.

Ihre Glieder waren steif geworden, und sie erhob sich stolpernd, um nachzuschauen. Unter den Bäumen befanden sich Menschen mit brauner Haut, genau wie Tor. Sie drängten sich aufgeregt zusammen. Suth und die anderen konnte sie nicht sehen.

Sie lief auf die Menschen zu, hielt aber ein Stück weit entfernt an. Es hatte sie noch niemand bemerkt. Nun konnte sie Suth sehen, dicht hinter ihm Tinu. Sie standen mit den Rücken vor einem Felsbrocken. Die Kleinen konnte sie noch immer nicht sehen. Suths Grabstock war halb erhoben und sein Haar war gesträubt. Ihm gegenüber standen einige braunhäutige Männer. Auch sie hatten die Hände erhoben und hielten Steine.

Sie bewegte sich ein wenig und sah, dass auch Tor dort war. Er stand zwischen Suth und den Männern. Er war ihnen entgegengetreten, fletschte die Zähne und hielt dabei seinen verbundenen Arm. Die Männer sahen wütend und verunsichert aus. Noli vermutete, dass diese Menschen plötzlich aufgetaucht waren, um mittags unter den Bäumen zu rasten, und die Mondfalken hatten ihr Kommen wegen des Lärms des Wasserfalls nicht bemerkt. Wäre Tor nicht gewesen, dann hätten die Männer Suth angegriffen und ihn vielleicht getötet, weil er ohne Erlaubnis in einem ihrer Jagdgründe Nahrung gesucht hatte. Nun waren sie unsicher geworden.

Noli atmete tief durch und war gerade dabei, zu Suth zu eilen und die Männer um Gnade zu bitten, als irgendetwas sie heftig streifte. Sie konnte nicht erkennen, was es war, aber ...

Da! Eine Frau, die mit einem Baby auf ihrer Hüfte und einer Kürbisflasche auf dem Rücken am Rand der Gruppe stand. Ihr Kopf war zur Seite gedreht, als hätte jemand nach ihr gerufen. Ihre Augen waren geweitet, ihr Mund stand halb offen.

Noli begriff es sofort:

Das Erste Wesen kommt zu ihr!

Sie rannte los und berührte den Arm der Frau, kniete sich dann hin und schlug mit den Handflächen auf die Erde, das Zeichen des Stammes, das besagte: ›Ich unterwerfe mich. Schlag mich nicht.‹ Als sie sich erhob, starrte die Frau, die noch halb in Trance war, sie wie betäubt an. Noli nahm sie bei der Hand und führte sie vor die Gruppe. Die Frau sträubte sich nicht.

Inzwischen hatten zwei Männer Tor gepackt und zerrten ihn beiseite. Noli ließ die Frau los, rannte zu ihm und legte ihren Arm um ihn, um den Männern zu sagen: ›Seht, wir sind Freunde.‹

Ein Mann fauchte und stieß sie beiseite, doch dann war die Frau zur Stelle und hielt ihn am Arm fest, um zu verhindern, dass er Noli noch einmal schlug. Er versuchte sie abzuschütteln, aber sie ließ nicht los und stieß schrille Rufe aus.

Andere Frauen kamen hinzu. Noli wurde zu Boden geschlagen und kroch mit brummendem Schädel davon. Sie stand auf und lauerte auf eine Lücke im Gedränge, um schnell hindurchzuschlüpfen und Otan in Sicherheit zu bringen, aber noch bevor es ihr möglich war, beruhigten sich die Rufe und die Männer wichen zurück, wenngleich sie genauso wütend aussahen wie zuvor.

Tinu hatte sich vor Otan gestellt, um ihn zu schützen, doch Tor war vor Noli bei ihr, grunzte drängend und zeigte auf den Feuerbewahrer, der über Tinus Schulter hing. Ebenso drängend brach er ein paar Zweige vom nächstbesten Busch ab, legte sie auf die Erde, blies darauf und zeigte dann wieder auf den Feuerbewahrer. Mit Gesten forderte er die Neuankömmlinge auf, näher zu treten.

»Suth!«, rief Noli. »Tor sagt: ›Mach Feuer. Zeig es diesen Menschen!‹«

Suth zögerte nicht. Er nahm seinen Grabstock in die linke Hand und legte ihn auf die Erde. Dann richtete er sich auf und hob die rechte Hand zum Gruß. Sein Haar legte sich wieder.

»Kommt«, sagte er selbstbewusst und wandte sich ab. Zum Glück war die Neugier der Fremden jetzt größer als ihre Wut und sie folgten ihm.

Suth führte sie außer Reichweite der Gischt des Wasserfalls und wählte eine Stelle für das Feuer aus. Die Mondfalken sammelten trockenes Brennmaterial. Tinu kniete sich hin und schüttelte die Glut aus dem Feuerbewahrer. Sie war noch sehr heiß, und sobald sie Feuerung darauf legte, stieg Rauch auf und Flammen schlugen empor. Schon bald hatten sie ein gutes Feuer in Gang. Die Fremden halfen beim Sammeln von Brennmaterial, warfen ganze Äste auf das Feuer und lachten vor Freude. Als das Feuer zu heiß wurde, um sich in seiner Nähe aufzuhalten, zogen sie sich unter die Bäume zurück, um zu rasten.

Noli sah, wie sich die Frau, die ihr geholfen hatte, setzte und ihr Baby füttern wollte, also ging sie zu ihr, kniete vor ihr nieder, senkte den Kopf und legte die Hände zusammen.

»Ich, Noli, danke«, sagte sie langsam.

Einen Augenblick lang sah die Frau verwirrt aus. Dann lächelte sie und legte ihr Baby ab. Sie nahm Nolis rechte Hand in die ihre und streichelte sie sanft mit ihrer linken.

Es war keine Geste, die im Stamm üblich war, aber ihre Bedeutung war offensichtlich: ›Wir sind Freunde‹.

Sie lächelten einander an und Noli kehrte zu den Mondfalken zurück.

Später zogen die Neuankömmlinge in kleinen Gruppen davon und schwärmten zu beiden Richtungen in der Schlucht aus, um nach Nahrung zu suchen. Schon bald wurde deutlich, dass sie planten, ihr Nachtlager beim Feuer aufzuschlagen, denn sie wollten es nicht verlassen.

»Ich sage dies«, sagte Suth. »Diese Menschen kennen Feuer. Sie kennen keine Feuerbewahrer. Sie freuen sich über das Feuer. Aber sie können es nicht von diesem Lagerplatz zu einem anderen Lagerplatz tragen.«

»Sie kennen andere Dinge, Suth«, sagte Noli. »Menschendinge. Sie machen Klingen. Sie haben Kürbisflaschen. Es sind Menschen.«

Suth grunzte zustimmend, runzelte aber die Stirn und dachte weiter nach.

»Noli«, sagte er. »Du sagst, hier gibt es ein Erstes Wesen. Ist es das Erste Wesen dieser Menschen?«

Inzwischen hatten sich Nolis Gefühle wieder beruhigt, und

der seltsame Druck, der sie umgeben oder in ihr geherrscht hatte, war verschwunden. Sie wusste noch, wie es gewesen war, allein dazusitzen, den Geist von allem zu befreien und zu warten, aber das war jetzt Vergangenheit. Es gehörte zur Noli der Nacht, jener Noli, die von Mondfalke besucht wurde. Darüber nachzudenken glich dem Versuch, sich an einen Traum zu erinnern. Man kann sagen: Dies geschah in meinem Traum, aber man kann sich nicht in der Zeit zurückversetzen und den Traum noch einmal träumen.

»Suth, ich weiß es nicht«, sagte sie. »Auch dieses Erste Wesen kommt zu einer ihrer Frauen. Das habe ich gesehen. In der Höhle hat es sie geweckt. Es weckte sie, bevor die Felsen fielen. Sie rief nach ihren Leuten. Sie erwachten. Sie rannten aus der Höhle. Sie waren in Sicherheit, als die Felsbrocken fielen … Suth, ich glaube, dieses Erste Wesen hat keine Wörter.«

Suth nickte. »Es ist ihr Erstes Wesen«, sagte er mit entschiedener Stimme und sah sich um. Abgesehen von Tor und ein, zwei anderen waren sie allein unter den Bäumen.

»Jetzt suchen wir Nahrung«, sagte er.

»Erlauben es diese Menschen?«, fragte Noli. »Es ist ihr Guter Jagdgrund.«

»Wir haben ein Geschenk«, erwiderte Suth. »Es ist Feuer. Sie sind froh darüber.«

»Sie gehören nicht zum Stamm«, sagte Noli. »Sie wissen nichts von Stammdingen.«

»Wir warten ab«, sagte Suth. »Sie verbieten es, wir gehen. Sie erlauben es, wir bleiben. Morgen brechen wir auf. Tor bleibt. Dies sind seine Leute. Sie sorgen für ihn.«

Noli war traurig darüber, wenngleich sie wusste, dass es vermutlich das Beste für ihn war. Sie mochte Tor, denn er war freundlich und hilfsbereit. Er wusste Dinge über die Schlucht, die die Mondfalken nicht wussten. Und obwohl er froh darüber zu sein schien, wieder bei seinen Leuten zu sein, bemerkte sie, dass er die Mondfalken beobachtete, um zu sehen, ob es ihnen gut gehe, als stellten sie etwas Besonderes für ihn dar.

An jenem Nachmittag erfuhren sie noch mehr. Die Schlucht-Menschen schienen sich nicht daran zu stören, dass die Mondfalken Nahrung in ihrem Guten Jagdgrund sammelten, und nach einer Weile trafen sie die Frau, die Noli im Verlauf des schrecklichen Zusammenstoßes beigestanden hatte. Jetzt hatte sie nichts Merkwürdiges an sich. Sie schien eine freundliche und gewöhnliche Frau zu sein.

Sie stand bis zu den Knien im Wasser und watete durch den Fluss, als sie ihr begegneten, und Noli vermutete, dass sie auf der Jagd nach den grauen Wasserwesen war. Doch als sie zusahen, bückte sie sich, hob einen Felsbrocken aus dem Flussbett und trug ihn ans Ufer. Sie legte ihn ab, hockte sich daneben und begann ihn mit einem Stein zu schlagen.

Als die Mondfalken dicht herantraten, sahen sie, dass sie auf einige kleine, graue Klumpen einschlug, die auf dem Felsbrocken wuchsen. Sie hätten nichts Essbares darin erkannt, aber die Frau schlug einen Klumpen ab, drehte ihn um und holte mit den Vorderzähnen das heraus, was sich darin befand. Es war nicht viel, schmeckte aber salzig und gut. Danach tobten Ko und Mana johlend ins flache Wasser und wieder heraus, während die älteren Mondfalken noch mehr von den Klumpen suchten. War es eine Art von Wassernuss?, fragte sich Noli.

Abends aßen alle gemeinsam beim Feuer und dann schliefen sie im Schutz des Rauches, der die Mücken fern hielt. Am Morgen aber, als die Mondfalken sich zum Aufbruch bereitmachten, gab es Ärger.

Tinu benetzte wie üblich den Feuerbewahrer mit Wasser, rieb ihn innen mit Brei ein und füllte ihn mit Glut. Es zischte, als sie auf den feuchten Brei fiel, und eine Dampfwolke stieg auf. Einige der Schlucht-Menschen kamen herbei, um zuzuschauen. Tinu hasste das, und es ließ sie den Fremden gegenüber noch schüchterner werden. Also schlich sie sich ein Stück weiter den Hang hinab, als wollte sie nicht bemerkt werden. Vielleicht weckte das Misstrauen. Irgendjemand musste losgerannt sein und den Anführer benachrichtigt haben, denn er tauchte mit drei anderen Männern auf.

Suth, dem nicht auffiel, dass irgendetwas im Argen lag, wandte sich ihnen zu, um Gruß und Dank auf die übliche Art zum Ausdruck zu bringen. Doch die Männer ließen ihn links liegen und entrissen Tinu den Feuerbewahrer, als sie gerade dabei war, den Deckel einzusetzen.

»Warum tut ihr das?«, schrie Suth. »Es ist unser Feuerbewahrer. Wir haben ihn gemacht.«

Obwohl sie die Worte nicht verstanden, begriffen die Männer, was er damit sagen wollte, und kreisten ihn drohend und unter Fauchen und Bellen ein. Ihr Haar sträubte sich. Suth reagierte genauso und hob seinen Grabstock. Ihr Bellen wurde wilder und tiefer. Sie bleckten die Zähne.

Noli hatte bemerkt, dass Tor mit ängstlichem Blick zusah. Am Abend zuvor hatte sich Ähnliches zwischen den Männern abgespielt, aber niemand hatte ihnen große Aufmerksamkeit geschenkt. Da sie keine Wörter hatten, konnten sie nicht über ihre Unstimmigkeiten sprechen – sie konnten sich nur gegenseitig anfauchen. Diesmal aber packte Tor Suth bei einem Ellbogen und stieß einen warnenden Grunzlaut aus.

Suth schüttelte ihn ab, aber Noli hatte mitbekommen, was Tor ihm zu sagen versucht hatte: ›Pass auf! Sie meinen es ernst!‹

Sie zwängte sich hinter Suth und ergriff seinen Grabstock. Er versuchte ihn loszureißen.

»Suth, das ist gefährlich, gefährlich!«, sagte sie. »Es sind zu viele.«

»Das ist Mondfalkes Feuerbewahrer!«, fauchte er. »Wir haben ihn gemacht!«

»Suth, wir machen einen neuen Feuerbewahrer. Es gibt gutes Holz hier. Sie behalten diesen.«

»Noli, das ist dumm. Sie kennen keine Feuerbewahrer. Ihr Feuer erlischt.«

»Wir zeigen ihnen, wie man Feuerbewahrer macht. Wir zeigen ihnen, wie sie das Feuer am Brennen halten. Es ist ein Geschenk für sie, Suth. Es ist das Geschenk eines Mannes, das Geschenk eines Anführers.«

Er blickte sie an. Sein Haar legte sich wieder. Sie sah, dass sich seine Wut zuerst in Misstrauen verwandelte, dann in Heiterkeit, doch er verzog keine Miene. Er gab ihr seinen Grabstock und wandte sich den Männern zu, wobei er beide Hände hob, die offenen Handflächen nach außen gedreht. Ihre Gesichter hellten sich auf und auch ihr Haar legte sich wieder. Sie versuchten nicht, ihn aufzuhalten, als er ein paar Schritte vorwärts tat, den Feuerbewahrer dem Mann wegnahm, der ihn hielt, und ihn dem Anführer darbot.

»Ich, Suth, schenke«, sagte er. »Dies ist Mondfalkes Geschenk.«

Der Anführer schnaubte und summte kehlig. Er nahm den Feuerbewahrer und reichte ihn an einen der anderen weiter. Dann bot er Suth mit beiden Händen den Stein dar, den er hielt.

Suth nahm ihn an und hielt ihn hoch, damit alle ihn sehen konnten. Es war kein einfacher Stein. Es war eine sorgfältig gearbeitete Klinge mit einem guten und scharfen Rand.

»Ich, Suth, danke«, sagte er.

Der Anführer antwortete mit dem dreimaligen Bellen, das die Schlucht-Menschen als Zeichen der Freude von sich gaben, und alles schien wieder in Ordnung zu sein.

Nach dem Austausch von Geschenken wurde die allgemeine Stimmung noch freundlicher. Die Mondfalken gaben dem Anführer der Schlucht-Menschen einen Namen, Fang, und als Suth und Tinu mit der Herstellung eines neuen Feuerbewahrers begannen, sorgten sie dafür, dass Fang und einige der anderen den verschiedenen Arbeitsschritten zusahen. Jeden Abend schüttelte Tinu die Glut aus dem alten Feuerbewahrer und jeden Morgen präparierte, füllte und verschloss sie ihn wieder, damit sie auch dies lernten. Natürlich hätte sie sich diese Mühe normalerweise nicht gemacht, denn sie hatten ein gutes Feuer in Gang und hatten vor, noch eine Nacht vor Ort zu bleiben, aber sie wollte ihnen begreiflich machen, dass die Glut im Feuerbewahrer nicht viel länger als einen Tag heiß blieb.

Die Herstellung des neuen Feuerbewahrers dauerte weitere drei Tage. Am ersten Morgen schnitt Suth den Ast zur passenden Größe zurecht, und Ko bat darum, bei ihm zu bleiben und helfen zu dürfen. Mana sehnte sich offensichtlich danach, Tor zu pflegen, und es schien ungerecht zu sein, sie daran zu hindern, also nahm Noli sich Otans an und ging mit Tinu auf Nahrungssuche.

Sie begleitete bewusst die Frau, mit der sie Freundschaft geschlossen hatte. Offenbar hatten diese Menschen keine Namen, und Noli entschied sich, sie Goma zu nennen, wenn sie es auch für sich behielt.

Gestern waren sie so zahlreich auf Nahrungssuche gegangen, dass sich in der Gegend um das Feuer herum kaum noch etwas finden ließ. Deshalb mussten sie tiefer in die Schlucht vordringen, bevor sie ausschwärmen und mit der Suche beginnen konnten. Der Boden war zu felsig für gute, dicke Wurzeln, insgesamt gesehen aber gab es in der Schlucht weit mehr Nahrung als in irgendeinem der alten Guten Jagdgründe des Stammes. Es gab essbare Blätter, Samen und Beeren, Vogeleier und -küken, Maden, Käfer und Eidechsen, einen Bienenstock, der von Honig troff, und außerdem die schwimmenden und krabbelnden Geschöpfe sowie die Wassernüsse (wenn es solche waren) im Fluss.

Mittags fanden sie Schattenbäume in der Nähe des Wassers, unter denen sie rasteten. Noli sah zu, wie Goma alles aus ihrer Kürbisflasche holte, was sie gefunden hatten. Es war eine sehr große Kürbisflasche, groß genug, um viel darin unterzubringen, und dazu leicht und stabil. Goma trug sie in einem Netz, das aus irgendeiner Art von Fasern geflochten war und eine Schlinge besaß, die man über die Schulter legen konnte.

Kürbisse hatten eine große Bedeutung, die guten Arten aber waren rar. In den alten Guten Jagdgründen hatten nur Warzenschwein und Schlange einige besessen und die anderen Stämme hatten sie gegen Dinge wie Tingin-Rinde, Glitzersteine und Salz eintauschen müssen. Die besten hielten das Wasser viele Monde lang, ohne aufzuweichen, vorausgesetzt, dass sie sorgfältig getrocknet und hin und wieder geräuchert wurden.

Als Gomas Kürbis leer war, hob Noli ihn hoch.

»Wo findest du das?«, fragte sie.

»Und wo ... dies ...?«, murmelte Tinu, probierte die Festigkeit der Tragschlinge aus und sah sie begierig an.

Goma nickte nur, lächelte und machte sich daran, ihr Baby zu stillen. Noli war sich nicht sicher, ob sie verstanden hatte, aber als sie fertig war, gab Goma Noli und Tinu ein Zeichen und führte sie über den Fluss, wo sie ihnen eine Pflanze mit langen, stacheligen Blättern zeigte, die stängellos dem Boden entsprang. Sie hackte ein Blatt mit der Klinge ab, die sie ihrem Kürbis entnahm, und trennte Unter- von Oberseite. Innen zogen sich Fasern die ganze Länge des Blattes hinauf. Sie holte einige heraus. Eine gab sie Tinu, die sie zu zerreißen versuchte. Doch sie hielt stand.

Tinu war hocherfreut. Sie lieh sich die Klinge aus und hackte weitere Blätter ab, wobei sie sich in ihrer Aufregung an den Stacheln pikste. Doch sie nahm es kaum wahr. Mit den zuerst gewonnenen Fasern band sie die Blätter zu einer Garbe zusammen und zog sie beim Weitergehen hinter sich her.

Goma führte sie quer durch die Schlucht bis zu einem alten Felssturz an der gegenüberliegenden Wand. Er hatte sich schon so lange dort befunden, dass etliche Büsche Wurzeln darauf geschlagen hatten, und ganz oben befand sich ein kleines Baumdickicht. Zahlreiche Kürbisranken schlängelten sich durch die Bäume.

Noli setzte Otan auf einer kleinen Lichtung ab und bat Tinu, ein Auge auf ihn zu haben, damit sie nach einem guten Kürbis suchen konnte. Zunächst waren alle, die sie entdeckte, grün und klein, doch auf der weiter entfernten Seite des Dickichts sah sie einen, der hoch oben in einem der Bäume wuchs und groß genug war. Seine Haut schimmerte schon ein wenig orange, was bedeutete, dass er zumindest einige Monde lang halten würde, ohne aufzuweichen. Sie bahnte sich einen Weg ins Dickicht, kletterte auf den Baum und biss mit einiger Mühe den Stängel durch.

Dann wusste sie nicht mehr weiter. Sie konnte nicht hinabklettern, denn der Kürbis war zu schwer, um mit einer Hand gehalten zu werden, und ließe sie ihn aus dieser Höhe fallen, dann zerbräche er mit Sicherheit durch das Gewicht von Fruchtfleisch und Samen.

Sie konnte sehen, dass Goma, die draußen vor dem Dickicht stand, ihr zuschaute, begriff aber, dass sie von den Blättern halb verdeckt wurde und dass Goma nicht erkennen konnte, worin ihr Problem bestand.

»Goma, komm, hilf mir«, rief sie.

Doch das waren Wörter. Sie waren bedeutungslos für Goma. Da erinnerte sich Noli an das schnaubende Bellen, das die Menschen der Schlucht gebrauchten, wenn sie ›Komm‹ sagen wollten, und sie probierte es aus. Beim ersten Mal misslang es ihr, beim nächsten Versuch aber schien Goma es zu verstehen. Sie sah, wie sie sich genau umschaute, bevor sie ihr Baby auf einen flachen Felsbrocken legte. Dann kroch sie durch das Gebüsch bis zum Fuß des Baumes und richtete sich lachend auf. Offenbar amüsierte sie sich über den Laut, den Noli ausgestoßen hatte.

Noli senkte den Kürbis so weit hinab wie möglich, ließ ihn dann fallen, und Goma fing ihn auf. Dann kletterte sie herunter, und beide krochen wieder hinaus, wobei Noli den Kürbis vor sich herrollte.

Goma nahm ihr Baby wieder auf den Arm und wandte sich Noli zu. Lächelnd machte sie den ›Komm‹-Laut vor. Noli versuchte ihn nachzuahmen, aber ganz richtig war er noch immer nicht und sie lachten beide.

Sie probierten es lachend immer wieder aus. Dann wurden sie plötzlich still. Irgendetwas hatte sich verändert. Das seltsame Gefühl, das Noli am Morgen des Tages zuvor gehabt hatte, kehrte mit größerer Kraft zurück – die Gänsehaut, das Sträuben der Nackenhaare. Sie sah, dass Goma sie mit so großen Augen anstarrte, dass das Weiß rings um die Pupillen sichtbar war. Ihr Mund stand leicht offen. Noli wusste, dass sie genauso aussah, dass sie dasselbe spürten, das seltsame Gefühl teilten.

Beide hoben eine ihrer Hände. Sie legten sie aneinander, Handfläche an Handfläche, atmeten tief ein und aus, gaben aber kein anderes Geräusch von sich. Das, was sie miteinander teilten, war ein Wissen, doch es bestand nicht aus Worten. Worte konnten es nicht ausdrücken. Es war kein Wort-Ding, ein Ding, das man aussprechen konnte. Es war das Wissen um ein Erstes Wesen.

Plötzlich verwandelte sich das Wissen. Noch immer ohne Worte fühlte Noli: *Gefahr!* Keine Gefahr, die ihr drohte, sondern einem kleinen und hilflosen Wesen.

Otan.

Sie blickte Goma an. Beide machten kehrt und liefen los.

Noli sprang von Felsblock zu Felsblock den Hang hinab und kletterte jenseits der Bäume wieder hinauf. Goma, die ihr Baby tragen musste, folgte mit ein wenig Abstand.

Keuchend hielten sie an. Alles schien in Ordnung zu sein. Otan saß fast an derselben Stelle, wo Noli ihn zurückgelassen hatte, und war damit beschäftigt, einen Kiesel auf einen anderen zu schlagen, als wolle er eine Klinge für Babys machen. Tinu befand sich ein Stück weiter den Hang hinauf und war ganz darin vertieft, die Fasern aus den mitgebrachten Blättern zu ziehen. Sie hatte ihre Ankunft nicht bemerkt.

Goma schrie, griff einen Stein, schleuderte ihn und bückte sich nach einem weiteren. Einen Augenblick lang konnte Noli nicht erkennen, worauf sie zielte. Dann sah sie es.

Ein riesiger Felspython lag in losen Schlingen auf den Felsbrocken. Seine Hautfarbe ließ ihn vor dem Hintergrund der Steine fast unsichtbar werden. Sein Kopf war nicht viel mehr als zwei Schritte von Otan entfernt. Wahrscheinlich war er auf ihn zugekrochen und bei Gomas Schrei erstarrt.

Noli schrie, schleuderte einen Stein und raste los, um sich Otan zu schnappen. Auch Tinu war auf den Beinen und rief.

Otan schrie aus Angst vor dem plötzlichen Tumult. Gomas zweiter Stein schlug dicht vor dem Kopf des Pythons auf. Er zuckte zurück und glitt rasch davon.

Noli nahm Otan auf den Arm und versuchte ihn zu trösten. Sie keuchte und ihr Herz raste vor Anstrengung und Angst, doch sie kam wieder zu Atem und bedankte sich bei Goma.

Dann wandte sie sich um, blickte auf die Schlucht, hob ihre freie Hand und flüsterte: »Erstes Wesen, ich danke auch dir.«

Sie hörte Gomas zustimmendes Grunzen und nahm an, dass sie verstanden hatte.

Da kam Tinu demütig zu ihr, ging in die Knie und schlug mit den Händen auf den Felsboden. Sie weinte heftig und konnte die Wörter kaum hervorbringen. »Ich bin ... schlecht, schlecht ...«, schluchzte sie. »Passe nicht auf ... sehe nicht ... Schlange ... Ah, Noli ...!«

Noli war zu erleichtert darüber, dass Otan entkommen war, um wütend auf sie zu sein. Außerdem wusste sie, dass auch sie die Gefahr hätte übersehen können, wenn sie mit irgendetwas beschäftigt gewesen wäre, das sie interessierte. Also hockte sie sich mit Otan auf dem Arm hin, zog die noch immer schluchzende Tinu wieder auf die Beine und drückte sie an sich.

»Weine nicht, Tinu«, sagte sie ihr. »Es ist vorbei. Otan geht es gut. Schlange ist eine schlaue Jägerin. Jetzt nimmst du Otan. Ich hole meinen Kürbis.«

Sie ging langsam und war erfüllt von Erleichterung und Dankbarkeit. Ihr Gefühl von der Gegenwart des Ersten Wesens war allmählich verschwunden und ihr blieb nur noch die Erinnerung daran. Doch das Gefühl der Verbundenheit mit Goma, das Gefühl, etwas mit ihr zu teilen, das sie mit niemand anderem teilen konnte, blieb erhalten. Es war stärker und ungewöhnlicher als bloße Freundschaft. In zwei Tagen würden die Mondfalken aufbrechen und wahrscheinlich sähe sie Goma nie wieder. Doch Noli wusste, dass dieses Gefühl das alte wäre, stark wie eh und je, wenn die Zeit sie noch einmal zusammenführen sollte.

URSAGE

Woowoo

Sala-Sala schrie.

Er tobte und schrie im Vater aller Bäume, wo Sol ihn eingesperrt hatte.

Nach vielen Monden kam Woowoo zum Stinkwasser. Er hörte die Schreie von Sala-Sala.

Er sagte: »Sala-Sala, mein Bruder, wer hat dich hier eingesperrt? Warum kommst du nicht heraus?«

Sala-Sala antwortete: »Sol, der Held, hat mich hier eingesperrt, obwohl er nur ein Kind war. Er hat mich so fest eingesperrt, dass ich nicht herauskommen kann.«

Woowoo lachte und sagte: »Meine Brüder sind Dummköpfe«, und ging seiner Wege. Doch im Herzen sprach er zu sich selbst: Jetzt zeige ich meinen Brüdern, dass ich listiger bin als sie.

Er nahm die Gestalt eines kleinen Frosches an und wartete an den Wasserstellen, bis der Stamm von Warzenschwein eintraf.

Sol war inzwischen zum Mann herangewachsen. Er sagte zu den Männern von Warzenschwein: »Lasst uns jagen.«

Sie sagten: »Wir sind müde.«

Sol sagte: »Ich jage allein.«

Woowoo hörte das. Er nahm die Gestalt eines Dirri-Hirsches an und floh vor Sol. Er floh zum Fluss Manchmal und Sol folgte seinen Spuren.

Sol sagte: »Gut, der Hirsch flieht zum Fluss. Dort trinke ich, denn ich bin durstig, und meine Kürbisflasche ist leer.«

Damals führte der Fluss Manchmal immer Wasser. Als Woowoo dort ankam, warf er einen Zauber aus. Sein Zauber war stark, stark.

Er trocknete den Fluss aus.

Sol kam beim Fluss an und sah, dass er leer war. Er sagte: »Wo kann ich trinken, denn ich bin durstig, und meine Kürbisflasche ist leer?«

Woowoo nahm die Gestalt einer gelben Schlange an und legte sich ins Flussbett.

Er sagte: »Sol, auch ich habe Durst, denn ich bin eine Wasserschlange. Ich kenne ein Wasserloch, tief in der Wüste. Trage mich dorthin und ich zeige es dir.«

In seinem Herzen aber sprach er: Jetzt führe ich Sol tief, tief in die Wüste, wo es kein Wasser gibt, und dort verlasse ich ihn, und er stirbt. Mein Plan ist listig, denn ich bin Woowoo.

Sol sah genau hin. Er sah die Spuren des Dirri-Hirsches. Sie führten zum Fluss und dann waren sie verschwunden. Auch der Fluss war verschwunden. Er sah eine Wasserschlange. Sie sprach zu ihm in der Sprache der Menschen.

In seinem Herzen sprach Sol zu sich selbst: Das ist ein Dämonen-Ding. Mit seinem Mund sagte er: »Schlange, ich trage dich zu dem Wasserloch.«

Er nahm die Schlange vom Boden auf. Er packte sie dicht hinter ihrem Kopf und hielt sie fest. Er sagte: »Dämon, ich habe dich.«

Woowoo ließ die Schlange groß werden. Ihr Körper war so breit wie der eines Mannes. Von der Nase bis zur Schwanzspitze war sie so lang wie der Steinwurf eines starken Mannes. Doch Sol ließ nicht los.

Sol sagte: »Dämon, sage mir deinen Namen.«

Die Schlange sagte: »Ich bin Woowoo.«

Sol sagte: »Gut. Du bist ein Wasserdämon. Ich brauche Wasser. Woowoo, mache Wasser für mich.«

Er hielt den Kopf der Schlange über seine Kürbisflasche. Er sagte: »Weine, Woowoo.«

Er drückte ihren Nacken zusammen, so dass sie weinte. Ihre Tränen füllten die Kürbisflasche.

Sol sagte: »Jetzt fülle den Fluss wie zuvor, Dämon. Dann lasse ich dich los.«

Woowoo sagte: »Das kann ich nicht. Ich habe meinen Zauber in deine Kürbisflasche geweint, und nur ein bisschen ist übrig.«

Sol sagte: »Ich lasse dich hier, damit du den Zauber auswirfst, den du noch übrig hast.«

Sol schlug das Flussbett mit seinem Grabstock, Monoko. Er machte eine Grube. Er warf Woowoo in die Grube und verschloss sie mit einem großen Felsen.

Er nahm die Kürbisflasche. Er sagte: »Das ist meine Kürbisflasche, Dujiru. Woowoos Zauber ist darin. Sie wird nie leer. Sie gehört mir.«

Woowoo aber blieb in der Grube unter dem Fluss Manchmal eingesperrt. Wenn er es kann, macht er Wasser. Wenn er es nicht kann, ist der Fluss trocken. Deshalb trägt er den Namen Fluss Manchmal.

FÜNF

Zwei Tagesmärsche weiter westlich kam der ausgebrochene Vulkan allmählich zur Ruhe. Noch immer stiegen Rauch und Dampf auf, doch die Explosionen waren zur Ruhe gekommen, und die Lava hatte begonnen sich abzukühlen.

Der See, der sich über den Kratergrund gezogen hatte, war verschwunden. Ein Teil war verdampft, der wesentlich größere Teil der Wassermenge aber war in unterirdischen Kanälen verschwunden, die vom Erdbeben geöffnet worden waren. Einige Tage lang hatte es sich gestaut, bis ein Nachbeben die Gesteinsschichten erschütterte und sich das Wasser, kraft seines Gewichts, einen Weg hinab- und hinausbahnte. Die Menschen in der Schlucht wussten nichts von diesen Vorgängen.

Endlich hatte Tinu den neuen Feuerbewahrer ausgehöhlt.

»Tinu, ich lobe«, sagte Suth, als sie ihn zeigte. »Fülle ihn heute Abend. Fülle ihn mit guter Glut, dann verstecke ich ihn zwischen den Felsen. In der Frühe brechen wir auf. Diese Menschen sehen nicht, dass wir unseren neuen Feuerbewahrer mitnehmen.«

Tinu tat, wie Suth ihr geheißen hatte. In der Dämmerung schlich er sich davon und versteckte den Feuerbewahrer ein Stück weiter die Schlucht hinab, wo ihn niemand finden konnte.

Als sie in dieser Nacht zum letzten Mal am Fluss tranken, schmeckte das Wasser anders. Die Menschen der Schlucht grunzten misstrauisch, als sie es tranken. Noli sah auf und sah, wie Suth es noch einmal probierte und die Stirn runzelte.

»Was bedeutet das?«, fragte er. »Es schmeckt genauso wie das Wasser des Sees, oben auf dem Berg.«

»Suth, ich weiß nicht«, sagte Noli. »Trink. Es ist gutes Wasser.«

Als sie sich in dieser Nacht schlafen legte, dachte sie nur an den Aufbruch, nur daran, dass sie wieder auf sich gestellt wären, alle sechs, und sie war traurig darüber, Goma und Tor zurücklassen zu müssen.

Noli erwachte zitternd. Ein wortloses Wissen erfüllte sie, die Gewissheit eines gewaltigen, unaufhaltsamen Etwas, das die Schlucht hinabkam.

Sie richtete sich auf. Der Mond stand hoch am Himmel und abgesehen vom Rauschen des Wassers war es ruhig in der Schlucht.

Eine Stimme schrie vor Schrecken auf. Sie erkannte sie. Goma.

Sie schüttelte Suth. »Schnell!«, sagte sie. »Gefahr! Wir gehen!«

»Welche Gefahr, Noli?«

»Ich weiß nicht. Schnell, Suth, schnell! Es kommt!«

Im Licht des Mondes sah sie, dass Goma auf den Beinen war und immer wieder ihren Schreckensschrei ausstieß. Der Schrei hallte von den Felswänden wider. Dann stimmten andere ein. Als die Mondfalken sich in Bewegung gesetzt hatten, kletterten alle voller Panik über die Felsbrocken.

Noli war zu schreckerfüllt, um nachdenken zu können, doch Suth behielt einen klaren Kopf. Er hielt die Mondfalken zusammen. Noli trug Otan. Suth bat Tinu, den Kürbis zu tragen, er selbst half Ko und Mana. Unterwegs holte er den Feuerbewahrer aus dem Versteck und reichte ihn Tinu, die ihn über ihre Schulter hängte.

Die Mondfalken wurden von ihren drei Kleinen aufgehalten und sie begannen zurückzufallen, aber Suth wehrte sich gegen das Gefühl von Panik und ging mit gleichmäßigen Schritten weiter. Noli konnte hören, wie Goma ihre Leute weiter vorne jedes Mal mit schrillen Schreien antrieb, wenn sie innehielten.

Der Fluss schlängelte sich auf die jenseitigen Felswände zu und trug seine Geräusche mit sich fort. In der fast vollkommenen Stille konnten sie ein neues Geräusch hören, ein dumpfes Dröhnen, das noch weit entfernt war, aber rasch näher kam. Es vermischte sich mit Nolis dunkler Ahnung einer Gefahr und sie begriff, was es bedeutete.

»Suth!«, rief sie. »Es ist Wasser! Viel Wasser! Wie im Fluss Manchmal, nach dem Donner! Es kommt!«

Vor vielen Monden, als Noli nicht viel älter gewesen war als Mana jetzt, hatte der Stamm sein Lager am Fluss aufgeschlagen. Damals hatte sie einen plötzlichen Sturzbach gesehen, eine Springflut, die durch das Flussbett geschäumt war, in dem sich kurz zuvor nur trockene Felsbrocken und ein stiller Teich befunden hatten.

»Hinauf!«, sagte Suth. »Dorthin!«

Er zeigte auf den alten Felssturz, wo Noli den Kürbis gefunden hatte.

Noli legte ihre freie Hand an den Mund. »Goma!«, schrie sie. »Es ist Wasser! Hinauf! Hinauf!«

Goma konnte es nicht gehört haben. Sie kannte ja auch keine Wörter. Doch Noli spürte, dass in ihren Gedanken etwas wie eine Antwort pulste, und wusste, dass sie verstanden hatte.

Jetzt, da er sah, wie weit es noch war, erlaubte Suth ihnen zu rennen, obwohl er noch immer versuchte sie zusammenzuhalten. Er hatte Mana auf den Arm genommen und zerrte Ko hinter sich her. Noli konnte hören, wie er vor Anstrengung keuchte. Auch sie schnappte nach Luft. Ihr Herz hämmerte. Das Dröhnen des immer näher kommenden Wassers wurde lauter und lauter. Rechts von ihr glitzerte etwas. Sie blickte hin und sah, dass sich das Band des Flusses in eine breite Welle verwandelt hatte, die im Licht des Mondes aufblitzte.

Sie taumelte weiter, wurde langsamer. Die anderen waren ihr ein Stück voraus. Jedes Mal, wenn sie hinschaute, war die Welle näher gekommen. Rauschend tauchte sie auf und schlug um ihre Knöchel zusammen. Sie stolperte auf den Steinen, die sie nicht mehr deutlich erkennen konnte. Irgendjemand riss ihr Otan aus dem Arm. Eine starke Hand packte ihren Arm und zerrte sie weiter. Goma.

Als sie den Felssturz erreichten, stand sie knietief im reißenden Wasser. Noli ließ sich vornüberfallen. Blind kroch sie den unebenen Hang hinauf. *Höher! Höher!*, sagte die wortlose Stimme in ihrem Inneren.

Endlich erlaubte sie ihr anzuhalten. Noli drehte sich um, setzte sich hin, schnappte schluchzend nach Luft und das Blut dröhnte in ihren Ohren.

Nein, nicht nur ihr Blut. Das Reißen in ihren Lungen ließ nach und sie holte mit keuchenden Atemzügen Luft. In ihrer Brust ließ das schmerzhafte Hämmern nach. Sie konnte wieder sehen. Das Dröhnen war nun das Geräusch dessen, was die Schlucht hinab auf sie zukam. Im hellen Licht des Mondes erkannte sie, was es war.

Wie eine rollende Felswand schoss es um die vor ihnen liegende Biegung der Schlucht. Mit tosendem Gedonner, noch lauter als das eigentliche Dröhnen, krachte es gegen die Wand der Schlucht. Die Wucht des Aufpralls ließ eine Schaumfontäne hoch in den Nachthimmel schießen. Der Sturzbach wälzte sich knirschend um die Biegung und schoss weiter voran.

Er traf auf den Felssturz und sofort reichte das Wasser fast bis an ihre Füße. Sie schrien erschrocken auf, aber ihre Stimmen gingen im Tumult unter. Gischt, dichter als Regen, prasselte auf sie herab. Immer noch stiegen die Fluten höher und höher, drängten sie weiter den Felssturz hinauf und rissen Büsche und Felsbrocken im Vorbeidonnern mit sich fort. Als das Wasser schließlich nicht mehr stieg, kauerten sie schon vor dem Dickicht auf der Spitze und hatten begonnen auf die Bäume zu klettern.

Niemand tat ein Auge zu. Die ganze Nacht über sahen sie zu, wie die Flut vorbeidonnerte. Von ihren Körpern troff das Wasser, aber sie froren nicht. Die Schlucht war erfüllt von Dampf und die Gischt der tosenden Wellen war so warm wie frisches Blut.

Der Tag brach an, und sie konnten sehen, dass das Wasser die Schlucht ausfüllte, an der gegenüberliegenden Felswand entlangschäumte und um die nächste Biegung wirbelte. Nur die Spitze des Hügels, auf dem sie sich befanden, ragte aus den mörderischen Fluten. Sie liefen herum und überprüften, ob alle in Sicherheit waren. Die Mondfalken waren vollzählig, aber Noli hatte Angst um Tor gehabt. Sein verletztes Bein und der gebrochene Arm mussten ihn behindert haben, doch er war da und gab Laute von sich, die seine Erleichterung darüber zum Ausdruck brachten, sie zu sehen.

Irgendjemand aber wurde offenbar vermisst, denn ein Heulen erhob sich, ging zwischen einigen Frauen hin und her, wobei die eine anhob, sobald die andere geendet hatte. Die Männer gaben währenddessen tief aus ihren Kehlen traurige, dröhnende Laute von sich.

Sie durchkämmten das Wäldchen nach Essbarem. Es gab nur wenige Pflanzen. Die unreifen Kürbisse waren zu bitter, um gegessen zu werden, und die wenigen reifen bestanden hauptsächlich aus Fasern, zwischen denen kaum Fruchtfleisch zu finden war, und schmeckten fade. Doch viele kleine Tiere hatten Zuflucht auf dem Hügel gesucht und sie jagten sie eifrig.

An manchen Stellen des Wäldchens war das Laub so dicht, dass es Schutz vor der Gischt bot. Dort fanden die Mondfalken brauchbares Brennmaterial und Tinu brachte ein Feuer in Gang. Bald war es so heiß, dass auch feuchtere Äste nachgelegt werden konnten, und sie konnten ihre Beute rösten.

Das Wasser der Flut war trinkbar, doch es war trübe von aufgewirbeltem Dreck und Schlamm und stank nach den unterirdischen Feuern. Diesmal wussten die Mondfalken Bescheid.

»Es ist der See auf dem Berg«, sagte Suth. »Der Berg zerbrach. Das Wasser kam hierher.«

»Suth, du hast Recht«, sagte Noli.

Voller Trauer erinnerte sie sich an jenen Furcht einflößenden und doch schönen Ort, an den See, der sich still zwischen den Bäumen des Waldes in die Ferne gezogen hatte, an die schreckliche Nähe des Ersten Wesens, das dort zu Hause gewesen war, daran, dass seine Gegenwart ihre Haut fast zum Jucken gebracht hatte, und sie atmete zwischen halb geöffneten Lippen heftig und schnell ein und aus.

Die Erinnerung schien diese Gefühle wieder wachzurufen. Auf dem überfüllten Hügel war sie allein. Allein, abgesehen von Goma. Alle anderen waren Geister, Schatten. Sie saß da, hörte nichts und sah nichts.

Ein anderes Gefühl überkam sie, stark, stark.

Es war Trauer.

Die Trauer des Ersten Wesens überkam sie und sie weinte.

Es war die Trauer von Mondfalke, als er sich verabschiedet hatte.

Es war Trauer um diesen Guten Jagdgrund, den Jagdgrund eines Ersten Wesens, begraben unter der zerstörerischen Flut.

Es war Trauer um alle alten Guten Jagdgründe, begraben unter der Asche des Vulkans.

Es war Trauer um die Summe all dessen, was Menschen je verloren hatten.

Ein Gedanke kam ihr. Er war seltsam, zu seltsam, als dass sie ihn hätte begreifen können:

Die Ersten Wesen brauchen Menschen. Es ist nicht der Jagdgrund, es sind die Menschen.

Wenn die Menschen fortgehen, gehen auch die Ersten Wesen fort. Sie sterben nicht. Sie verschwinden. Es gibt keine Ersten Wesen in der Wüste.

Jetzt gehen diese Menschen fort. Sie können hier in der Schlucht nicht mehr leben.

Also kein Erstes Wesen. Keines mehr.

Trauer.

Ein weiterer Gedanke, noch seltsamer:

Erste Wesen entspringen ihren Menschen. Sie sind, was ihre Menschen sind. Diese Menschen haben keine Wörter. Ihr Erstes Wesen hat keine Wörter.

Sie hob ihren Kopf.

»Erstes Wesen, wir gehen fort«, flüsterte sie. »Komm mit uns, Erstes Wesen, und ich gebe dir Wörter.«

Die Trance verflog. Sie erschauderte und sah sich um. Goma saß ein Stückchen weiter entfernt auf einem Felsbrocken. Ihr Gesicht war tränenüberströmt. Sie sah zu Noli. Ihre Blicke trafen sich und sie lächelten beide.

Am späten Vormittag begann der Wasserspiegel zu sinken, aber es dauerte den ganzen Tag, eine Nacht und noch einen Teil des nächsten Tages, bis das Wasser verschwunden war. Alle verließen den Hügel und unternahmen einen vorsichtigen Erkundungsgang.

Es war furchtbar. Die Schlucht, mit ihrer geheimnisvollen Schönheit, hatte sich vollkommen verändert. Es war kaum noch erkennbar, dass dort jemals etwas gewachsen war oder gelebt hatte. Stellenweise gab es noch ein paar zerschmetterte Baumstümpfe, doch die Flut und die Felsbrocken, die sie auf ihrem Weg durch die Schlucht mit sich gerollt hatte, hatten alles andere mitgerissen.

Schließlich, als der Wasserspiegel gesunken war, hatten sich Schlamm und Geröll abgelagert und in jeder Mulde und auf allen ebenen Stellen Schichten eines zähen, nassen Schlicks hinterlassen. Häufig reichte er bis zur Hüfte, manchmal war er noch tiefer, aber die Menschen konnten es nicht abschätzen, bevor sie nicht mitten darin steckten.

Auf dem Hügel, wo sie Schutz gesucht hatten, gab es keine Nahrung mehr, also waren sie gezwungen weiterzugehen und sich einen Weg zwischen den bloßgelegten Felsbrocken zu suchen, wo immer sie konnten. Doch es ging langsam voran und nach kurzer Zeit waren sie alle von Schlamm bedeckt.

Gegen Abend erreichten sie niedergeschlagen und erschöpft einen weiteren alten Felssturz, dessen Gipfel aus der Flut geragt hatte. Auch hier waren noch Pflanzen übrig und hatten Scharen kleiner Tiere Zuflucht gesucht. Außerdem gab es zwei Flügelnussbäume und Büsche, deren junge Blätter sie kauen konnten.

Also hatten sie zu essen. Die Mondfalken konnten wieder ihr Feuer entfachen, und alle saßen darum herum, kratzten sich gegenseitig den Schlamm vom Körper und fühlten sich besser. Erschöpft schliefen sie ein. Vielleicht träumte Noli etwas, aber sie erinnerte sich nicht daran.

Als sie am nächsten Morgen erwachten, bot sich ihnen ein entmutigender Anblick dar: Im nächsten Teil der Schlucht hatte sich der Schlick vor irgendeinem Hindernis gestaut, so dass zwischen den Felswänden ein Meer aus glitzerndem Schlamm entstanden war, das sich so weit erstreckte, wie das Auge reichte. Es sah viel schlimmer aus als alles, was sie am Vortag hatten überwinden müssen. Ein paar Männer versuchten hineinzuwaten. Schon bald stand ihnen der Schlick bis zum Hals.

Sie sahen sich die Felswand über ihnen genau an. Die Stelle, aus der die Felsbrocken, die sich zum Hügel aufgetürmt hatten, herausgebrochen waren, schien leichter zu erklimmen zu sein als der Rest der Felswand. Also brachen einige Männer auf, um einen Kletterpfad zu finden. Trotz der feuchten Hitze hielten die Mondfalken das Feuer am Brennen, damit Tinu in der Lage war, den Feuerbewahrer im allerletzten Moment noch zu füllen. Wer wusste schon, wann sie das nächste Mal Brennmaterial fänden?

Als die Männer zurückkamen, machten sich alle zum Aufbruch bereit. Die Mondfalken mussten warten, bis Tinu den Feuerbewahrer gefüllt und verschlossen hatte, und bildeten deshalb das Ende der Schlange.

Der Aufstieg war schwierig und stellenweise Furcht einflößend, obwohl alle daran gewöhnt waren, auf steilen Klippen herumzuklettern. Auf halber Strecke gab es einen Punkt, von dem Noli wohl ihr ganzes Leben lang träumen würde.

Es war eine Stelle, an der die Klippe fast keinen Halt mehr bot und steil bis in große Tiefe abfiel. Sie mussten vom Ende eines Felsvorsprungs, der nicht viel breiter war als Nolis Hand, zu einem neuen Vorsprung gelangen, der wieder Halt für Hände und Füße bot und ein gutes Stück außerhalb ihrer Reichweite lag. Tor und ein weiterer Mann aus der Schlucht warteten diesseits der Lücke, ein dritter jenseits. Noli begriff, dass die Männer ihm hinaufgeholfen hatten, und dann hatte er offenbar gewartet, um sicherzugehen, dass die anderen blieben, um den Mondfalken zu helfen.

Sie sah zu, wie Suth Ko auf seinen Rücken hob und ihm befahl, sich gut festzuhalten. Dann schob er sich bis zum Ende des Felsvorsprungs. Der Mann, der sich auf dieser Seite befand, packte Suths linke Hand, damit er nicht den Halt verlor. Suth krümmte sich und streckte den anderen Arm so weit über das Ende des Vorsprungs hinaus, wie er konnte. Dann packte der Mann auf der anderen Seite, der sich ebenfalls so weit wie möglich reckte, Suths rechte Hand und schwang ihn herüber. Suth setzte Ko dort ab, wo der Felsvorsprung breiter wurde, befahl ihm, sich nicht zu rühren, kam dann zurück und holte Tinu und Mana auf dieselbe Art hinüber.

Nun war Noli an der Reihe. Während der eine Mann sie festhielt, setzte sie sich Otan auf den Rücken, legte seine Arme um ihren Hals und befahl ihm, sich festzuhalten. Dann gab sie dem Mann ihre linke Hand, so dass sie sich mit ausgebreiteten Armen und Beinen an die Felswand pressen und nach der auf der anderen Seite wartenden Hand strecken konnte.

Sie hatte viel kürzere Arme als Suth. Sie kam nicht heran.

Der Mann hinter ihr grunzte und zog sie zurück. Er nahm ihr Otan ab und reichte ihn an Tor weiter, der noch immer dort stand, wo der Felsvorsprung breiter war. Tor setzte Otan zwischen seine Füße.

»Halte dich an Tors Bein fest, Otan«, sagte Noli. »Lass nicht los.«

Sie wandte sich der Lücke zu und versuchte es noch einmal. Ohne Otan reichte ihr Arm ein wenig weiter, aber immer noch nicht weit genug. Der Mann hinter ihr stieß einen weiteren Grunzlaut aus, diesmal mit fragendem Unterton. ›Fertig?, fragte er. Der Mann auf der anderen Seite antwortete: ›Es kann losgehen.‹ Er gab Noli ein Zeichen.

Der Mann hinter ihr schrie kurz und scharf auf und ließ ihre Hand los. Sie sprang. Einen furchtbaren Augenblick lang fiel sie. Dann wurde ihr Handgelenk mit festem Griff gepackt und sie wurde wieder hinauf- und hinübergewuchtet.

Sie arbeitete sich ein Stückchen am Felsvorsprung entlang, damit Suth umkehren und Otan holen konnte. Sie ertrug es nicht, zuzuschauen, und sie sah auch nicht, wie sie Tor hinüberholten.

Das war das Schlimmste, aber selbst die leichteren Abschnitte des Aufstiegs kosteten sehr viel Zeit, da jeder warten musste, bis der Vordermann die schwierigeren Stellen überwunden hatte. Glücklicherweise lag der Großteil der Felswand im Schatten, als die Sonne Richtung Westen wanderte. Als schließlich alle sicher die Spitze erreicht hatten, stand der Sonnenuntergang kurz bevor.

Noli hatte das Bedürfnis, auf die Männer zu warten, die ihr geholfen hatten. Sie legte ihre Hände unter dem Kinn zusammen, senkte den Kopf und sagte: »Ich, Noli, danke. Mondfalke dankt.«

Die Männer machten ein überraschtes, aber erfreutes Gesicht und gaben zur Bestätigung den gewohnten Grunzlaut von sich. Dann umarmte sie Tor und er legte seinen guten Arm um ihren Rücken und lachte.

»Noli«, sagte Suth und zeigte auf den Rest der Gruppe, der vor ihnen oben angekommen und schon dabei war, ein Nachtlager aufzuschlagen. »Das ist nicht gut. Der Mond ist groß. Wir rasten kurz, dann gehen wir. Am Tag ist es zu heiß. Wir, die Mondfalken, wissen das.«

»Suth, du hast Recht«, sagte Noli. »Aber sie haben keine Wörter. Wie sagen wir es ihnen?«

Mit Hilfe von Grunzlauten und Gesten versuchten sie es Tor und Fang, dem Anführer der Menschen aus der Schlucht, zu erklären, aber sie machten nur ein verwirrtes Gesicht. Noli suchte Goma, nahm ihre Hände, sah ihr in die Augen und dachte an die brennende Hitze des Wüstentags und den kühlen Weg unter den Sternen, doch nichts davon schien Goma zu erreichen. Das Erste Wesen war nicht mehr da, um ihnen zu helfen. Goma bemühte sich. Sie schien zu begreifen, dass Noli ihr etwas Wichtiges sagen wollte, aber es nützte nichts. Nach einer Weile begann sie so unglücklich auszusehen, dass Noli aufgab.

»Gehen die Mondfalken?«, fragte Suth. »Bleiben wir bei diesen Menschen?«

»Wir bleiben, glaube ich«, sagte Noli. »Morgen finden sie heraus, dass wir die Wahrheit sagen.«

Sie hatte Recht. Am folgenden Morgen legten sie zügig eine ganze Strecke am Rand der Schlucht zurück, denn das Gelände war einfacher. Als die Sonne höher stieg, wurde das Gehen allmählich mühsamer. Den Menschen aus der Schlucht schien die Sonne noch mehr auszumachen als den Mondfalken. Obwohl es unten brütend heiß sein konnte, gab es immer irgendwo Schatten, entweder dicht an den Felswänden oder unter Bäumen. Hier oben warfen nur die größeren Felsbrocken ein wenig Schatten und mittags war er ganz verschwunden. Um diese Zeit suchten sie bereits verzweifelt nach einem Weg hinab in die Schlucht.

Glücklicherweise stießen sie auf eine Stelle, wo ein weiterer alter Felssturz sich am Felshang zu einem Hügel aufgetürmt hatte. Diesmal fiel das Klettern leichter. Abgesehen von ein oder zwei Abschnitten schafften es selbst die Kleinen ohne Hilfe. Auch diese Hügelkuppe war mitsamt ihrem Bewuchs von der Flut verschont geblieben, also fanden sie Nahrung und hatten auch wieder Wasser.

Außerdem konnten sie erkennen, dass der vor ihnen liegende Teil der Schlucht besser passierbar war. Je weiter sich die Flutwelle von ihrem Ursprung entfernt hatte, desto niedriger war der Wasserstand gewesen, so dass es auf dem Grund dieses Teils der Schlucht nur vereinzelte Schlammflecken zwischen den umgestürzten Felsbrocken und zerschmetterten Pflanzen gab. Auch waren größere Strecken höher gelegenen Bodens ganz der Zerstörung entkommen. An den folgenden Tagen zogen sie weiter und trieben gerade ausreichend Nahrung auf. Das Flusswasser schmeckte noch immer nach Schlamm und Rauch.

Dreimal kamen sie an Höhlen vorbei. Hier hielten die Menschen aus der Schlucht an und riefen. Wenn keine Antwort ertönte, gingen ein paar von ihnen hinein und kamen dann heulend und kopfschüttelnd wieder zum Vorschein.

»Das Wasser kam nachts«, sagte Suth, als dies zum ersten Mal geschah. »Die Menschen schliefen in ihren Höhlen. Das Wasser bedeckte sie. Sie sind hier, tot.«

Noli gab keine Antwort, aber sie wusste, dass er Recht hatte, denn sie konnte spüren, dass das Erste Wesen ganz in der Nähe war und mit seinen Menschen trauerte. Diesmal machte es sich nicht durch ein Kribbeln auf der Haut oder zu Berge stehendes Nackenhaar bemerkbar, aber sie spürte es trotzdem. Sie sah, dass Goma zitternd und weinend abseits der anderen stand, also ging sie zur ihr, legte ihren Arm um sie und weinte mit ihr. Warum hatte das Erste Wesen diese Menschen nicht wie Noli und Goma vor der nahenden Flut gewarnt? Gab es niemanden in diesen Höhlen, zu dem es hätte kommen können? Sie wusste es nicht.

Am sechsten Tag wurden die Wände der Schlucht allmählich niedriger, denn oben fiel das Gelände ab. Nachmittags traten sie hinaus ins Freie und plötzlich war der Blick bis in weite Ferne frei.

Am Horizont glitzerten schneebedeckte Bergspitzen im Sonnenlicht. Vor ihnen erstreckte sich eine riesige Ebene. Der Fluss führte mitten hinein und an beiden Ufern wuchsen Bäume. Sie konnten sehen, dass sich das grüne Band immer weiter davonschlängelte. Alles in unmittelbarer Nähe war von der breiter gewordenen Flutwelle niedergewalzt worden. Dahinter bestand die Ebene größtenteils aus gelbem, von der Sonne verbranntem Gras, und es war nicht sehr wahrscheinlich, dass dort viel Nahrung für Menschen zu finden war. Hier und dort aber wuchsen Bäume mit flacher Krone sowie Buschwerk, und das war viel versprechender.

Noli hörte, wie Suth vor Freude seufzte, und sie wusste weshalb. Dies war es, wonach er sich gesehnt hatte. So hatten ihre alten Guten Jagdgründe ausgesehen. Dies war vertraut.

Abgesehen vom Fluss aber gab es noch einen Unterschied. Über die ganze Ebene verstreut, wenn auch in großem Abstand voneinander, erhoben sich seltsame Felsbuckel. Einige schienen nur große, zerklüftete Hügel zu sein, andere aber hatten senkrecht abfallende Seiten und abgeflachte Spitzen.

Noli musterte sie mit großem Interesse. Allem Anschein nach waren es gute Lagerplätze.

Dicht neben einem dieser Buckel erhob sich eine kleine Wolke orangefarbenen Staubs. Sie war zu weit entfernt, und Noli konnte nicht erkennen, wie sie entstanden war, doch sie vermutete, dass ein großes Raubtier eine Herde grasender Tiere aufgescheucht hatte, die nun davongaloppierten und mit ihren Hufen den Staub aufwirbelten.

Die Menschen aus der Schlucht stießen leise Laute aus, die Besorgnis und Angst signalisierten. Wo waren die schützenden Wände? Wo waren die Höhlen, an die sie gewöhnt waren?

Suth kannte solche Bedenken nicht. Er seufzte noch einmal vor Glück.

»Das sind Gute Jagdgründe«, flüsterte er. »Das sind Jagdgründe von Mondfalke.«

Der Name ließ Noli aufhorchen.

Nein, dachte sie. Nicht Mondfalke. Nie wieder. Aber jemand anderes.

Sie spürte, dass dieses Andere in der Nähe war. Es war besorgt und unsicher, genauso besorgt und unsicher wie seine Menschen.

Ein neuer Gedanke kam ihr, seltsamer als alle, die sie bis dahin gehabt hatte:

Mondfalke war alt, auch Schwarze Antilope und die anderen. Alt, alt.

Dies ist ein junges Erstes Wesen, ein Kind unter den Ersten Wesen.

Wie kann das sein? Ich weiß es nicht.

Ohne die Lippen zu bewegen flüsterte sie etwas in ihrem Geist: Bleibe bei uns, Erstes Wesen. Habe keine Angst. Auch für dich sind dies Gute Jagdgründe.

URSAGE

Die Mutter der Dämonen

Da ist Odutu, der Ort der Begegnung, Odutu, im Schatten des Berges.

Da ist der Berg über Odutu. Auf seiner Spitze leben die Ersten Wesen.

Da ist der Abgrund unter dem Berg. Er ist so unendlich tief, wie der Berg unendlich hoch ist. Dort lebt die Mutter der Dämonen.

Die Mutter der Dämonen erwachte.

Sie sprach in ihrem Herzen zu sich selbst: Im Schlaf hörte ich Geheule. Ich hörte die Stimmen meiner Kinder. Sie jammerten. Wie kann das sein?

Ich gebar viele Male zehn Dämonen. Ich fütterte sie. Sie wurden stark. Ihre Farben waren Furcht erregend.

Ich sagte: »Ihr seid stark. Ich füttere euch nicht mehr.«

Sie sagten: »Wir sind hungrig. Mutter, wo ist unsere Nahrung?«

Ich sagte: »Die Ersten Wesen haben Gute Jagdgründe erschaffen. Dort findet ihr Menschen. Bringt diesen Menschen die Krankheit des Gähnens. Führt sie dorthin, wo das Krokodil auf der Lauer liegt. Füllt ihre Kürbisse mit giftigen Beeren.

Sie sterben. Ihre Geister verlassen sie. Eure Nahrung sind die Geister der Menschen.«

Warum jammern meine Kinder nur?

Die Mutter der Dämonen rief ihren Kindern zu: »Kommt!«

Auf ihren Ruf hin erschienen sie. Sie kamen zum Abgrund unter dem Berg. Sie waren blass und schwach. Sie waren zitterig wie alte Männer. Sie schwankten wie alte Männer.

Die Mutter der Dämonen zählte ihre Kinder. Sie zählte viele Male zehn. Drei fehlten.

Sie sagte: »Ich habe euch ausgesandt und ihr wart stark. Ich habe euch in Furcht erregenden Farben ausgesandt. Warum seid ihr blass und schwach? Warum schwankt und zittert ihr wie alte Männer? Und wo ist mein Sohn Rakaka? Wo ist Sala-Sala? Wo ist Woowoo?«

Sie sagten: »Ein Held ist den Menschen geboren worden. Sein Name ist Sol. Als er noch ein Baby war, kämpfte er mit Rakaka. Er schleuderte einen großen Felsbrocken nach ihm, so dass er fortgerissen wurde. Da floh Rakaka tief und tief in die Wüste und dort versteckt er sich in seinen Höhlen unter der Erde und kommt nicht heraus.

Als Sol noch ein Junge war, kämpfte er mit Sala-Sala. Er schlug ihn und sperrte ihn in einen großen Baum, den Vater aller Bäume. Er wächst beim Stinkwasser.

Als er ein Mann war, kämpfte er mit Woowoo. Er schlug ihn und warf ihn in eine Grube unter dem Fluss Manchmal.

In unseren Herzen sprechen wir zu uns selbst: Dieser Sol ist zu stark für uns. Wir wagen es nicht, die Guten Jagdgründe zu betreten. Dort macht er dasselbe mit uns, was er mit Rakaka, Sala-Sala und Woowoo gemacht hat.«

Die Mutter der Dämonen verfluchte ihre Kinder.

Sie sagte: »Ihr seid Dummköpfe. Warum geht ihr einer nach dem anderen zu den Guten Jagdgründen? Dieser Held, dieser

Sol, kämpft der Reihe nach mit euch. Geht zu fünft und wieder zu fünft. Sol kämpft mit einem von euch. Der eine flieht. Sol jagt ihn weit und weit. Wenn Sol weit und weit ist, bleiben vier übrig. Sie gehen durch die Guten Jagdgründe und suchen ihre Nahrung. Jetzt geht!«

Die Dämonen lachten und freuten sich. Zu fünft und wieder zu fünft kamen sie zu den Guten Jagdgründen. Zu jedem Stamm kamen fünf. Sie lagen auf der Lauer.

Ein Dämon stand vor Sol.

Er sagte: »Kämpfe mit mir, Held.«

Sie kämpften. Der Dämon floh. Sol jagte ihn weit und weit.

Als er fort war, gingen die anderen Dämonen durch die Guten Jagdgründe. Sie brachten den Menschen die Krankheit des Gähnens. Sie führten sie dorthin, wo das Krokodil auf der Lauer lag. Sie füllten ihre Kürbisflaschen mit giftigen Beeren.

Die Menschen starben. Ihre Geister verließen sie. Die Dämonen verschlangen ihre Geister.

Jene Zeiten waren schlecht, schlecht.

SECHS

Abends tranken sie am Fluss, aber die Luft roch nach Krankheit, wie in der schlechten Jahreszeit beim Stinkwasser, und an den Ufern zog sich dichtes Buschwerk entlang, wo wilde Tiere lauern konnten. Der Fluss selbst sah so aus, als wäre er zu schmal für Krokodile, wenngleich sie unberechenbar waren. Und obwohl er Wasser führte, wirkte er nicht wie ein Guter Jagdgrund.

Als die Sonne unterging, gingen sie zum nächsten Felsbuckel, um dort ihr Lager aufzuschlagen. Unterwegs kamen sie an einem Wäldchen vorbei, wo es zahllose Webervögelnester gab, und während die Eltern mit wütenden Schreien um sie herumflatterten, schlugen sie so viele Nester wie möglich herunter. Offenbar hatten die Menschen aus der Schlucht nie etwas derartiges getan, doch sie beteiligten sich mit viel Aufregung und Geschrei. Die Eier waren winzig und die noch nicht flüggen Nestlinge konnte man mit einem Bissen verschlingen, doch jeder bekam etwas ab.

Viel mehr fanden sie nicht, aber zumindest die Mondfalken waren es gewohnt, hungrig zu sein. Es würde viele Monde brauchen, um diese Ebene auszukundschaften und ihre Guten Jagdgründe zu finden, jene Stellen, wo die richtigen Gräser wuchsen, Pflanzen, die gute Nüsse und Beeren, Wurzeln und Blätter hervorbrachten, und wo sich die Höhlen kleiner Tiere befanden, die man ausgraben oder in Fallen fangen konnte.

Und sie mussten lernen, auf die Gefahren zu achten – auf Giftpflanzen, Orte, an denen man krank wurde, wasserlose Gegenden und die Gewohnheiten der großen Raubtiere.

Darüber waren sich die Mondfalken im Klaren, selbst die Kleinen, aber sie waren glücklich, denn sie wussten, dass dieser Ort zu ihnen passte. Er war wie für sie geschaffen. Der Mut der Schlucht-Menschen aber schien immer mehr zu sinken. Sie murmelten untereinander und blickten sehnsüchtig über ihre Schultern zurück zur großen Wüste, durch die sich ihre Schlucht zog.

Als sie zum Felsbuckel gelangten, sammelten sie Brennmaterial und schleppten es hinauf zur Kuppe. Die Mondfalken entfachten ihr Feuer und alle, bis auf einige Männer, die abwechselnd die Nacht hindurch Wache hielten, legten sich schlafen.

Schon bald nach ihrem Aufbruch am nächsten Morgen stießen sie auf eine Termitenkolonie. Nicht alle Termiten waren genießbar, diese aber konnte man essen. Ihre Hügel waren schmal und so lang wie ein Mann, und alle wiesen in die gleiche Richtung.

Wenn man einen Termitenhügel erfolgreich plündern wollte, musste man an die Eier in der Königskammer kommen, bevor die Soldaten zum Angriff ausschwärmten. Dazu musste man zu zweit sein: Einer lockerte mit dem Grabstock die Erde, der andere saß auf den Knien und schaufelte sie fort.

Anders als die Männer der Stämme trugen die Schlucht-

Menschen nicht immer Grabstöcke bei sich, sondern schnitten sich je nach Bedarf neue. Sie hatten noch nie einen Termitenhügel geplündert, also zeigten Suth und Noli ihnen, wie man es machte. Als den beiden die Bisse zu viel wurden, reichte Suth seinen Grabstock weiter und entfernte sich mit den Mondfalken, um die zähen kleinen Eier zu essen.

Während sie aßen, streifte Tinu umher. Noli hörte sie rufen und sah, dass sie am anderen Ende der Kolonie stand und sie herbeiwinkte. Die Mondfalken gingen zu ihr, um nachzuschauen, was sie entdeckt hatte.

Einige Hügel waren schon geplündert worden. Jeder von ihnen wies ein tiefes Loch auf. Teilweise hatten die Termiten schon begonnen, den Schaden auszubessern, aber die Löcher waren erst bis zur Hälfte gefüllt worden. Die Plünderung konnte also nur wenige Tage zurückliegen.

»Ameisenbär macht das?«, fragte Noli.

»Ameisenbär plündert einen, dann den anderen«, sagte Suth. »Das hier ist Menschending.«

»Sieh nur, Suth, sieh!«, rief Ko, der auf einem anderen Hügel stand. »Mana findet eine Hand!«

Sie gingen hin und schauten nach. Dicht neben dem Loch, auf dem Haufen loser Erde, die herausgeholt worden war, befand sich der Abdruck einer linken Hand. Er befand sich genau an jener Stelle, wo sich jemand beim Knien aufgestützt hätte, um in das Loch greifen zu können. Suth legte seine Hand darauf. Der Abdruck war größer.

Fragend sahen sie einander an. Gehört dieser Gute Jagdgrund irgendjemandem? Gäbe es Ärger, wenn die Menschen zurückkämen und entdeckten, dass Fremde ihre Hügel plünderten?

Sie suchten alles ab und bemerkten, dass nur acht Hügel geplündert worden waren. Wer immer es also gewesen sein mochte – die Anzahl der Menschen konnte nicht so groß sein, dass sie Angst haben mussten.

Mittags kehrten sie zum Trinken zurück zum Fluss. Diesmal entdeckten sie einen breiten, kahlen Felsvorsprung, der sich am Ufer entlangzog. Dort konnten sie trinken, ohne Angriffe aus dem Buschwerk befürchten zu müssen, und Noli und die Mondfalken waren überrascht, als sich unter den Menschen aus der Schlucht plötzlich erschrecktes Geschrei erhob.

Sie drängten sich an einer Stelle zusammen, wo der Schlick, den die Flut hinterlassen hatte, auf den felsigen Untergrund geschwemmt worden war. Die weiche Oberfläche war mit den Spuren von Tieren übersät, die hier zur Tränke gekommen waren. Deutlich sichtbar wurde sie von mehreren Linien großer Pfotenabdrücke durchzogen, die vorn jeweils vier Zehen ohne Krallen und hinten drei Ballen aufwiesen. Die Mondfalken erkannten sie sofort.

Löwen.

Kein anderes Tier hinterließ Spuren in dieser Größe und Form.

In den alten Guten Jagdgründen der Mondfalken hatte es nicht viele große Beutetiere und deshalb nur wenige Löwen gegeben. Einige andere Stämme hatten weniger Glück gehabt, und ein- oder zweimal hatte Noli davon gehört, dass jemand von einem Löwen getötet worden war. In den meisten Fällen aber griff ein Löwe keine Menschen an.

Es gab das Sprichwort: Acht Menschen braucht ein Löwe. Es bedeutete, dass eine Schar von acht Menschen, bewaffnet mit Steinen und Grabstöcken, normalerweise einen Löwen verscheuchen konnte, vorausgesetzt, dass er nicht zu wütend war.

Oder dass es kein Löwendämon war. Derartige Löwen

zogen den Geschmack von Menschenfleisch allem anderen Fleisch vor, jagten und töteten Menschen, drangen sogar nachts in ihre Lagerplätze ein und verschleppten Kinder. Sol, der Held, hatte mit einem solchen Löwen gekämpft und ihn getötet, aber das war lange, lange her. Zu Lebzeiten der Mutter der Mutter der Mutter von Noli war ein anderer Löwendämon aufgetaucht. Als sie noch klein gewesen war, hatte Noli häufig voller Angst daran denken müssen.

Kein gewöhnlicher Löwe aber würde eine so große Menschengruppe wie die ihre angreifen. Noli ging zu Goma und versuchte ihr das verständlich zu machen, aber sie schien genauso angsterfüllt zu sein wie die anderen und bemühte sich nicht einmal, sie zu verstehen.

Sie tranken voller Angst und Hast, drängten sich dann dicht zusammen und entfernten sich sofort ein gutes Stück vom Fluss, wobei einige ununterbrochen Ausschau hielten. Im Schatten einer Baumgruppe, von der aus man weit in alle Richtungen blicken konnte, hielten sie an. Die Männer begannen sogleich, sich Grabstöcke zu machen.

Einige hielten Wache, während die anderen rasteten, und als sie weiterzogen, nahm jeder ein paar gute Steine als Wurfgeschosse mit auf die Nahrungssuche. Es zeigte sich kein einziger Löwe.

Abends weigerten sie sich, zum Felsbuckel zurückzukehren, wo sie in der Nacht zuvor gelagert hatten, und bestanden darauf, einen anderen aufzusuchen, obwohl er viel weiter vom Fluss entfernt lag. Er fiel ringsherum steil ab, bot nur eine Möglichkeit zum Aufstieg, und selbst dort brauchten die Kleinen Hilfe. Es war mühsam, ausreichend Brennmaterial für ein Feuer hinaufzuschaffen, aber in jeder anderen Hinsicht war es ein guter, sicherer Lagerplatz.

Insgeheim amüsierten sich die Mondfalken über alle diese

Umstände, doch wie sich zeigte, hatten die Schlucht-Menschen richtig gehandelt. Am nächsten Morgen wurden sie bei der Nahrungssuche von einem Löwen angegriffen.

Noli bekam es nicht richtig mit. Sie hörte nur Schreie und Rufe und hob gerade noch rechtzeitig den Kopf, um zu sehen, wie der Löwe irgendetwas – nein, *irgendjemanden* – in den Busch zerrte, während Menschen ihn schreiend verfolgten und mit Steinen bewarfen.

»Der Löwe nimmt einen Jungen!«, rief Suth. »Noli, bring die Kleinen. Bleib dicht bei mir.«

Er rannte auf den Busch zu. Noli reichte Otan an Tinu weiter, nahm Ko und Mana bei den Händen und eilte ihm nach.

»Ich kämpfe mit dem Löwen«, keuchte Ko beim Laufen. »Auch ich kämpfe mit dem Löwen.«

Als sie eintrafen, standen alle mit starrem Blick vor der Stelle, wo der Löwe verschwunden war. Sie waren wütend, verängstigt und unsicher, was nun zu tun sei. Die Büsche wuchsen dicht beieinander. Es gab eine schmale Öffnung, eine Art von Tunnel, der zum Mittelpunkt führte. Die Öffnung sah so aus, als würde sie häufig benutzt werden, als führe sie zum Versteck des Löwen. Um den Jungen zu retten – wenn er überhaupt noch lebte –, müssten sie nacheinander hineinkriechen. Das war viel zu gefährlich.

»Ich sehe, wie das geschah«, sagte Suth und zeigte auf eine flache Mulde im Gelände. »Dort lag der Löwe, tief, tief. Wir sahen ihn nicht. Er wartete. Die Menschen kamen näher. Er rannte heraus, schnell, schnell. Er sprang einen Jungen von hinten an. Er schlug ihn, so ...«

Er riss seinen Arm hinunter, wobei er die Finger zu Krallen bog.

»Der Junge stürzte«, fuhr er fort. »Ich glaube, er ist tot. Der Löwe nahm seine Schulter ins Maul. Er trug ihn fort.«

Tinu stand plötzlich an seiner anderen Seite und zog ihn am Arm. Er sah hinab.

»Suth …«, stammelte sie, »mache Feuer … Wind …«

Sie gestikulierte, um die Richtung der leichten Brise zu verdeutlichen.

»Tinu, das ist gut«, sagte er. »Warte. Ich suche Tor.«

Er schoss davon und kam dann mit Tor, Fang und einigen anderen zurück. Er zeigte mehrmals auf den Feuerbewahrer und die Büsche, dann pustete er und ahmte mit seinen Händen Flammen nach. Auf der Jagd hatte der Stamm manchmal einen Streifen Buschland angezündet und vor dem Wind gewartet, um dann die Tiere zu töten, die vor Rauch und Feuer flohen. Doch ohne die Zustimmung der Schlucht-Menschen konnte Suth kein Feuer legen. Der Junge, der verschleppt worden war, war einer der ihren. Vielleicht glaubten sie, dass er noch lebte. Sie begriffen, was er meinte, und grunzten zustimmend.

Einige von ihnen sammelten gemeinsam mit den Mondfalken auf der im Windschatten liegenden Seite hastig Brennmaterial, der Rest kehrte wieder zum Tunnel zurück.

In aller Eile türmten Suth und Noli Äste vor den Büschen auf, während Tinu Zweige und Gras zu einem kleinen Haufen aufschichtete. Sobald alles bereit war, formte sie am unteren Rand des größten Asthaufens eine Öffnung, schüttelte die Glut hinein und legte ihren kleinen Haufen oben darauf. Dann legte sie sich auf den Bauch und blies.

Die Glut hatte sich noch nicht lange im Feuerbewahrer befunden und war noch sehr heiß. Sofort stieg Rauch auf. Der ganze Haufen brannte lichterloh, und die Hitze war so groß, dass es in unmittelbarer Nähe nicht lange auszuhalten war. Tinu steckte trockene Stöcke ins Feuer, und sobald sie brannten, reichte sie sie an die anderen weiter, die dann am

Rand des Busches entlanggingen und alles in Brand zu stecken versuchten, was brennbar aussah. Die meisten dieser kleinen Feuer erloschen wieder, einige aber fassten Fuß und dehnten sich aus. Dann vereinigten sich die einzelnen Brände donnernd und eine Feuerwalze fraß sich langsam, aber sicher durch den Busch. Der Wind trieb sie unter Donnern, Knistern und Knacken voran.

Die Menschen hatten sich zu beiden Seiten der Öffnung versammelt. Rauchschwaden zogen über ihre Köpfe hinweg. Jeder hatte sich eine Waffe oder irgendein Wurfgeschoss gesucht, aber keiner (abgesehen von Ko) schien darauf erpicht zu sein, dem Löwe Auge in Auge gegenüberzustehen.

Eine Zeit lang geschah nichts. Ein paar Schlangen kamen zum Vorschein. Die Vögel waren offenbar schon geflohen. Dann war er plötzlich da. Ohne Vorwarnung. Ein riesiger Löwe. Er trat aus dem Tunnel.

Er hielt inne, ließ seinen Kopf von einer Seite zur anderen pendeln und stieß ein tiefes Knurren aus. Sein Schwanz schlug hin und her. Er sah aus, als wäre er wütend genug, um den Angriff zu wagen, und gerade dabei, sich ein Opfer auszuwählen. Einen Augenblick lang schienen die missmutigen, blutunterlaufenen Augen direkt auf Noli gerichtet zu sein. Sie erstarrte. Sie hatte das Gefühl, sich nicht von der Stelle rühren zu können, wenn er jetzt angriffe. Dann schwang sein Kopf weiter herum.

Alle riefen, schrien und johlten und schleuderten ihre Wurfgeschosse. Die Steine waren schwer genug, um wehzutun. Der Löwe stieß ein fauchendes Brüllen aus. Ein zweiter Regen von Steinen ging auf ihn nieder. Er fauchte wieder und schoss auf die Lücke zwischen den Linien zu. Einige Männer stürzten herbei und schlugen ihn heftig mit ihren Grabstöcken, als er vorbeikam. Dann lief er davon, verfolgt von ein paar schreienden Menschen. Aus der Nähe besehen wirkte er ausgehungert und unter seinem Fell zeichneten sich die Rippen ab.

Als er in der Ferne verschwand, kehrten einige Schlucht-Menschen zur im Windschatten liegenden Seite des Busches zurück und begannen sich einen Weg durch die verkohlten Büsche zu bahnen. Die Mondfalken folgten ihnen, um Tinu dabei zu helfen, ihr Feuer zu schüren, damit genug Glut für den Feuerbewahrer übrig blieb.

»Der Löwe ist alt«, sagte Suth.

»Mein Stein traf ihn«, sagte Ko voller Überzeugung.

Tief im Busch erhob sich Geheul. Diejenigen, die draußen geblieben waren, nahmen es auf. Noli begriff, dass der Leichnam des Jungen gefunden worden war.

Ein Mann tauchte auf, dessen Körper vom Ruß verkohlter Zweige beschmiert war. Er grunzte in Richtung Suth und verdeutlichte ihm mit Zeichen, dass er ihm etwas zeigen wolle. Suth folgte ihm in den Busch. Als er zurückkam, war seine Miene finster und starr.

»Der Junge ist tot«, sagte Suth. »Der Löwe fraß seinen Magen.«

»Das ist traurig, traurig«, sagte Noli.

»Ich sah andere Knochen, Noli. Ich sah Kopfknochen. Es war der Kopfknochen eines Menschen. Ich sah auch einen Fuß. Ein Teil war gefressen. Die Zehen nicht. Noli, ich sah die Haut auf den Zehen. Sie war nicht wie die Haut dieser Menschen. Sie war dunkel wie meine Haut.«

Noli starrte ihn an. Was hatte das zu bedeuten? Sie hatten ihren Stamm zuletzt gesehen, als sie und Suth ihn schlafend in der Wüste zurückgelassen hatten und umgekehrt waren, um die Kleinen zu retten. War der Rest des Stammes weitergezogen, hatte Wasser gefunden, diesen Jagdgrund erreicht? Hatten sie den Handabdruck auf dem Termitenhügel hinterlassen? Waren es mehrere? Lebte noch irgendjemand von ihnen?

Ihr Herz war voller Furcht, aber auch voller Hoffnung.

»Ich glaube, dieser war Mondfalke«, sagte Suth. »Noli, ich trauere.«

»Ich trauere auch«, sagte Noli.

»Mondfalke trauert«, sagte Suth. »Die Frauen tanzen den Tanz des Todes. Noli, Tinu, Mana. Ihr seid die Frauen.«

Noli setzte Otan ab, Suth nahm ihn bei der Hand und bat Ko, an seine andere Seite zu treten. Die drei Mädchen stellten sich ihnen gegenüber in einer Reihe auf. Suth schlug mit seiner freien Hand den Takt auf seinem Oberschenkel und die Mädchen begannen mit dem Tanz, den die Frauen des Stammes getanzt hatten, um dem Geist dabei zu helfen, den Körper zu verlassen und ihn auf seinem Weg zum Glücklichen Jagdgrund, auf der Spitze des Berges über Odutu, wo die Ersten Wesen wohnten, vor den Dämonen zu beschützen. Ihr schrilles, wortloses Klagelied erhob sich, sie stampften dreimal mit dem rechten Fuß auf, dann mit dem linken, immer wieder, während Suth im Takt klatschte und tiefe Grunzlaute ausstieß. Ko tat sein Bestes, um es ihm gleichzutun.

Die ununterbrochene, unentwegt wiederholte Bewegung versetzte Noli in Trance. Ihr Geist schien ihren Körper zu verlassen und durch das brennende, staubige Sonnenlicht aufzusteigen, bis er körperlos über den Gruppen trauernder Menschen und dem verkohlten Busch schwebte, wo gerade der letzte Rauch davontrieb.

Das Erste Wesen war da und trauerte genauso, wie die Menschen unten trauerten. Es waren auch andere Wesen da.

Sie spürte die wohlwollende Gegenwart Gomas. Sie spürte noch jemanden, einen Jungen in ihrem Alter, dessen Geist noch vom Schmerz und Schrecken seines Todes pulsierte. Und sehr schwach, wie ein weit entferntes, trauriges Flüstern, spürte sie noch jemanden … Mann oder Frau? Stamm oder kein Stamm? Die Gegenwart des Geistes war zu schwach, um es mit Sicherheit sagen zu können, aber es war jener Mensch, um dessentwillen die Mondfalken unten den Tanz des Todes tanzten.

Das Erste Wesen schien die Geister der Toten in sich aufzunehmen. Die große Trauer ließ nach. Noli glitt sanft zurück in ihren Körper und merkte, dass ihre Füße noch immer neben dem Busch im Rhythmus stampften und dass in ihrer Kehle noch immer das schrille Klagelied ertönte.

Plötzlich hielt sie inne.

»Es ist vorbei«, krächzte sie.

Sie blickte sich um und sah, dass die Menschen der Schlucht im Aufbruch begriffen waren. Sobald Tinu den Feuerbewahrer wieder gefüllt hatte, eilten die Mondfalken hinter ihnen her. Obwohl sie in eine Richtung gingen, die der des Löwen entgegengesetzt war, blieben sie dicht beisammen, um bereit zu sein, falls der Löwe sie umkreiste und wieder angriffe.

Das bedeutete, dass sie ein Gelände durchquerten, das sie schon nach Nahrung abgesucht hatten. Trotzdem blieben sie noch lange, nachdem sie die Gefahrenzone verlassen hatten, auf dem einmal eingeschlagenen Weg.

Nach einer Weile wurde Suth ungeduldig.

»Das ist dumm«, sagte er. »Hier waren wir schon. Wir nahmen alle Nahrung.«

»Ich glaube, sie haben zu viel Angst vor dem Löwen«, sagte Noli. »Sie gehen zurück zur Schlucht.«

Suth hielt an.

»Ich sage, wir, die Mondfalken, machen das nicht«, sagte er. »Ich sage, das ist noch dümmer. Gibt es Nahrung in der Schlucht?«

»Es gibt keine, Suth«, sagte Noli. »Du hast Recht. Wir bleiben.«

Offenbar hatte Tor bemerkt, dass die Mondfalken nicht mehr folgten, denn er trottete besorgt zurück. Sie versuchten es ihm zu erklären, so gut sie konnten, und sobald er begriff, wurde er sehr unglücklich und versuchte sie mit drängenden Grunzlauten und Gesten dazu zu überreden, sich die Sache anders zu überlegen.

Schließlich gab er auf und umarmte sie der Reihe nach traurig mit seinem gesunden Arm, wobei er vor den Kleinen in die Knie ging. Als sie begriff, dass Tor sie verlassen würde, brach Mana, die normalerweise jeden Schicksalsschlag hinnahm und das Beste daraus zu machen versuchte, in Tränen aus. Noli sah, dass auch Tor Tränen in den Augen hatte, aber er wandte sich um und humpelte hinter den anderen her.

Und ich habe Goma nicht auf Wiedersehen gesagt, dachte Noli.

Und das Erste Wesen ist verschwunden. Es ist mit seinen Menschen gegangen.

Den Rest des Tages über zogen die Mondfalken vorsichtig weiter. Stets hielt einer Ausschau und sie achteten darauf, sich immer in der Nähe einer Zuflucht zu befinden, egal ob steile Felsen oder Kletterbäume. Das brachte es mit sich, dass sie an manchen viel versprechenden Stellen, die sich in zu großer Nähe von Bodensenken oder Buschwerk befanden, wo sich der Löwe hätte verbergen können, keine Nahrung zu suchen wagten. Da sie aber nur noch zu sechst waren, fanden sie ausreichend zu essen.

Bevor sie abends zum Trinken gingen, halfen Suth und Noli den Kleinen, auf einen Baum zu klettern. Dann gingen sie allein zum Fluss. Er hielt Wache, während sie den Kürbis füllte.

Sie schlugen ihr Lager auf dem guten und sicheren Felsbuckel auf, den sie schon nachts zuvor benutzt hatten. Noli war ängstlich und bedrückt. Sie vermisste Goma. Sie vermisste Tor. Und sie sehnte sich danach, dass das Erste Wesen komme und sie durch seine Gegenwart tröste, aber sie wusste, dass es vergeblich war. Es gehörte zu seinen Menschen. Die Vorstellung, dass wenigstens ein Stammesmitglied es geschafft haben könnte die furchtbare Wüste zu durchqueren, nur um dann von einem Löwen getötet und gefressen zu werden, erschreckte sie. Dies hier waren Gute Jagdgründe. Genau wie Suth war Noli von der Sehnsucht zu bleiben erfüllt. Wenn sie aber darüber nachdachte, wie sie hier überleben sollten, nur zu sechst und außerdem in einer Gegend, in der es einen Löwen gab, der gern Menschen fraß, dann wuchs ihre Beunruhigung immer weiter.

Ein Löwendämon.

Suth hatte sich mit ähnlich besorgten Gedanken herumgeschlagen. Er schnaufte bedrückt.

»Tinu«, sagte er. »Wie töten wir einen Löwen?«

»Ich denke«, sagte sie.

Den restlichen Abend über saß sie da und starrte ins Feuer, bis sich schließlich alle schlafen legten.

Als Noli am anderen Morgen erwachte, fehlten Tinu und Suth. Sie konnte ihre Stimmen auf der anderen Seite des Felsbuckels hören, konnte sie aber nicht sehen, obgleich die Kuppe fast flach war.

Sie entdeckte sie an einer Stelle, an der sich ein tiefer Einschnitt in den Fels gegraben hatte, als hätte ein Riese irgendwann einmal mit seinem Faustkeil hineingeschnitten, ein Stück der Felswand herausgezerrt und es dann verschwinden lassen. Eine Seite des Einschnitts fiel steil bis zur Ebene ab, auf der anderen Seite aber befand sich ein breiter Felsvorsprung, der ungefähr eine Manneslänge unter der Kuppe des Felsbuckels lag. Suth und Tinu knieten auf dem Vorsprung und nahmen den Boden des Einschnitts in Augenschein.

»Was macht ihr, Suth?«, rief Noli.

Er wandte ihr den Kopf zu und grinste.

»Tinu macht Löwenfalle«, sagte er. »Komm, sieh.«

Noli rief Mana zu, auf Otan zu achten, kletterte dann hinab und kniete sich neben Suth. Er zeigte auf den Boden des Einschnitts.

»Es ist dasselbe wie Mangustenfalle«, erklärte er. »Da unten Köder. Hier oben Felsbrocken.«

Mit seinen Händen malte er einige Felsbrocken in die Luft, die am Rand des Vorsprungs auf der Kippe lagen.

»Wir suchen Nahrung«, sagte er. »Löwe findet uns. Er folgt uns bis zu diesem Ort. Wir warten hier. Löwe sieht den Köder. Er kommt. Wir stürzen die Felsbrocken« – er ahmte einen plötzlichen, heftigen Schubs nach – »der Löwe ist dort« – wieder zeigte er auf den Boden des Einschnitts, dann ließ er die geballte Faust mit Wucht in die andere Handfläche klatschen – »der Löwe ist tot«, sagte er.

Ja, es könnte so gehen, dachte Noli. Sie würden Glück brauchen. Natürlich gab es Schwierigkeiten.

»Köder für Löwen?«, fragte sie. »Der Löwe frisst Menschen.«

Suths Euphorie kühlte merklich ab. Er warf einen Blick auf Tinu.

»Ich bin Köder«, sagte Tinu. Sie murmelte wie üblich, klang aber, als wäre es die alltäglichste Sache der Welt, genauso wie man einen Brei aus Garriblättern benutzte, um Mangusten zu ködern.

»Nein!«, schrie Noli voller Schrecken. »Suth, das ist gefährlich, gefährlich!«

»Auch ich sage das«, sagte Suth. »Ich sage, wir nehmen Tierfleisch als Köder.«

»Löwe will Menschen …«, sagte Tinu hartnäckig. »Noli, ich baue Lager … Ich schichte Felsbrocken … Viele, viele … kleines Loch … Löwe kommt … Ich krieche ins Loch … Löwe zu groß …«

Während sie sich mit den Wörtern abmühte, bewegte sie ihre Hände, um zu verdeutlichen, wie sie ihre Festung in der Ecke des Einschnitts bauen würde, so dass der Löwe sich, suchte er nach einem Eingang, direkt unter dem Felsvorsprung befände.

Tinu sah Noli voller Eifer an, als wäre es eine unglaublich interessante Idee, die sie unbedingt in die Tat umsetzen müsste. Ja, natürlich, es könnte gehen. Wenn der Stamm die Nacht an einem Ort hatte verbringen müssen, wo sie sich nicht sicher fühlten, hatten sie alle auffindbaren Ritzen und Spalten mit Felsbrocken versperrt, damit wenigstens die Kleinen sicher schlafen konnten. Aber ein Wall, dick genug, um einen Löwen abzuhalten …

»Tinu, ein Löwe ist stark, stark«, sagte Noli. »Suth, ich sage nein.«

»Noli, du hast Recht«, sagte er, seufzte dann aber voller Besorgnis. »Dieser Löwe ist alt«, sagte er. »Hirsche, Zebras, sie laufen schnell, schnell. Unsere Kleinen sind leichte Beute für ihn. Er kommt dorthin, wo Menschen sind. Noli, er kommt.«
Suth und Noli gingen allein zur Wasserstelle, um wie beim letzten Mal den Kürbis zu füllen. Dann suchten sie unter größter Vorsicht nach Nahrung. Sie legten nicht die übliche

Mittagsrast ein, sondern arbeiteten weiter, weil es die sicherste Tageszeit war. Selbst ein Löwe lag jetzt irgendwo im Schatten.

Als sie genug beisammenhatten, kehrten sie am Fluss entlang zu ihrem Lagerplatz zurück und sammelten unterwegs alles Brennmaterial, das sie finden konnten. Selbst jeder der Kleinen musste auf dem letzten Teil des Weges einen Ast schleppen.

Als sie den Felsbuckel erreichten, stand die Sonne noch hoch am Himmel. Der nackte Fels auf der Kuppe war brennend heiß, aber der Vorsprung über dem Einschnitt blickte in östliche Richtung und lag inzwischen im Schatten, also kletterten sie hinab, um dort zu rasten.

Nach einer Weile berührte Tinu Nolis Arm.

»Noli«, sagte sie bittend, »ich steige hinab … baue Falle … Du achtest … auf Löwen …«

»Tinu, ich sage, diese Falle ist gefährlich. Auch Suth sagt das.«

»Ich versuche … nur. Schau zu … Ich, Tinu … bitte.«

»Suth, was sagst du?«

Suth sah Tinu an und lächelte.

»Körper so klein, Geist so groß«, sagte er. »Kann ich sie aufhalten?«

Das war natürlich Unsinn. Tinu betete Suth an. Sie hätte sich seinem Wunsch um keinen Preis der Welt widersetzt. Er aber vertraute wiederum Tinu. Wenn Tinu glaubte, eine Falle bauen zu können, die stark genug war, um einen Löwen abzuhalten, dann war Suth bereit, es wenigstens auf einen Versuch ankommen zu lassen.

Vielleicht hatte Suth Recht, aber Noli hasste den Plan. Dieser Löwe war nicht wie andere Löwen.

Es war ein Löwendämon.

»Noli, dieser Löwe kommt«, sagte Suth ruhig. »Morgen, übermorgen ... ich weiß nicht. Aber er kommt. Noli, wir müssen diesen Löwen töten.«

Sie erhob sich wortlos und trat an den äußersten Rand des Felsvorsprungs. Von dort konnte sie die eine Hälfte der Ebene ganz einsehen, bis hin zu den schneebedeckten Bergen. Die Luft war so klar, dass sie meinte, einen Vogel erkennen zu können, der eine halbe Tagesreise weit entfernt auf einem Ast saß.

Sie nahm das Gelände vor sich in Augenschein und suchte nach Stellen, wo sich ein Löwe verbergen konnte. Es gab zwei Gefahrenbereiche. In fast gerader Blickrichtung zog sich ein dichter Streifen des Busches hin zum Felsbuckel. Die am dichtesten heranreichenden Büsche waren viele Male zehn Schritte entfernt. In etwas größerer Entfernung erhob sich zu ihrer Rechten ein niedriger Hügel, der den Blick auf das dahinter liegende Gelände versperrte.

Wie schnell wäre der Löwe? Angenommen, sie sähe ihn sofort und riefe. Hätte Tinu dann genug Zeit, um zur anderen Seite zu rennen und sich in Sicherheit zu bringen? Ja, entschied sie. Und ein wenig Zeit bliebe ihr außerdem.

Was sonst?

Sie blickte nach links. Dort war das Gelände weitgehend frei. Die nächste Deckung ...

Sie erstarrte. Irgendetwas bewegte sich auf sie zu. Einige Geschöpfe, eine kleine Schar. Sie kniff ihre Augen zusammen ...

»Suth!«, schrie sie. »Suth!«

Sofort stand er neben ihr und starrte in die Richtung, die sie mit ausgestrecktem Arm wies. Sie wartete. Ihr Herz schlug wild.

»Es sind Menschen«, murmelte Suth. »Sie kommen.«

Schweigend beobachteten sie die Näherkommenden. Noli zählte acht. Schließlich konnte sie die Köpfe erkennen, die Arme, den gleichmäßigen Laufschritt der Beine.

»Ihre Haut ist dunkel«, sagte Suth noch immer ganz ruhig. »Ich glaube, sie sind Stamm.«

URSAGE

Sols Traum

Sol kämpfte mit Dämonen.

Viele Male zehn Monde lang kämpfte er mit ihnen und er ruhte nicht bei Tag und nicht bei Nacht. Sie flohen vor ihm und er verfolgte sie. Keiner nahm seine Herausforderung an.

Sol kämpfte mit einem gelben Dämon. Der Dämon floh. Sol verfolgte ihn weit und weit, bis zu den Salzpfannen hinter Lusan-wo-die-Ameisen-wohnen.

Dort schleuderte Sol seinen Grabstock, Monoko, nach dem Dämon und durchbohrte ihn. Das gelbe Blut entströmte ihm. Daher ist das Salz jener Pfannen bis auf den heutigen Tag gelb.

Sol sagte: »Viele Male zehn Monde lang habe ich mit Dämonen gekämpft. Ich ruhte nicht bei Tag und nicht bei Nacht. Ich bin müde. Nun schlafe ich.«

Er schlief in Lusan-wo-die-Ameisen-wohnen. Dort träumte Sol seinen Traum.

Ein Wesen erschien ihm und es hatte weder Gestalt noch Geruch. Ein Wesen sprach zu ihm und seine Stimme machte kein Geräusch.

Das Wesen sagte: »Sol, mein Sohn.«

Sol sagte: »Vater, ich höre.«

Das Wesen sagte: »Viele Male zehn Monde lang hast du mit Dämonen gekämpft, aber es werden nicht weniger. Du erschlägst einen Dämon. Die Mutter der Dämonen gebiert zehn neue. Im Abgrund unter dem Berg, dem Berg über Odutu, dort gebiert sie. Gehe jetzt zur Mutter der Dämonen. Tritt vor sie hin. Sprich zu ihr.«

Sol sagte: »Vater, was spreche ich zu ihr?«

Das Wesen sagte: »Sprich zu ihr und die Wörter werden dir gegeben.«

Sol sagte: »Vater, wie kann ich den Weg zum Abgrund unter dem Berg finden? Die Mutter der Dämonen wirft einen Zauber aus, der so stark ist, dass weder Mann noch Frau den Abgrund unter dem Berg finden können. Ihr Zauber ist stark, stark.«

Das Wesen sagte: »Gehe von einem Stamm zum anderen. Du bittest nicht um Essen. Einer gibt dir zu essen. Er führt dich.«

Der Traum verließ Sol und er erwachte.

Sol brach auf. Er ging von einem Stamm zum anderen. Männer trafen ihn, sie jagten Hirsche. Sie sagten: »Sol, wir würden dir zu essen geben, aber wir haben nichts. Die Dämonen verscheuchen alle Hirsche.«

Frauen trafen ihn, sie suchten Samen. Sie sagten: »Sol, wir würden dir zu essen geben, aber wir haben nichts. Die Dämonen lassen die Gräser verkümmern.«

Es begegnete ihm ein Kind, ein Mädchen, das Felsbrocken umdrehte, um darunter nach Nahrung zu suchen, denn sie hatte weder Vater noch Mutter.

Sie sagte: »Sol, sieh doch, ich finde einen Dickwurm. Schneide den giftigen Teil heraus, und ich gebe dir die Hälfte.«

Sol nahm den Dickwurm. Mit Ban-ban, seiner Klinge, schnitt er den giftigen Teil heraus. Er aß die eine Hälfte des Wurms und die andere Hälfte gab er dem Mädchen.

Er sagte: »Wie ist dein Name und zu welchem Stamm gehörst du?«

Sie sagte: »Mein Name ist Vona. Mein Stamm ist Webervogel.«

Er sagte: »Ich rede nun mit deiner Mutter.«

Sie sagte: »Ein Dämon brachte eine Krankheit. Mein Mutter ist tot. Mein Vater auch.«

Er sagte: »Vona, du führst mich zum Abgrund unter dem Berg. Du bist kein Mann und keine Frau, sondern ein Kind. Die Mutter der Dämonen wirft keinen Zauber über dich.«

Sie sagte: »Sol, ich weiß nicht, wo dieser Ort ist.«

Er sagte: »Schließe deine Augen.«

Vona schloss ihre Augen und Sol drehte sie herum und herum.

Er sagte: »Öffne deine Augen nicht. Zeige mir nun, auf welchem Weg wir gehen.«

Vona zeigte. Sie sagte: »Wir gehen auf diesem Weg.«

Dann setzte Sol sie auf seine Schultern und sie brachen auf.

SIEBEN

Im Licht der Abendsonne, das schwer auf der Ebene lag, kamen die acht Neuankömmlinge allmählich näher. Der Schatten des Felsbuckels streckte sich ihnen entgegen. Sie hatten keine Möglichkeit, Suth und Noli zu sehen, die auf dem Vorsprung unterhalb der Kuppe standen.

Zunächst hatte es den Anschein gehabt, als liefen sie gezielt auf den Felsbuckel zu, dann aber schwenkten sie ab und es schien, als wollten sie links daran vorbeiziehen. Dann machten sie wieder kehrt und Noli begriff, dass sie ausgewichen waren, um dem großen Busch nicht zu nahe zu kommen.

»Siehst du, sie haben auch Angst vor dem Löwen«, sagte Suth.

Als sie kehrtgemacht hatten, hatte der Anführer mit einer Geste die neue Richtung gewiesen.

Seine Art sich zu bewegen kam ihnen bekannt vor …

Noli sah genau hin. Ja, die Art zu gehen, die Art, wie er sich hielt …

»Das ist Bal!«, sagte sie.

Suth stieß einen Freudenschrei aus.

»Es sind Mondfalken! Sie leben!«, rief er.

Er kletterte auf die Kuppe, schwenkte seinen Grabstock und schrie, um sie auf sich aufmerksam zu machen.

Die Neuankömmlinge hielten an und beschatteten ihre Augen, um erkennen zu können, wer gerufen hatte.

Freude und Aufregung hatten auch Noli durchzuckt, wichen im nächsten Augenblick aber Zweifel und Angst.

Wo waren die anderen?

Vor mehr als neun Monden, als sie mit Suth umgekehrt war, um Tinu und die Kleinen zu retten, hatten sie zehn Menschen und noch einmal sechs schlafend in der Wüste zurückgelassen – fünf Männer, sechs Frauen, von denen drei Babys trugen, einen Jungen und ein Mädchen. Shuja, das Mädchen, war Noli sehr lieb gewesen.

Jetzt konnte sie nur Bal und zwei andere Männer, vier Frauen und einen jüngeren Menschen erkennen, der mit etwas Abstand folgte. Sie konnte nicht sagen, ob es ein Mädchen oder ein Junge war. Nur eine der Frauen trug ein Baby. Noli sah es erst jetzt.

Zusammen waren es also neun, nicht acht. Sieben fehlten.

Der Fuß, den Suth im Versteck des Löwen gesehen hatte. Er musste zu einem der Fehlenden gehören. Hoffentlich war es nicht Shuja!

Hatte der Löwe alle verschleppt? Oder waren es andere Löwen gewesen? Waren alle Löwen, die es hier gab, Löwendämonen?

»Kommt«, rief Suth ihnen von oben zu. »Wir gehen ihnen entgegen, um sie zu begrüßen.«

Ein Schauder durchfuhr Noli. Sie schüttelte die schrecklichen Gedanken ab, reichte Suth die Kleinen hinauf und kletterte selbst auf die Kuppe. Dann stiegen sie zur Ebene hinab, holten Tinu und trafen die Neuankömmlinge unmittelbar jenseits des langen Schattens, den der Felsbuckel warf.

Bals Schar hielt voller Erstaunen an, als sie erkannten, wer da vor ihnen stand. Noli war überglücklich, als sie sah, dass Shuja dabei war.

Suth hob die rechte Hand zum Gruß.

»Bal, ich bin es, Suth«, sagte er. »Hier sind Noli und Tinu und die Kleinen, Ko, Mana und Otan. Wir leben. Wir sind glücklich euch zu sehen.«

Bal gab keine Antwort. Es schien, als traue er seinen Augen nicht. Als er Suth das letzte Mal gesehen hatte, war dieser noch ein Kind gewesen. Er hätte es nie gewagt, von Mann zu Mann zum Anführer zu sprechen.

Die anderen schienen ebenso verwirrt und erstaunt zu sein.

»Seht nur, er hat die Männernarbe!«, rief Toba. »Wann ging er nach Odutu, um zum Mann zu werden?«

»Ich ging nicht nach Odutu«, sagte Suth ruhig. »Ich kämpfte mit einem Leoparden. Allein. Ich habe ihn getötet. Ich stieß meinen Grabstock in seine Kehle. Er starb. Seht her, wie ich mit dem Leoparden kämpfte.«

Er zeigte auf die langen Narben auf seiner linken Schulter und auf die kurze, geschwungene Narbe auf seiner Wange, die der Leopard gerissen hatte. Die anderen starrten ihn an. Eigenhändig einen Leoparden zu töten war eine große Ruhmestat – groß, groß. Die Tat eines Helden in den Ursagen.

Bal schnaubte ungläubig.

»Bal, es ist wahr«, sagte Noli.

»Ja, Bal, Suth tötete den Leoparden«, sagte Ko. »Ich, Ko, aß das Herz des Leoparden.«

Bal gab noch immer keine Antwort. Noli fragte sich, was mit ihm los war. Vor ein paar Monden, als er den Rest der Mondfalken in die Wüste geführt hatte, hätte es kein Kind gewagt, ihn so anzusprechen, wie Noli und Ko es eben getan hatten. Sein Haar hätte sich sofort gesträubt. Er hätte gebrüllt und sich drohend vor ihnen aufgerichtet, und sie hätten sich zu seinen Füßen zusammengekauert.

Nun aber schnaubte er bloß und wechselte das Thema.

»Habt ihr Feuer?«, fragte er. »Wir sahen Feuer, weit entfernt.«

»Wir haben einen Feuerbewahrer«, sagte Suth. »Wir machten ihn. Kommt. Wir entfachen ein Feuer. Holt Holz.«

Suth, die Männer und zwei der Frauen brachen auf, um Brennmaterial zu sammeln, während Noli dem Rest zeigte, wie sie den Felsbuckel am leichtesten erklettern konnten. Mit dem Brennmaterial, das noch vorhanden war, entfachte Tinu ein Feuer. Dann ließen sie sich nieder und warteten, bis die Holzsammler wieder zu ihnen stießen.

Nun konnte Noli zum ersten Mal mit Shuja reden. Sie brannte darauf, zu erfahren, was sie erlebt hatte.

»Ihr wart zehn und noch einmal sechs«, sagte sie. »Jetzt seid ihr neun. Wo sind die anderen? Ich sehe deine Mutter. Ich sehe nicht Yova, die Schwester deiner Mutter, nicht Sidi. Ich sehe nicht Tun, Sidis Gefährten, nicht Var, seinen Bruder, nicht Pul.«

Noli hoffte inständig, dass Tun kein Leid geschehen war. Er war ein guter Mann, ruhig und stark, der einzige Mensch, dem Bal Gehör schenkte, wenn er einen seiner Wutanfälle hatte. Net war in Bals Schar, aber er war zu ängstlich und man konnte sich nicht ganz auf ihn verlassen. Dasselbe galt für Kern, der zwar sehr umgänglich, aber ein wenig faul war.

»Ich erzähle es dir«, sagte Shuja. »Zwei Tage lang waren wir in der Wüste. Unsere Kürbisflaschen waren leer. Wir hatten kein Wasser. Sidis Baby starb und Yovas Baby starb. Fast starben wir alle. Dann witterten wir Wasser. Wir entdeckten eine große Schlucht. Wasser auf dem Grund. Wir stiegen hinab. Es war schwierig. Sidi stürzte. Sie starb. Wir kamen zum Grund. Dort war ein Fluss. Wir tranken, wir fanden Nahrung. In der Schlucht waren …«

Stirnrunzelnd schüttelte sie ihren Kopf.

»Wir wussten nicht, wer sie waren. Als wir sie sahen, sagten wir: ›Das sind Menschen.‹ Bal sprach zu ihnen. Sie antworteten nicht. Sie grunzten. Sie bellten. Bal sagte: ›Das sind Tiere. Es sind Tier-Menschen.‹ Sie waren wütend, als sie uns sahen. Sie ließen uns nicht ihre Nahrung essen. Sie vertrieben uns. Wir gingen weiter. Wir fanden mehr Tier-Menschen. Sie vertrieben uns. Wir kamen zu diesen Jagdgründen.

Wir freuten uns. Hier war Nahrung, hier war Wasser. Hier waren keine Menschen, keine Tier-Menschen. Wir sahen Löwen, aber wir hatten keine Angst. Wir waren wachsam. Wir sagten: ›Das sind Gute Jagdgründe. Sie gehören uns.‹

Dann sagte Tun zu Bal: ›Wir sind nicht genug Menschen. Sidi, meine Gefährtin, und mein Kind sind tot. Jetzt kehren mein Bruder Var und ich zu unseren alten Guten Jagdgründen zurück. Wir suchen Menschen aus den Stämmen von Schlange, von Papagei und den anderen. Wir sagen ihnen: ›Kommt zu unseren neuen Guten Jagdgründen.‹

Bal sagte zu ihnen: ›Wie geht ihr durch die Wüste?‹

Sie sagten: ›Wir gehen nachts durch die Schlucht, wenn die Tier-Menschen in den Höhlen sind. Bei Tag verstecken wir uns. Wenn die Schlucht die Dürren Hügel erreicht, klettern wir hinaus.‹ Bal sagte: ›Das ist gut. Geht.‹ Yova sagte: ›Mein Baby ist tot. Ich gehe mit ihnen.‹ Also verschwanden sie. Wir sahen sie nicht wieder.«

Noli dachte darüber nach. Ja. Vor ungefähr drei Monden, als Suth hoch oben auf dem Berg gestanden und in die Wüste geblickt hatte, hatte er drei Menschen gesehen. Seiner Meinung nach hatten sie nicht so gewirkt, als hätten sie sich verirrt. Sie schienen ein Ziel gehabt zu haben.

Sie musste sich zur nächsten Frage zwingen, obwohl sie die Antwort schon ahnte: »Wo ist Pul?«

Er war der Junge, der bei Bals Schar gewesen war, als sie sie zum letzten Mal gesehen hatten.

»Ein Löwe hat Pul verschleppt«, sagte Shuja mit leiser Stimme. »Noli, dieser Löwe ist nicht wie die Löwen, die wir kennen. Er ist anders. Er jagt Menschen. Wir haben Angst. Auch die Männer.«

»Auch wir sahen diesen Löwen«, sagte Noli. »Er tötete einen Jungen. Es ist ein Löwendämon.«

»Noli, du hast Recht«, sagte Shuja. »Es ist ein Löwendämon.«

Sie runzelte plötzlich die Stirn und sah prüfend auf die Gruppe, die um das Feuer herumsaß. »Ihr seid alle hier, Noli«, sagte sie. »Alle, die mit uns in den Dürren Hügeln waren. Drei Kleine, Tinu, du und Suth. Welchen Jungen hat der Löwe verschleppt, Noli?«

»Er verschleppte einen Jungen der Schlucht-Menschen.«

»Noli, das sind keine Menschen. Es sind Tier-Menschen.«

»Shuja, es sind Menschen. Es sind Freunde. Sie waren mit uns zusammen hier, aber sie hatten Angst vor dem Löwen. Sie gingen zur Schlucht zurück. Ich glaube, sie kommen wieder zurück, wenn sie dort keine Nahrung finden.«

»Wenn Bal sie sieht, ist er wütend«, warnte Shuja sie. »Noli, wie könnt ihr Freunde von diesen … Menschen sein? Wie kamt ihr zu diesem Jagdgrund?«

Noli begann von ihren Abenteuern zu berichten.

In der Dämmerung kehrten die Holzsammler zurück. Abends kühlte die Luft rasch ab, also schürten sie das Feuer, saßen darum herum und versuchten sich nach ihrer langen Trennung wieder aneinander zu gewöhnen. Alle hatten sich verändert. Suth setzte sich selbstbewusst zu den Männern, und einen Augenblick lang sah es so aus, als wollte Bal ihn fauchend verscheuchen, aber er besann sich eines anderen und saß nur grübelnd da. Bal war der Einzige, der keine Freude darüber zeigte, dass sie wieder beisammen waren.

Vielleicht war es leichter für Suth als für Noli. Die Narben, die der Leopard geschlagen hatte, bewiesen, was er vollbracht hatte. Er trug einen Grabstock und eine Klinge bei sich. Noli hatte nichts in der Hand, was die Veränderungen, die in ihr vorgegangen waren, verdeutlicht hätte, obwohl sie Suth neun Monde lang dabei geholfen hatte, ihre kleine Schar zusammenzuhalten und sicher zu führen. Sie hatte Otan durch Feuer und Wasser getragen.

Außerdem hatte sie neun Monde lang mit den Ersten Wesen zu tun gehabt: mit dem lieb gewonnenen Mondfalken, dem Furcht einflößenden Affen und dem seltsamen, wortlosen Wesen, das zu den Schlucht-Menschen gehörte. Keine der Frauen, die am Feuer saßen, hatte Ähnliches vollbracht, aber sie sprachen mit ihr wie mit einem Kind. In ihren Augen war sie so alt wie Shuja. Sich selbst aber sah sie anders. Ja, sie *war* ein Kind, gleichzeitig aber war sie älter als jede von ihnen, fast so alt wie Mosu, die den Stamm von Affe auf den Berg geführt hatte.

Ihr kam ein Gedanke:

So geht es denen, die mit den Ersten Wesen zu tun haben. Sie werden alt. So ging es Sol.

Einige Tage verstrichen. Normalerweise hätten die Männer einzeln gejagt, doch wegen des Löwen blieben sie alle beisammen. Sie wussten, dass er schon zwei Kinder verschleppt hatte. Das war nichts Überraschendes. Raubtiere stürzten sich oft auf junge Beute. Sie war leichter zu fangen und leistete in den meisten Fällen weniger Widerstand. Die wenigen Frauen waren nicht in der Lage die Kinder allein zu beschützen, denn »acht Menschen braucht ein Löwe«. Doch zusammen mit den Männern konnten sie ihn vertreiben, wenn sie ihm mutig entgegentraten.

Also gingen sie auf Nahrungssuche, plünderten Ameisenhaufen, räucherten Bienenstöcke aus und raubten den Honig, fanden saftige Maden und hatten mehr als genug zu essen. Es waren wirklich Gute Jagdgründe.

Sie erkundeten einen großen Teil der Ebene und benutzten verschiedene Lagerplätze. Manchmal sahen sie Löwenrudel in der Ferne und hielten sicheren Abstand, der Löwendämon aber blieb verschwunden, bis sie eines Tages einen Weg kreuzten, den sie schon gegangen waren, und große, unverwechselbare Pfotenabdrücke entdeckten. Ein einzelner Löwe. Seine Spur überdeckte jene, die sie selbst hinterlassen hatten, und führte in dieselbe Richtung.

Als sie abends um das Feuer saßen, sprachen sie über das Problem und Suth erzählte ihnen von Tinus Idee für eine Löwenfalle. Natürlich sagte er ihnen nicht, dass es ihre Idee gewesen war. Er wusste, dass sie über den Gedanken lachen würden, dass ein Kind, ein Mädchen, das noch nicht einmal deutlich sprechen konnte, irgendetwas Nützliches vorzuschlagen hatte.

Die Männer bissen sofort an, und da keiner der Plätze, an denen sie gelagert hatten, eine so steile Wand aufwies, wie die Falle sie brauchte, bestanden sie darauf, zum ersten Felsbuckel zurückzukehren und sie dort zu bauen.

Diese Arbeit kostete sie einige Tage, zumal sie zwischendurch auf Nahrungssuche gehen mussten. Auf der Kuppe des Felsbuckels gab es keine losen Steine, also suchten sie welche auf der Ebene, schleppten sie hinauf und stießen sie über die Kante des Felsvorsprungs, um zu sehen, wie sie fielen. Dann schleppten sie sie wieder hinauf und legten sie an die Rückwand des Vorsprungs. Dort konnten sie nicht wegrollen.

Als Nächstes schichteten sie Felsbrocken am Ende des Einschnitts auf. Sie legten sie sorgfältig aufeinander, damit sie hielten, ließen aber einen schmalen Tunnel frei, der ein kleines Stück über dem Erdboden begann und tief in den Haufen hineinführte.

Tinu übte voller Freude, zum Haufen zu rennen, in den Tunnel zu schlüpfen und sich in den etwas breiteren Raum zu kauern, den sie am Ende gelassen hatten. Jedes Mal, wenn sie wieder zum Vorschein kam, grinste sie ihr schiefes Grinsen. Die Gefahr schien ihr egal zu sein.

Auch den Männern war es egal. Tinu war der Köder. Sie wollten ihr Leben nicht unbedingt aufs Spiel setzen, also bauten sie die Falle, so gut sie konnten. Doch sie war nur ein Mädchen und sie konnte nicht deutlich sprechen, also war es unwahrscheinlich, dass sie jemals ein Mann zu seiner Gefährtin wählen würde. Wenn es irgendjemanden gab, den man entbehren konnte, so war sie es. Und wenn sie den Löwen töten könnten, dann wäre es diesen Preis wert.

Noli aber sah mit traurigem Herzen zu, wie die Falle gebaut wurde.

»Das ist gefährlich, gefährlich!«, sagte sie zu Suth. »Es ist Tinu! Sie ist kein Köder. Sie ist Mensch … Mondfalke … unsere Tinu!«

»Noli, du hast Recht«, sagte er. »Das ist gefährlich. Tinu ist Mensch. Aber der Löwe ist auch gefährlich. Jeden Tag droht Gefahr. Wie leben wir in diesen Guten Jagdgründen, und Tag um Tag um Tag, jeden Tag diese Gefahr? Wollen wir das? Wollen wir Gefahr für Tinu? Einen Tag und nicht mehr?«

»Ich bin traurig in meinem Herzen, Suth.«

»Ich auch, Noli. Dann denke ich: Dieser Löwe ist alt. Er

kann keinen Mann wegschleppen. Er verschleppt Kinder, Pul, den Jungen aus der Schlucht. Nimmt er auch Ko? Nimmt er Mana? Nimmt er Otan? Auch für sie bin ich traurig in meinem Herzen.«

Er schüttelte seinen Kopf, seufzte und vermied es, sie anzublicken.

»Noli, vielleicht kommt der Löwe nicht«, sagte er. »Vielleicht hat er Angst, weil wir sein Versteck verbrennen. Er kommt nicht, keine Gefahr für Tinu. Er kommt, wir sind bereit.«

Sie zwang ihn schweigend, ihr in die Augen zu blicken. Dann sagte sie mit tiefer Überzeugung: »Der Löwe kommt, Suth. Es ist ein Löwendämon.«

Als Nächstes – einerseits, um ihre neuen Guten Jagdgründe weiter auszukundschaften, andererseits in der Hoffnung den Löwen zu ihrer Falle zurückzulocken – unternahmen sie eine lange Expedition auf der Ebene, schlugen auf zwei neuen Felsbuckeln ihr Lager auf und kehrten am dritten Abend zu ihrem Hauptlager zurück. Die Schlucht-Menschen waren schon dort.

Offenbar waren sie erst kurz zuvor eingetroffen. Die Luft war von ihren Schreien und Rufen erfüllt, als sie den Felsbuckel erklommen und sich darauf niederließen.

Bals Haar sträubte sich sofort. Er schnaubte, warf die Schultern nach hinten und ging mit festen Schritten auf den Felsen zu. Noli erkannte, dass Bal meinte, der Felsbuckel gehöre Mondfalke. Er wäre fuchsteufelswild geworden, wenn er einen Stamm entdeckt hätte, der dort ohne seine Erlaubnis lagerte, ganz zu schweigen von diesen Geschöpfen, die zu keinem Stamm gehörten und vielleicht nicht einmal Menschen waren.

Suth holte Bal ein und legte eine Hand auf seinen Unterarm.

»Bal«, sagte er, »diese Menschen sind mit uns hierher gekommen. Sie helfen uns, wir helfen ihnen. Es sind Freunde.«

Bal fuhr herum. »Wer spricht zu Bal?«, knurrte er. »Wer ist dieser Junge?«

Suth wich nicht zurück.

»Ich, Suth, spreche«, sagte er mit fester Stimme. »Ich sage, es sind unsere Freunde.«

Bal hob seinen Grabstock. Suth hielt den seinen bereit, um einen Schlag abzufangen. Net, der auf der anderen Seite neben Bal stand, versuchte einzugreifen.

»Bal, es sind zu viele, um zu kämpfen«, sagte er.

Bal stieß ihn fort.

»Ich sage, es sind Tiere«, fauchte er. »Sie haben keinen Platz in Mondfalkes Lager.«

»Ich lebe bei ihnen«, sagte Suth. »Ich lagere mit ihnen. Ich ziehe mit ihnen. Ich, Noli, Tinu – wir tun diese Dinge. Wir wissen, es sind Menschen. Bal, du tust diese Dinge nicht. Du kennst sie nicht.«

Bal ließ seinen Grabstock fallen, packte Suth bei der Kehle und schüttelte ihn wild hin und her.

»Es sind Tiere!«, brüllte er. »Mondfalke sagt es mir. Es sind Tiere! Junge!«

Für sein Alter und seine Größe war Suth kräftig, aber gegen einen großen, starken und wütenden Mann hatte er keine Chance. Bal schleuderte ihn heftig hin und her.

Einen Augenblick lang sah Noli hilflos und verängstigt zu. Dann begann etwas in ihrem Inneren vor sich zu gehen. Irgendetwas strömte in sie hinein. Sie spürte, wie es von der Spitze ihres Rückgrats ausgehend in sie hineinfloss. Es erfüllte ihren Kopf mit Dunkelheit. Sie spürte, dass sich ihr Haar durch den Druck steif aufrichtete. Ihre Augäpfel schwollen so sehr an, dass sie meinte, sie müssten platzen. Schaum quoll aus ihrem Mund.

Sie trat zwei Schritte vor und öffnete ihren Mund. Das Ding, das sich in ihr befand, kam heraus.

Es kam heraus als ein Ruf, als eine Stimme, die lauter und kräftiger war als diejenige Bals, eine Stimme, die Berge erzittern ließ.

»Bal, du lügst!«, sagte die Stimme. »Mondfalke kommt nicht mehr! Die Geschöpfe auf dem Felsen sind Menschen! Sie sind mein Volk!«

Bal ließ Suth los. Er wandte sich um. Sein Kopfhaar legte sich wieder. Er starrte Noli an. Er wusste, was geschehen war. Manchmal hatte auch Mondfalke mit einer solchen Stimme aus seinem Mund gesprochen. Er hatte Angst.

»Wer spricht?«, stammelte er.

»Ich, Stachelschwein, spreche!«, dröhnte die Stimme.

Natürlich, dachte Noli. Stachelschwein. In der Dunkelheit ihres Kopfes hörte sie das surrende Klappern der wütend aufgerichteten Stacheln, roch den Moderdunst, sah das Glitzern eines kleinen, schwarzen Auges.

Er kommt mit seinem Volk zurück, dachte sie. Er kommt zu mir, zu Noli. Und ich gebe ihm Wörter.

URSAGE

Der Abgrund unter Odutu

Sol zog weiter und das Kind Vona führte ihn. Weit und weit zogen sie.

Jeden Morgen stand Vona nach dem Erwachen auf und schloss ihre Augen.

Sol drehte sie herum und herum.

Sol sagte: »Vona, in welche Richtung gehen wir?«

Vona wies in die Richtung. Sol setzte sie auf seine Schultern und sie brachen auf.

Sie kamen an Odutu und am Berg über Odutu vorüber. Sie kamen zur Wüste hinter Odutu, der grenzenlosen Wüste.

Vona sagte: »Wir gehen hier entlang.«

Sol sagte: »Ich habe Dujiru, meinen Kürbis. Es ist immer Wasser darin. Ich fürchte die Wüste nicht.«

Fünf Tagesreisen weit zogen sie in die Wüste. Sie kamen an eine Schlucht.

Vona sagte: »Wir gehen hier entlang.«

Am Eingang der Schlucht verstellte ihnen ein blauer Dämon den Weg, ein Winddämon. Er verwandelte sich in einen Wirbelwind, der die Schlucht ausfüllte, von einem Rand bis zum anderen. Er sprach mit der Stimme des Windes: »Sol, der Weg ist dir versperrt.«

Sol schleuderte seine Klinge, Ban-ban, in den Wirbelwind. Sie schnitt sich durch bis zum Herzen des Dämons. Sie zersplitterte in viele Male zehn kleine Klingen. Sie zerschnitten den Wind in viele Male zehn kleine Winde. Die Winde zerstreuten sich. Bis auf den heutigen Tag wirbeln sie in der Wüste umher.

Sol und Vona zogen weiter. Sie kamen an eine Höhle in der Wand der Schlucht.

Vona sagte: »Wir gehen hier entlang.«

Ein schwarzer Dämon verstellte ihnen den Weg, ein Nachtdämon. Er füllte die Höhle mit tiefstem Schwarz aus, so dass Sol nicht erkennen konnte, wo er die Füße hinsetzen sollte. Er sprach mit der Stimme der Nacht: »Sol, der Weg ist dir versperrt.«

Sol schleuderte seinen Grabstock, Monoko, nach ihm. Er durchbohrte ihn. Er floh in die Nacht hinein. Noch immer steckt Monoko in der Nacht. Wenn es dunkel ist, sieht man Monoko am Himmel. Es sind fünf Sterne.

Die Höhle wurde eng und niedrig, wie der Bau einer Manguste.

Vona sagte: »Wir gehen hier entlang.«

Sol ging in die Knie und kroch wie eine Hyäne. Er legte sich auf den Bauch und kroch wie eine Eidechse. Ein roter Dämon verstellte ihm den Weg, ein Feuerdämon. Er füllte den Tunnel mit Feuer. Er sprach mit der Stimme des Feuers: »Sol, der Weg ist dir versperrt.«

Sol schleuderte seinen Kürbis, Dujiru, nach ihm. Er barst und ein Fluss entströmte ihm. Der Fluss löschte das Feuer. Er spülte den Dämon davon und auch den Kürbis. Er fließt unter der Erde. Bei Gelbquelle kommt er zum Vorschein. Das Wasser ist heiß. Es schmeckt nach Feuer.

Sol kam zum Abgrund unter Odutu.

Er sah die Mutter der Dämonen, wie sie dasaß und ihre Söhne gebar.

Er sagte: »Mutter der Dämonen, rufe deine Kinder zurück oder ich töte dich.«

Die Mutter der Dämonen lachte. Sie sagte: »Sol, du hast keinen Grabstock. Du hast keine Klinge. Wie willst du mich töten?«

Er sagte: »Ich töte dich mit meinen Händen und mit meinen Zähnen.«

Er ging auf sie zu.

Sie spuckte ihm in die Augen und er war blind. Sie blies ihren Atem auf seinen Körper und er war ein alter Mann. Seine Kraft war verschwunden.

Sie sagte: »Jetzt töte mich, Sol.«

Ein Wesen kam zu Sol, in den Abgrund unter Odutu. Ein Wesen floss in ihn hinein und füllte seinen Körper aus. Ein Wesen sprach durch seinen Mund. Die Stimme ließ den Berg erzittern, den Berg über Odutu.

Ein Wesen sagte: »Mutter der Dämonen, höre diese Worte. Es sind die Worte der Ersten Wesen. Schicke deine Kinder in ihre eigenen Jagdgründe zurück, in die dürren Wüsten, die schneebedeckten Berge und die dunklen Wälder. Lass sie nie wieder die Guten Jagdgründe betreten. Sie gehören den Menschen. Tue das oder es herrscht Krieg zwischen uns, und wir sind die Ersten Wesen.«

Die Mutter der Dämonen sagte: »Wer spricht?«

Das Wesen sagte: »Ich, Schwarze Antilope, spreche. Ich spreche durch den Mund meines Sohnes, des Helden Sol.«

Die Mutter der Dämonen hatte Angst.

Sie rief ihre Kinder zurück.

Sie sagte: »Söhne, ihr dürft die Guten Jagdgründe nicht mehr betreten, wo die Menschen leben. Ihr müsst in eure eigenen

Jagdgründe zurückkehren. Es sind die dürren Wüsten, die schneebedeckten Berge und die dunklen Wälder. Tut das oder die Ersten Wesen zerstören mich.«

Sie sagten: »Mutter, was gibt es für uns zu essen in diesen Jagdgründen?«

Sie sagte: »Der Jäger verletzt einen fetten Hirsch. Er verfolgt ihn bis in die Wüste. Der Wanderer sieht den Schnee. Er sagt in seinem Herzen zu sich selbst: ›Ich steige auf den Berg, um den Schnee anzuschauen.‹ Das Kind hört nicht auf den Ruf der Mutter. Es läuft in den Wald. So bekommt ihr zu essen, meine Söhne, ein bisschen und ein bisschen.«

Die Dämonen gehorchten ihrer Mutter. Sie betraten die Guten Jagdgründe nicht mehr. Sie lauern in ihren eigenen Jagdgründen, den Jagdgründen der Dämonen. Sie haben Hunger.

Aber Sol sagte: »Vona, nimm meine Hand und führe mich, denn ich bin ein alter und blinder Mann.«

Vona nahm seine Hand und führte ihn aus dem Abgrund unter Odutu.

ACHT

Als Anführer der Schlucht-Menschen kam Fang vom Felsbuckel herunter, um sie zu begrüßen. Weitere Männer begleiteten ihn. Noli freute sich, Tor zu sehen, und anstatt zu warten, bis die Anführer sich begrüßt hatten, lief sie gleich auf ihn zu und umarmte ihn. Er lachte und fuhr mit seiner Hand durch ihr Haar.

Irgendjemand hatte seinen geschienten Arm frisch verbunden. Vorsichtig berührte sie den Verband.

»Wie geht es deinem Arm?«, flüsterte sie. Ihre Kehle war zu rau, um das kurze, fragende Bellen auszustoßen, das die Schlucht-Menschen benutzt hätten, um eine solche Frage zu stellen.

Tor antwortete mit einem ruhigen, zweifachen Bellen, um ihr mitzuteilen, dass es seinem Arm besser gehe.

Dann grunzte er noch einmal, wobei er die Stimme hob und sie ansah.

Und wie geht es dir?, fragte er auf diese Weise.

»Tor, es geht mir gut«, krächzte sie und lächelte, um ihre Worte zu verdeutlichen. »Es geht uns gut. Und sieh nur, wir treffen unsere Freunde.«

Sie wies auf Bal, der Fang gegenüber stand. Die beiden Anführer musterten sich zweifelnd und misstrauisch. Ihr Haar war halb gesträubt und sie waren sehr angespannt. Bal war kampfbereit und das wusste Fang, aber beide waren sich ihrer nicht ganz sicher.

Noli sah, dass die Worte des Ersten Wesens, die es durch Nolis Mund gesprochen hatte, Bal tief erschüttert hatten – eines Ersten Wesens, von dessen Existenz er nichts gewusst hatte. Fang hatte sich inzwischen an die Mondfalken gewöhnt, die er kannte, aber sie waren jung. Diese erwachsenen Fremden waren eine andere Sache.

Sie zögerten und warteten darauf, dass der jeweils andere handele, bis Suth die Angelegenheit in seine Hände nahm. Er trat zwischen sie, sah Fang an und hob die rechte Hand. Mit geschlossenen Lippen knurrte er weich und summend in seiner Kehle.

Fang legte seine Handfläche auf diejenige Suths und antwortete mit demselben Laut, nur dass er kürzer war. Die Mondfalken hatten oft gesehen, wie die Schlucht-Menschen einander auf diese Weise begrüßten, wenn sie sich nach der täglichen Jagd wieder sahen.

Suth wandte sich um. »Bal«, sagte er. »Dies ist Fang. Begrüßt du ihn? Erhebst du deine Hand wie er?«

Bal zögerte, trat dann aber vor und hob mürrisch seine Hand. Glücklicherweise entschloss sich Fang, Bal als einen Ebenbürtigen zu behandeln, und wartete nicht, bis dieser seine Bewegung beendet hatte, sondern hob gleichzeitig seine Hand. Die Handflächen berührten sich.

»Ich, Bal, grüße Fang«, murmelte Bal, und Fang antwortete mit seinem Kehllaut.

Die Stimmung entspannte sich. Die Männer beider Lager tauschten kurze Begrüßungen aus. Es gab ein wenig Hin und

Her, und dann sagte Kern: »Wir sind viele. Ein Feuer reicht nicht.«

Suth erklärte es den Schlucht-Menschen mit Zeichen und Grunzlauten. Alle Männer und alle Frauen, die keine Kinder versorgen mussten, zogen los, um Brennmaterial zu sammeln.

An jenem Abend war die Kuppe des Felsbuckels fast zu klein für die vielen Menschen. Sie entfachten drei Feuer, eines für die Mondfalken und für die Schlucht-Menschen zwei, aber es herrschte ein reges Kommen und Gehen. Ko und Mana machten sich auf, um nach Freunden zu sehen, und neugierige Schlucht-Menschen erschienen, um die Neuankömmlinge in Augenschein zu nehmen.

Ein Weile blieb Noli bei Goma. Sie versuchte nicht, ihr etwas zu erzählen, sondern saß einfach bei ihr, während sie ihr Baby stillte, und der Feuerschein zuckte über ihre glänzende, braune Haut.

Sie fühlte sich wunderbar ruhig und zufrieden. In dieser friedvollen Stimmung kam das Erste Wesen. Es kam nicht als eine gewaltige, alles durchdringende Macht, sondern sanft, als ein leichtes Kribbeln am ganzen Körper, das dann nach innen floss und ihren Körper bis in die Spitzen von Fingern und Zehen hinein ausfüllte. Es war, als wäre die Wärme des Feuers in sie eingegangen.

Sie hörte Gomas stillen Seufzer und wusste, dass sie das Erlebnis teilten.

Das Erste Wesen sprach. Seine Stimme tönte geräuschlos in Nolis Geist, trotzdem sprach es in Wörtern zu ihr. *Das ist mein Volk*, sagte es. *Sie sind Stachelschwein. Ich komme zu Goma. Noli, Mondfalke ist fort. Er kommt nicht mehr zu dir. Ich komme zu dir. Doch du bleibst Mondfalke und diese Menschen sind Stachelschwein.*

Mehr sagte es nicht. Allmählich ließ das Gefühl nach. Als es verschwand, durchlief ein Zittern Nolis Körper. Sie sah, dass das Baby die Brustwarze fahren ließ und mit großen Augen aufblickte. Vermutlich hatte Goma im selben Moment gezittert. Sie sahen einander an, nickten und lächelten.

Noli blieb noch ein wenig länger. Sie hielt kurz das Baby im Arm, dann gab sie es Goma zurück und ging zu den Mondfalken.

Dort war ein Streit entbrannt. Bal wollte, dass alle Mondfalken am nächsten Tag aufbrächen, zu einem anderen Teil der Ebene zögen, die Schlucht-Menschen hier zurückließen und so wenig wie möglich mit ihnen verkehrten.

Die Frauen widersprachen. Sie hatten Angst vor dem Löwen. Sie glaubten nicht, dass die Mondfalken allein ausreichten, um die Kleinen jederzeit zu beschützen. Bald schon würden die Männer wieder allein auf die Jagd gehen wollen. Viel sicherer war es, in einer großen Gruppe zusammenzubleiben.

Die Männer wollten beides zugleich. Sie fühlten sich nicht ganz wohl in der Gesellschaft der Schlucht-Menschen und sehnten sich gleichzeitig danach, wieder zu jagen. Dafür aber reichten die Männer der Mondfalken allein nicht aus. Bals Autorität war nicht mehr so gefestigt wie in den alten Tagen, aber er war noch immer der Anführer und seine Worte hatten Gewicht.

Schließlich schlichtete Net den Streit.

»Die Löwenfalle ist hier«, sagte er. »Lasst uns diesen Löwen mit unserer Falle töten. Dann sind die Kleinen sicher und die Männer können jagen.«

Fünf Tage verstrichen. Es geschah nichts Besonderes, aber die beiden Gruppen gewöhnten sich immer mehr aneinander.

Noli war nicht selbstsicher genug, um sich vor die versammelten Mondfalken hinzustellen und zu berichten, was das Erste Wesen ihr gesagt hatte. Doch sie erzählte es Suth, und sie begannen die Schlucht-Menschen Stachelschwein zu nennen, wenn sich das Gespräch um sie drehte, genauso wie sie in alten Tagen von Krokodil, Papagei und den anderen Stämmen gesprochen hatten.

Die Frauen griffen es auf, dann die Männer und schließlich auch Bal.

Am sechsten Tag gingen einige Männer aus beiden Gruppen gemeinsam auf die Jagd und kehrten triumphierend mit zwei halb ausgewachsenen Hirschen zurück, die sie in die Enge hatten treiben und töten können. An jenem Abend wurde ein großes Fest gefeiert und die Männer rühmten ihre Taten.

Die ganze Zeit über hatte sich der Löwendämon nicht blicken lassen, einige Tage nach dem Fest aber näherte sich ein Löwenrudel der Baumgruppe, wo sich die Menschen gerade zur Mittagsrast niedergelassen hatten. Offenbar wollten auch sie dort rasten. Alle erhoben sich und scharten sich dicht zusammen, um ihnen entgegenzutreten, wobei sie die Kleinen in die Mitte nahmen. Sie schrien, schüttelten Grabstöcke und schleuderten Steine. Die Löwen musterten sie voller Abscheu und zogen dann weiter.

Inzwischen hatten sie alle Nahrung gesammelt, die die Gegend um das Hauptlager herum zu bieten hatte, und sie waren gezwungen, weiterzuziehen und andere Lagerplätze zu suchen. Die Männer gingen nicht täglich auf die Jagd, aber wenn sie es taten, machten sie meist Beute, denn die Tiere auf dieser Ebene waren noch nicht an Menschen gewöhnt und leichter zu fangen als in den alten Guten Jagdgründen.

Ein Mond verstrich. Dann, gut drei Tagesreisen vom Felsbuckel mit der Löwenfalle entfernt, tauchte der Löwendämon auf.

An jenem Tag waren die Männer nicht auf die Jagd gegangen und alle zusammen suchten in einer lockeren Linie nach Nahrung. Plötzlich sagte irgendetwas in Nolis Geist: Gefahr! Ihr Nackenhaar wollte sich sträuben. Einen Augenblick später hörte sie, wie Gomas warnender Ruf über die heiße Ebene trieb.

Sie sah auf. Goma stand ungefähr in der Mitte der Linie und zeigte auf etwas hinter ihnen. Noli konnte nicht sehen, was es war, aber ihr Gefühl sagte es ihr.

»Der Löwe ist hier«, rief sie Suth zu. »Goma sieht ihn.«

Er drehte sich um und stieß das Bellen aus, das *Gefahr* bedeutete, um die Stachelschweine zu warnen, die hinter ihm nach Nahrung suchten. Alle brachen ihre Arbeit ab, versammelten sich und strebten auf den Pulk zu, der sich um Goma herum gebildet hatte.

Inzwischen konnten alle den Löwen sehen. Er musste begriffen haben, dass sie von seiner Anwesenheit wussten, denn er unternahm keinen Versuch, sich anzupirschen, sondern stand ungefähr den Steinwurf eines kräftigen Mannes weit entfernt da und beobachtete sie.

Er gähnte. Sein Schwanz schlug hin und her. Er senkte den Kopf und brüllte heiser und hustend.

Einen Augenblick lang trat Stille ein, dann begannen alle wütend zu rufen und zu schreien. Der Löwe beobachtete sie, rührte sich aber nicht von der Stelle.

Sie scharten sich dicht zusammen und gingen auf ihn zu. Unterwegs sammelten sie alle Steine auf, die sie finden konnten. Einige Männer liefen ein Stück vor und warfen. Der Löwe wich zurück, blieb aber eben außer Reichweite und beobachtete sie.

Sie gingen noch zweimal auf ihn zu. Das Ergebnis war dasselbe, also teilten sie sich in zwei Gruppen auf. Die Hälfte der Männer blieb zurück, um die Kinder zu beschützen, und der Rest, Frauen ohne Kleinkinder eingeschlossen, bildete eine Linie und marschierte entschlossen auf den Löwen zu. Wenn er zurückwich, hielten sie nicht an, sondern folgten ihm beharrlich.

Inzwischen hatten ihn mehrere Steine getroffen und er hatte gelernt, außer Reichweite zu bleiben. Er sprang davon, aber die Menschen folgten ihm.

Ohne Vorwarnung drehte er mitten im Lauf nach links ab, beschleunigte, raste um die Flanke seiner Verfolger herum und schoss mit weit ausholenden Sätzen auf die Gruppe zu, die sich um die Kinder geschart hatte. Die Verfolger rasten hinter ihm her, aber der Löwe war schneller. Erwachsene und alle, die einen Stein werfen konnten, drängten sich zusammen, um ihn abzuwehren.

Vielleicht hatte er die Entfernung falsch eingeschätzt oder war hungrig genug, um sich einfach mitten hineinzustürzen und jemanden zu packen, denn er kam zu dicht heran und geriet in einen Hagel von Steinen.

Er jaulte auf, besann sich eines anderen und wich zurück.

Er umkreiste die Gruppe und suchte nach einer Lücke, bis die anderen keuchend eintrafen und ihn wieder verscheuchten.

Diesmal mussten sie ihn nicht so weit jagen, bis er schließlich aufgab, davontrottete und sich in der Ferne verlor.

Sie begannen erst wieder mit dem Sammeln, als sie sicher waren, dass der Löwe ganz außer Sichtweite war, stellten Wachtposten auf und blieben dichter beisammen als zuvor. Zweimal noch sahen sie den Löwen in weiter Ferne. Beim letzten Mal war es später Nachmittag und sie waren schon auf dem Weg zum Felsbuckel, den sie für diese Nacht als Lagerplatz ausgesucht hatten. Die Stachelschweine murmelten ängstlich untereinander.

»Ich glaube, er folgt uns«, sagte Suth.

»Suth, du hast Recht«, sagte Noli.

Sie sammelten reichlich Holz, ließen die Feuer die ganze Nacht über brennen und hielten an jenen Stellen Wache, wo der Felsbuckel zu erklettern war. Der Halbmond schien hell, und niemand sah den Löwen, aber sie hörten, wie sich sein heiseres Brüllen ein paar Male in der Dunkelheit erhob.

Den ganzen nächsten Tag über blieb er verschwunden, doch Noli konnte fühlen, dass er in der Nähe war und ihnen folgte.

Und als sie an jenem Abend wieder ihr Lager aufgeschlagen hatten und in der frühen Dunkelheit rund um ihre Feuer saßen, durchbrach dasselbe raue Brüllen die Stille.

Alle sahen einander an.

»Das ist gut«, sagte jemand. »Er folgt uns bis zu dem Ort, wo unsere Falle ist.«

Noli sah zu Suth, der bei den Männern saß, und fing seinen Blick auf. Sie erhob sich und winkte ihm. Beide entfernten sich ein Stück vom Feuer und sie legte ihre Hand auf seinen Arm.

»Suth«, sagte sie, »hör mir zu. Ich, Noli, bitte. Ich habe Angst. Ich bin krank vor Angst. Dieser Löwe ist ein Löwendämon.«

»Auch ich habe Angst«, begann Suth. »Aber …«

»Nein, Suth, hör mir zu«, unterbrach sie ihn. »Es ist ein Löwendämon. Aber er muss fressen oder er stirbt. Der Dämon frisst Menschen. Der Löwe frisst alles Fleisch oder er stirbt. Der Löwe ist alt. Er kann nicht gut jagen. Keine Weibchen helfen ihm bei der Jagd. Er ist hungrig. Morgen gehen wir zurück zum Lagerplatz, wo die Falle ist. Wenn wir gehen, sollen die Männer jagen. Sie sollen einen fetten Hirsch fangen. Sie sollen ihn zum Felsen bringen. Der Löwe kommt. Die Männer legen Fleisch in die Falle. Der Dämon hat Hunger auf Menschenfleisch, aber der Löwe hat Hunger auf alles Fleisch. Der Mond ist groß. Die Männer schauen von oben. Sie sind bereit. Der Löwe kommt zum Fleisch. Die Männer stoßen die Felsbrocken hinab, töten den Löwen. Er ist tot. Keine Gefahr für Tinu. Ist das gut?«

Er dachte darüber nach und nickte. »Noli, das ist gut«, sagte er. »Ich rede mit den Männern.«

Als sie zum Feuer zurückkehrten, setzte sich Noli möglichst dicht zu den Männern, um ihr Gespräch mitzubekommen. Sie einigten sich nicht sofort. Der Bau der Falle hatte viel Arbeit gekostet. Und wenn sie tatsächlich einen Hirsch fingen, weshalb sollte so gutes Fleisch an einen Löwen verschwendet werden? Tinu wäre ein besserer Köder. Außerdem sahen sie Suth noch immer nicht ganz als ihresgleichen an. Er war einfach zu jung und sie mochten ihm nicht zu schnell zustimmen. Dass sie es schließlich doch taten, lag Nolis Vermutung nach daran, dass ihnen die Gelegenheit geboten wurde, einen Tag lang auf Jagd zu gehen.

Aber es ergab sich noch ein Problem. Mondfalke hatte nur vier Männer: Bal, Net, Kern und Suth. Zu wenige für eine gute Jagdgemeinschaft, doch als Suth am nächsten Morgen zu den Stachelschweinen ging, um einige von ihnen zur Teilnahme einzuladen, lehnten sie ab. Mit Hilfe von Grunzlauten und Zeichen verdeutlichte er ihnen, was er wollte, aber es gelang ihm nicht, ihnen den Grund seines Anliegens verständlich zu machen. Dafür hätte er Wörter gebraucht und die Stachelschweine hatten keine Wörter. Der Löwe war ihnen noch immer auf den Fersen, und ihrer Ansicht nach war es viel wichtiger, die Nahrungssammler zu beschützen, als auf die Jagd nach Fleisch zu gehen, das sie nicht unbedingt brauchten.

Schließlich gab Suth auf und die Männer von Mondfalke zogen allein los. Zu viert müssten sie schon sehr viel Glück haben, um irgendetwas zu erbeuten.

Noli, Tinu und die Kleinen blieben bei den Stachelschweinen, die sich allmählich zum Felsbuckel hinarbeiteten. Die erste Tageshälfte über suchten sie auf dem Weg nach Nahrung, dann aber erreichten sie ein Gelände, das sie schon abgesammelt hatten. Also gingen sie zum Fluss, tranken und füllten ihre Kürbisflaschen.

Als sie wieder aufbrachen, sahen die Wachtposten einen einzelnen Löwen, der einen Streifen offenen Geländes zu ihrer Rechten überquerte. Er war zu weit entfernt, um mit Sicherheit sagen zu können, ob es der Löwendämon war, aber zu dieser Tageszeit herrschte die größte Hitze und normalerweise lagen alle Löwen im Schatten.

Unruhe machte sich breit, und anstatt in der Nähe nach einem Schattenplatz zu suchen, wollten sie unbedingt den Felsbuckel erreichen.

Als sie dort ankamen, stand die Sonne noch hoch am Himmel. Abgesehen vom Felsvorsprung über der Falle gab es keinen Schattenplatz auf der Kuppe. Nur am östlichen Fuß des Buckels zog sich ein schmaler Schattenstreifen entlang, also stellten sie Wachtposten auf dem Felsvorsprung auf und ließen sich unten nieder.

Noli war den ganzen Tag über von einer so dunklen Vorahnung erfüllt gewesen, dass sie kaum etwas hatte trinken können. Alle anderen waren sehr nervös und ihre Unruhe übertrug sich auf die Kleinen. Selbst Mana war zappelig und es kostete viel Kraft, Ko im Zaum zu halten, der sich mit gleichaltrigen Jungen anlegte, sie verhöhnte, weil sie keine Wörter hatten, und Noli unentwegt mit der Frage in den Ohren lag, wann Suth zurückkomme. Auch Noli begann seine Rückkehr herbeizuwünschen. Suth war der Einzige, der mit Ko umzugehen verstand, wenn er in einer solchen Stimmung war.

Die Zeit verging schleichend. Sie beobachtete, wie der Schatten des Felsbuckels sich immer weiter über die Ebene zu erstrecken begann, einen Punkt erreichte, dann den nächsten, dann den übernächsten.

Endlich hörte sie den Ruf der Wachtposten auf dem Felsvorsprung. Sie erkannte Gomas Stimme, blickte auf und sah, wie sie ihren Kopf über den Rand des Felsbuckels streckte. Goma winkte ihr fröhlich zu und zeigte nach Osten.

Noli erhob sich, um Ausschau zu halten, aber von ihrem Standpunkt aus konnte sie nichts erkennen. Also kletterte sie auf einen großen Felsbrocken, der ungefähr zehn und noch einmal zehn Schritte vom Fuß der Felswand entfernt lag.

Jetzt sah sie in der Ferne vier Gestalten, die sich auf den Felsbuckel zubewegten. Es konnten nur die Jäger sein. Keiner von ihnen schien etwas zu tragen. Enttäuschung machte sich in Noli breit. Sie hatten nichts erbeutet.

Wie betäubt sah sie ihnen eine Weile zu. Sie wusste, dass sie nur mit Mühe Hoffnung hatte aufbringen können. Es war nichts daran zu ändern – Tinu, die Falle, der Löwendämon …

Sie würde noch einmal mit Suth reden. Vielleicht konnte sie ihn dazu überreden, es nicht gleich in dieser Nacht zu versuchen, es aufzuschieben, und am nächsten Tag noch einmal auf die Jagd zu gehen …

Seufzend und kopfschüttelnd machte sie sich auf den Weg zurück zur Felswand. Ko lief ihr entgegen.

»Was passiert? Was passiert?«, fragte er.

»Suth kommt mit den Jägern.«

»Wo? Wo?«

»Dort hinten. Er ist bald da.«

»Ich gehe sehen.«

»Nein, Ko. Du bleibst hier.«

»Ich klettere auf Felsbrocken. So wie du. Noli, ich, Ko, bitte darum.«

Sie gab nach.

»Ja, Ko. Klettere auf den Felsbrocken. Schaue nach Suth. Dann komm zu mir zurück.«

Ko lief los, während sie zur Felswand zurückkehrte und darüber nachdachte, was sie Suth sagen könnte. Bald würde die Dämmerung einsetzen. Nach Einbruch der Dunkelheit würden sie es sicher nicht mehr riskieren …

Doch. Der Mond war hell.

Ein Warnruf ertönte vom Felsvorsprung, nicht ganz das Bellen, mit dem die Stachelschweine ›Gefahr‹ signalisierten, aber ein schwächeres, das ›Aufgepasst‹ bedeutete. Alle anderen stießen ähnliche Laute aus …

Sie erschrak. Wieder ertönte das Bellen. Diesmal hörte sie genau hin. Goma rief sie. Die Stachelschweine, die um sie herumstanden, blickten sie an und streckten drängend ihre Finger aus …

Sie drehte sich um.

Ko war verschwunden.

Sie machte ein paar Schritte und erblickte ihn. Der große Felsbrocken hatte ihn verdeckt. Er war losgerannt, um Suth zu suchen. Suth und die Jäger hatten einen Bogen geschlagen, um ausreichend Abstand zum dichten Busch zu halten. Doch Ko konnte sie nicht sehen und er lief genau darauf zu.

»Ko!«, schrie sie. »Halt an! Komm zurück!«

Er tat so, als höre er nichts, und rannte weiter. Sie schrie noch einmal und jagte dann hinter ihm her. Eine leichte Erhebung brachte die Jäger wieder ins Blickfeld. Sie hatten ihren Schrei gehört und schauten in ihre Richtung. Sie legte die Hände um den Mund und rief ihnen zu:

»Ko! Haltet ihn auf!«

Sie zeigte auf ihn. Von ihrem Standpunkt aus konnten sie Ko nicht sehen, aber sie winkten und begannen zu rennen. Auch Noli rannte. Gemeinsam erreichten sie Ko, als er schon mehr als die Hälfte des Weges zum Busch zurückgelegt hatte.

Suth tobte. Er packte Ko bei den Schultern und schüttelte ihn heftig.

»Ko, du bist schlecht, schlecht!«, fauchte er. »Warum tust du das? Warum? Schlecht! Schlecht! Schlecht!«

Ko brach in Tränen aus.

Ko hatte kräftige Lungen. Wenn er heulte, dann so laut, dass alle anderen Geräusche übertönt wurden. Keiner von ihnen hörte die Rufe vom Felsvorsprung, bis ihre Blicke zufällig darauf fielen und sie die ausgestreckten Arme und die Menschen sahen, die um den Felsbuckel herum zur Stelle strömten, wo er erklettert werden konnte ...

Sie blickten sich um und sahen, dass der Löwe aus dem Busch gekommen war und mit lautlosen Sätzen auf sie zusprang.

Suth drückte Noli Ko in den Arm »Lauf, Noli«, sagte er. »Wir halten den Löwen auf.«

Noli presste Ko gegen ihre Schulter und lief. Sie war es gewohnt, Otan fast den ganzen Tag über mit sich herumzuschleppen, aber Ko war viel schwerer. Noch bevor sie die Hälfte des Weges zum Felsbuckel zurückgelegt hatte, gaben ihre Beine unter ihr nach. Sie setzte Ko ab, packte ihn beim Handgelenk und rannte weiter.

Er stolperte und riss sich los. Als sie sich umdrehte, um ihn wieder zu packen, sah sie, dass sich die Männer in einer kurzen Linie aufgestellt hatten und sich schreiend und mit gereckten Grabstöcken nach Steinen bückten. Sie versuchten sich den Löwen vom Leib zu halten, während sie langsam vor ihm zurückwichen.

Er griff sie nicht an. Sie waren zu schwer und er hätte sie nicht schnell genug wegschleppen können. Er wollte Ko. Oder Noli.

Die Männer schienen den Löwen in Schach halten zu können, also packte Noli wieder Kos Handgelenk und ging mit eiligen Schritten weiter, aber sie war keine zehn Schritte weit gekommen, als sich die Lautstärke der Schreie vom Felsbuckel verdoppelte.

Sie warf einen Blick zurück.

Der Löwe hatte seine Taktik geändert. Er brach plötzlich nach einer Seite aus und versuchte die Jäger zu umgehen. Bal stand am Ende der Linie und rannte los, um ihm den Weg abzuschneiden.

Der Löwe war schneller.

Sie wuchtete Ko auf ihren Arm und rannte. Plötzlich verwandelten sich die Rufe auf dem Felsvorsprung wieder in schrille Schreie. Sie blickte nicht zurück, wusste aber, dass der Löwe die Männer hinter sich gelassen hatte. Bis zur Stelle, wo der Felsbuckel erklettert werden konnte, war es noch weit.

Sie würde es nicht schaffen.

Erstes Wesen, hilf mir!

Ihr kam ein Gedanke: Die Falle. Ich stecke Ko in die Falle. Vielleicht klettere ich auf die Felswand. Ko ist in Sicherheit.

Sie änderte die Richtung und stolperte auf die steile Felswand zu.

Fast geschafft. Ihr wurde schwarz vor Augen. Ihre Beine

waren wie Wasser. Ihr Herz hämmerte dröhnend. Ihre Lungen kämpften pfeifend um Atem.

Der Einschnitt in der Felswand.

Die Falle.

Sie ließ sich auf die Knie fallen und schob Ko mit letzter, verzweifelter Anstrengung mit dem Kopf voran in den Tunnel, den die Männer gebaut hatten.

»Rein, Ko, rein!«, keuchte sie und wandte sich um, um dem Löwen entgegenzutreten. Irgendetwas bewegte sich unter ihrer Hand, als sie auf den Knien herumrutschte. Ein loser Stein, den die Männer hatten liegen lassen. Sie packte ihn und erhob sich schwankend.

Da stand der Löwe. Am Eingang des Einschnitts in der Felswand. Sie hievte den Stein in Schulterhöhe. Sie konnte ihn kaum heben, vom Werfen ganz zu schweigen. Der Löwe zögerte. Er hatte gelernt, sich vor Steinen in Acht zu nehmen.

Ihr kam ein anderer Gedanke. Sie flüsterte in ihrem Geist: Goma. Hol Steine. Rückseite des Felsvorsprungs.

Einen Augenblick lang stellte sie sich die Steine vor, sah sie deutlich durch Gomas Augen.

Der Löwe machte einen Schritt vorwärts und hielt wieder inne. Über seinen Rücken hinweg sah Noli, wie Suth und Net auf sie zuliefen.

Der Löwe machte noch zwei Schritte vorwärts, kauerte sich hin, bereit zum Sprung …

Jetzt, Goma, jetzt!

Mit letzter, schwacher Kraft stieß Noli den Stein von sich. Er fiel fast vor ihren Füßen auf die Erde. Doch der Löwe zögerte noch einen Augenblick. Die Drohgebärde verunsicherte ihn.

Schwarze Schemen fielen vom Himmel.

Drei dumpfe Aufschläge, dicht hintereinander, zwei davon laut und heftig, der andere gedämpfter, weniger heftig.

Ein unheimliches, ersticktes Husten.

Stille. Abgesehen vom leisen Kratzen der Löwentatzen, die sich in die Erde krallten, als der letzte Lebensfunke seinen Körper verließ.

Dann Jubelschreie von oben, der keuchende Atem der Jäger und Suths Stimme.

»Noli, du lebst!«

Sie konnte nicht antworten, konnte ihn nicht sehen. Ein dunkler Nebel hüllte sie ein, nur in der Mitte war ein heller Fleck. Darin lag der Löwe. Sein Kopf befand sich zwei Schritte von ihr entfernt, das Maul stand halb offen und leuchtend rotes Blut lief am Kiefer hinab. Sein Rücken war ein Brei aus Blut und Fell und sah aus, als wäre er geplatzt. Der Felsbrocken, der ihn zerschmettert hatte, lag noch darauf. Dahinter spreizten sich die Hinterläufe.

»Wo ist Ko?«, fragte Suths Stimme.

Hinter ihr ertönte eine dumpfe Antwort.

»Ich lebe, Suth! Ich bin hier! Tötest du den Löwen? Ich sehe den Löwen, Suth? Ich, Ko, bitte!«

Beim Klang der Stimme lüftete sich das Dunkel ein wenig, das Noli einhüllte. Sie fühlte, wie ihre Lippen zu lächeln versuchten, als sie beiseite trat, damit Suth in den Tunnel greifen, Ko an den Beinen packen und herausziehen konnte.

Er setzte ihn richtig herum ab und schüttelte ihn, diesmal jedoch sanfter. Hinter ihm standen Net und Kern und schauten zu.

»Ko, du bist schlecht, schlecht«, sagte er. »Fast tötest du Noli.«

Ko senkte voller Scham seinen Kopf.

»Suth, ich bin schlecht, schlecht«, sagte er niedergeschlagen.

Mit leuchtenden Augen blickte er auf.

»Ich sehe den Löwen? Ich sehe den Löwen jetzt?«, bettelte er.

Noli lachte. Zuerst lachte sie über Ko, dann lachte sie vor Erleichterung darüber, dass sie und Ko in Sicherheit waren und der Löwe tot war, dann jedoch wurde das Lachen zwanghaft und schrill, wurde lauter und lauter und schüttelte sie hin und her. Es ging immer weiter und weiter, und sie konnte nicht aufhören.

Das ist der Dämon, dachte sie. Er verlässt den Löwen. Er schlüpft in mich hinein. Oh, Erstes Wesen, hilf mir! Vertreibe diesen Dämon aus mir!

Suth hielt sie und gab beruhigende Laute von sich, um sie davon abzuhalten, sich zu verletzen, als ihr Körper sich herumwarf. Sie sah, wie Ko erschrocken zuschaute. Das war noch etwas, worüber der Dämon lachen konnte.

Ein Gedanke bahnte sich einen Weg durch das wilde Gelächter. Sie packte ihn, hielt an ihm fest, dachte ihn ganz zu Ende:

Vier Jäger stellen sich dem Löwen entgegen – Suth, Bal, Net, Kern.

Drei sind hier, Suth, Net, Kern.

Also …

Der Dämon floh. Das Gelächter verstummte. Noli schwitzte und zitterte. Ihr Gesicht war nass von Speichel. Suth lockerte seinen Griff und hielt sie sanft.

»Wo ist Bal?«, krächzte sie.

Sie erinnerte sich daran, gesehen zu haben, wie er losgerannt war, um dem Löwen den Weg abzuschneiden.

Immer noch mit seinem Arm auf ihren Schultern führte Suth sie ins Freie und zeigte es ihr. Die Sonne stand niedrig.

Der Schatten des Felsbuckels erstreckte sich viele Male zehn Schritte weit. Auf der sonnenbeschienenen Ebene dahinter lag der dunkle Körper eines Mannes.

Hinter ihr sprach Net. »Bal kämpft mit dem Löwen. Er schlägt ihn. Er ist tot.«

URSAGE

Die Kinder von Sol

Sol kam hervor aus dem Abgrund unter Odutu und er war ein alter und blinder Mann.

Vona führte ihn bei der Hand und sie war eine erwachsene Frau.

Die Ersten Wesen ließen in der Wüste Regen für sie fallen und sie tranken.

Sie gelangten zu den Guten Jagdgründen. Menschen sahen sie. Sie fragten: »Wer seid ihr?«

Sie antworteten: »Wir sind Sol und Vona.«

Die Menschen sagten: »Ihr lügt. Wir kennen Sol. Er ist ein junger Mann, ein Held. Wir kennen Vona. Sie ist ein Kind.«

Sol weinte.

Er sagte: »Meine Menschen erkennen mich nicht. Führe mich, Vona, führe mich dorthin, wo Warzenschwein lagert.«

Vona führte ihn zum Tal der Toten Bäume. Dort saß Naga, Sols Mutter, vor dem Eingang einer Höhle. Sie röstete eine Schildkröte.

Naga blickte auf. Sie sah ein Paar, das vom Bergkamm hinabkam, eine Frau und einen Mann. Die Frau führte den Mann bei der Hand.

Naga sagte: »Das ist mein Sohn, Sol. Warum führt die Frau ihn bei der Hand?«

Sie kamen näher. Sie sah, dass Sol ein alter und blinder Mann war.

Sie sagte: »Sol, mein Sohn, wer hat dir das angetan?«

Er sagte: »Ich zog zum Abgrund unter Odutu. Ich sprach mit der Mutter der Dämonen. Ich sagte: Rufe deine Kinder zurück, die Dämonen, die uns heimsuchen.

Sie spuckte mir in die Augen und ich war blind. Sie blies ihren Atem auf meinen Körper und ich war ein alter Mann. Meine Kraft war verschwunden. Mein Herz war leer.

Ein Erstes Wesen kam, mein Vater, Schwarze Antilope, Erster unter den Ersten Wesen. Er sprach durch meinen Mund. Der Berg erzitterte, der Berg über Odutu.

Die Mutter der Dämonen hatte Angst. Sie rief ihre Kinder zurück. Sie betreten unsere Guten Jagdgründe nie wieder. Ich, Sol, tat das. Ich und kein anderer.«

Naga sagte: »Sol, mein Sohn, du bist noch immer ein Held. Ich röstete diese Schildkröte. Iss sie, denn du bist müde.«

Sol aß und schlief und Vona tat dasselbe und Naga wachte über sie. Als ihr Stamm zur Höhle zurückkehrte, erzählte sie ihnen alles, was Sol erzählt hatte.

Männer, schnelle Läufer, brachen zu den anderen Stämmen auf und riefen sie zum Tal der Toten Bäume. Sie sagten: »Die Dämonen sind verschwunden. Bringt gutes Essen für ein Festmahl.«

Sol schlief fünf Tage und fünf Nächte lang und Vona tat dasselbe. Als sie erwachten, waren die Stämme versammelt, Ameisenmutter, Webervogel und Mondfalke, Warzenschwein und Schlange, Papagei und Kleine Fledermaus.

Alle rühmten Sol und Vona für das, was sie getan hatten.

Männer standen vor Vona. Sie sagten: »Vona, du bist eine

Frau und du bist schön. Wir erwählen dich zu unserer Gefährtin. Welchen von uns erwählst du?«

Vona sagte: »Ich erwähle keinen von euch. Ich erwähle Sol.«

Sol sagte: »Ich bin ein alter und blinder Mann. Warum erwählst du mich?«

Vona sagte: »Du bist Sol, der Held. Ich stand mit dir im Abgrund unter Odutu, Auge in Auge mit der Mutter der Dämonen. Ich und keine andere tat das. Ich hatte keine Angst. Welche andere Frau erwählst du?«

Sol sagte: »Vona, ich erwähle dich.«

Dann bestrichen sie ihre Stirnen mit Salz, zum Zeichen, dass sie sich erwählt hatten.

Die Männer jagten. Sie töteten fette Hirsche. Die Frauen sammelten. Sie fanden süße Wurzeln, saftige Beeren und köstliche Maden. Sie entfachten große Feuer. Sie hielten ein Festmahl.

Neun Tage lang hielten sie ein Festmahl im Tal der Toten Bäume und dann schliefen sie.

Ein Wesen kam zu Sol, als er schlief, Schwarze Antilope, Erster unter den Ersten Wesen.

Er sagte: »Sol, mein Sohn, Vona, deine Gefährtin, trägt Kinder in sich. Acht trägt sie in sich, vier Söhne und vier Töchter. Bald sind sie Männer und Frauen. Dann schicke sie einen nach dem anderen zu jedem der Stämme, um mit ihnen zu ziehen und zu lagern. Dann kommt das Erste Wesen des Stammes zu ihnen, wie ich zu dir komme. So ist es mit ihren Kindern und mit den Kindern ihrer Kinder, für alle Zeit.«

So war es.

So ist es bis auf den heutigen Tag.

NEUN

Die Mondfalken banden Bals Körper an einen Pfahl und trugen ihn so weit in die Wüste über der Schlucht hinein, wie sie gefahrlos gehen konnten. Sie gingen zwei Tagesmärsche weit. Die Kleinen waren bei ihnen, und sie schleppten Zweige und so viel zu essen und zu trinken mit, wie sie konnten.

Sie waren nur wenige und es kostete sie viel Kraft, aber so war es Sitte. Bal war ihr Anführer gewesen. Er war den Tod eines Helden gestorben, der mit einem schrecklichen Feind gekämpft hatte, einem Löwendämon.

Abends lehnten sie ihn mit dem Gesicht zur untergehenden Sonne an einen Felsklotz. Sie gaben ihm seinen Grabstock in die rechte Hand und seine Klinge in die linke und legten eine Kürbisflasche und eine Hand voll Flügelnüsse neben ihn.

In einiger Entfernung entfachten sie ihr Feuer. Im Licht der Flammen stellten sich die Frauen in einer Reihe auf, die Männer ihnen gegenüber. Die Frauen stampften mit den Füßen und sangen dasselbe Klagelied, das Noli, Tinu und Mana beim Versteck des Löwen gesungen hatten, während die Männer tiefe Grunzlaute ausstießen und im Rhythmus zwei Steine aneinander schlugen.

Net und Kern rühmten Bal. Sie aßen feierlich, was noch an Nahrung übrig war, und lagerten bei der Glut des Feuers. Zwei hielten die ganze Nacht über Wache.

Als sie am nächsten Abend wieder den Felsbuckel erreichten, begrüßten die Stachelschweine die Mondfalken wie Freunde. Einige von ihnen kamen mit Geschenken zu ihrem Feuer. Tor war einer davon. Er blieb länger als die anderen, ging der Reihe nach zu jedem der Mondfalken und gab ein langsames, summendes Brummen von sich, das immer leiser wurde. Sie brauchten keine Wörter, um zu verstehen, was er sagte: Ich trauere über eure Trauer.

»Wer ist nun Anführer?«, fragte Chogi, als er gegangen war. Sie war die Gefährtin von Bals totem Bruder gewesen und war die älteste der restlichen Frauen von Mondfalke.

Net und Kern sahen einander an. Beide waren gute Männer, jedem aber fehlte auf seine Weise etwas von dem, was einen Anführer ausgemacht hätte. Suth könnte sicher eines Tages Anführer werden, aber er war noch viel zu jung.

»Was sagt Noli?«, fragte Net.

Die anderen waren verdutzt, aber nur für einen Augenblick. Jedes Mal, wenn sich ein Stamm in einer Angelegenheit nicht einigen konnte, wandte man sich Rat suchend an den Menschen, den das Erste Wesen besuchte. Noli war ein Kind, und das war seltsam, aber alle hatten die Stimme gehört, die durch ihren Mund zu Bal gesprochen hatte. Sie sahen sie an und warteten.

Doch Noli war verwirrt. Sie war nicht bereit für so etwas. Wenn Suth zu jung war, dann war auch sie zu jung. Als Mondfalke und Stachelschwein zu ihr gekommen waren, hatten sie es so gewollt und nicht sie selbst. Wie konnte sie bei einer Angelegenheit mitentscheiden, die so wichtig war wie die Wahl eines Anführers ...?

Nicht deine Wahl, Noli, ertönte das Flüstern in ihrem Geist. *Meine.*

Sie wartete und starrte in die orangefarbene Glut des Feuers. Sie atmete langsam ein und aus. Die Menschen um sie herum verblassten. Das Gelärme der Stachelschweine erstarb. Sie befand sich an einem anderen Ort. Die Nacht war dieselbe Nacht, sternenklar und still, und der kleine Mond stand hoch am Himmel, aber das Feuer war ein anderes Feuer, am Grund eines felsigen Tals, und es saßen andere Menschen darum herum. Sie meinte, sieben zu zählen. Sie konnte ihren Hunger und ihren Durst spüren, ihre Müdigkeit nach einem anstrengenden Tagesmarsch. Einige von ihnen meinte sie gut zu kennen, andere weniger gut. Aber niemand von ihnen war ihr fremd.

Mit einem Schnauben erwachte sie aus ihrer Trance und blickte sich betäubt um.

»Ich sehe ... andere ...«, stammelte sie. »Sie kommen ... Es ist Stamm ... Einige sind Mondfalke.«

Schweigend saßen sie da und dachten darüber nach.

»Es ist Tun«, sagte Chogi mit entschiedener Stimme. »Tun, Var und Yova. Sie gehen zu unseren alten Guten Jagdgründen. Sie finden andere. Sie bringen sie mit.«

»Chogi, du hast Recht«, sagte Kern. »Ich sage das. Wir warten. Es gibt keinen Anführer. Diese anderen kommen. Tun ist unser Anführer.«

»Das ist gut«, sagte Net.

Alle waren daran gewöhnt, auf diese Weise mit dem Ersten Wesen zu tun zu haben, wenngleich das, was das Erste Wesen ihnen sagte, manchmal nicht sehr hilfreich zu sein schien, und häufig erschien überhaupt kein Erstes Wesen. Träume waren besonders schwierig. Ein Träumer konnte einen starken Traum haben, der dann einem Rätsel glich, und sie mussten die Lösung erraten. Es war leicht möglich, eine falsche Lösung zu finden. Also kam ihnen das, was gerade geschehen war, nicht besonders merkwürdig vor.

Noli aber kam es sehr merkwürdig vor, obwohl auch sie dergleichen kannte. Warum sie und nicht einer der anderen? Warum war nicht jedes Stammesmitglied dazu in der Lage? Angenommen, der Löwe hätte sie getötet, was dann?

Und wer *waren* die Ersten Wesen überhaupt?

Sie wurde die Vermutung nicht los, dass Stachelschwein ein neues Erstes Wesen war. Und gerade eben ... das Flüstern in ihrem Geist ... war das Stachelschwein gewesen? Vielleicht, aber da war noch etwas anderes ...

War es vielleicht Mondfalke gewesen, der am Ende doch zurückgekommen war?

Nein. Ohne dass sie wusste, woher sie es wusste, war sich Noli sicher, dass die alten Ersten Wesen verschwunden waren. Und das bedeutete, dass ihre Stämme und ihre alten Guten Jagdgründe verschwunden sein mussten. Verschwunden. Mondfalke war noch kurz geblieben, aber ihr Stamm zählte zu wenige Menschen, war zu weit fort. Also verschwand schließlich auch Mondfalke ... Verschwunden.

Noli war traurig. Die Trauer war überall, sie war so unermesslich groß wie die Nacht. Irgendjemand ließ sich neben ihr nieder, legte einen Arm um sie und trauerte mit ihr. Noli brauchte nicht hinzuschauen, um zu wissen, dass es Goma war. Goma hatte ihre Trauer gespürt, als sie an einem der anderen Feuer gesessen hatte. Und sie war gekommen, um bei ihr zu sein und ihre Trauer zu teilen. Goma verstand sie. Auch ohne Worte.

Der Mond wurde dünn, fast verkümmerte er. Dann begann er wieder zu wachsen. Eines Nachts, als die Mondfalken ihr

Lager auf einem anderen Felsbuckel aufgeschlagen hatten, hörten sie, wie die Stachelschweine riefen. Sie gingen hin, um den Anlass zu erfahren.

In der Ferne, zu orangefarben, um ein untergehender Stern zu sein, war ein kleines Licht zu erkennen. Ein Feuer. Kein Buschfeuer, dazu war es zu klein und die Flamme zu stetig. Ein Menschenfeuer.

Die Stachelschweine hatten Angst, aber gleich am nächsten Morgen brachen die Mondfalken eilig in jene Richtung auf. Auf halbem Weg von der Stelle, wo sie das schwache Licht gesehen hatten, trafen sie Tun und seine Schar.

Tuns Geschichte, wie Noli sie im Laufe der nächsten Tage zu hören bekam, lautete wie folgt: Er, Var und Yova waren langsam durch die Schlucht zurückgegangen. Tagsüber hatten sie sich versteckt und nachts, wenn die Schlucht-Menschen in ihren Höhlen schliefen, waren sie weitergezogen. Als sie das Gefühl hatten, die Schlucht wäre den Dürren Hügeln so nahe wie irgend möglich, hatten sie ihre Kürbisflaschen an einem Teich gefüllt, waren hinausgeklettert und hatten das letzte Stück Wüste durchquert.

»Vor vier Monden stand ich auf dem Berghang«, sagte Suth. »Ich sah Menschen in der Wüste. Es waren drei. Abends erwachten sie. Sie gingen auf die Dürren Hügel zu. Ich sagte in meinem Herzen zu mir selbst: Das sind Mondfalken.«

»Suth, du hattest Recht«, sagte Tun und fuhr fort.

Die drei hatten es geschafft, die Dürren Hügel zu durchqueren und die alten Guten Jagdgründe zu erreichen. Sie wimmelten von den mordlüsternen Fremden, aber weil sie das Land so gut kannten, hatten sie es geschafft, sich eine Weile im Verborgenen zu bewegen. Sie hatten gelebt wie wilde Tiere. Dann waren sie entdeckt und angegriffen worden und hatten Richtung Westen zu den Jagdgründen der Dämonen fliehen müssen, wo es kaum Wasser und Nahrung gab. Dort waren sie auf einige Überlebende der Stämme gestoßen. Niemand wusste, was den anderen widerfahren war.

Sie hatten sich noch in den Jagdgründen der Dämonen aufgehalten, als der Vulkan ausgebrochen war. Alles, was westlich davon lag, war unter Asche begraben worden, die Jagdgründe der Dämonen aber befanden sich eben außer Reichweite und entgingen dem Schlimmsten. Die meisten Menschen der Stämme entschieden sich, weiter nach Westen zu ziehen, doch die drei Mondfalken hatten ein paar von ihnen dazu überredet, die alten Guten Jagdgründe in nördlicher Richtung zu umgehen und dann die Dürren Hügel und die Wüste zu durchqueren.

Der Weg war furchtbar gewesen und einige von ihnen waren unterwegs gèstorben, diese sieben aber waren durchgekommen, ausgemergelt und erschöpft – die drei Mondfalken, ein Mann der Schlange und einer des Warzenschweins sowie eine Frau und ein Mädchen der Kleinen Fledermaus.

Der Name des Mädchens war Bodu. Sie war ungefähr genauso alt wie Noli.

Sie kehrten alle zu Mondfalkes Lagerplatz zurück und stießen wieder zu den Stachelschweinen. Als sie abends um ihr Feuer herumsaßen, sagte Net: »Tun, Bal ist tot. Du bist jetzt der Anführer.«

Tun saß eine Weile nachdenklich da, dann erhob er sich. »Wer sagt, Tun ist Anführer?«, fragte er.

Die Männer standen auf und berührten seine Handfläche mit den ihren. Die Frauen, Kinder und Kleinen schlugen mit den flachen Händen auf den Felsen vor ihm, um zu zeigen, dass sie ihn als Anführer akzeptierten. Er würde ein guter Anführer sein, dachte Noli, ein besserer als Bal. Bal war aufbrausend und stark gewesen. Tun war ruhig und stark.

Chogi, die ihre Augen von einem zum anderen hatte gehen lassen, sagte: »Ich sehe Bodu und freue mich. Sie ist Kleine Fledermaus. Bald ist sie eine Frau. Bald ist Suth ein Mann. Er ist Mondfalke. Sie erwählen einander als Gefährten.«

Sowohl Suth als auch Bodu machten ein verdutztes Gesicht. Das war ein Gedanke, auf den sie noch nicht vorbereitet waren. Doch es war eine Angelegenheit, um die sich die älteren Frauen kümmerten und die sie mit den älteren Frauen anderer Stämme besprachen, wenn sie ihnen begegneten. Kleine Fledermaus war einer der beiden Stämme, bei denen die jungen Männer des Mondfalken um Gefährtinnen bitten konnten, also war diese Verbindung in Chogis Augen eine gute Möglichkeit.

Natürlich begannen alle Suth und Bodu aufzuziehen. Doch Chogi blieb ernst, und sobald das Gelächter abebbte, hob sie die Hand.

»Ich sage mehr«, verkündete sie. »Hier ist Noli. Hier ist Shuja. Können sie Gefährten finden? Wo sind sie? Sie sind nicht hier.«

Die Männer zuckten mit den Schultern. Das waren wichtige Fragen, aber sie waren keine Männersache. Die Frauen sprachen mit leisen Stimmen darüber. Noli hörte nicht zu.

Ihr kam ein Gedanke: Wenn ich eine Frau bin, erwähle ich Tor zu meinem Gefährten.

Alle sahen sie an. Sie begriff, dass sie die Worte laut gesprochen hatte.

»Wer ist Tor?«, fragte Tun.

»Einer von denen«, sagte Net und zeigte mit seinem Daumen über die Schulter auf die nächstbesten Stachelschweine.

»Das ist nicht gut«, sagte Chogi scharf.

Noli hörte und sah kaum etwas. Sie atmete wieder schwer und tief.

Das Wesen kam sanft, fast zögernd. Sie wusste sofort, dass es diesmal nicht Stachelschwein war. Es war sehr jung. Es sprach durch ihren Mund.

Das sind neue Zeiten, sagte es.

Während es sprach, erkannte Noli, wer es war. In ihrem Geist hörte sie das leise Rascheln von Federn, spürte, wie der gebogene Schnabel sanft in ihr Ohr biss und die Fänge sich um ihre Schulter schlossen.

»Wer spricht?«, keuchte Tun.

»Es ist Mondfalke«, flüsterte Noli mit ihrer eigenen Stimme. »Es ist nicht der Mondfalke, der vorher war. Er ist neu, neu. Wir haben neue Jagdgründe, wo wir leben. Wir finden neue Arten zu leben. Wir sind zusammen, ein neuer Stamm in diesen neuen Jagdgründen, das sind neue Arten zu leben.

Also kommt Mondfalke. Er ist neu.«